民国笔记小说粹编编委会

民国笔记小说粹编

洪宪纪事诗本事簿注

刘成禺 著

山西出版传媒集团 三晋出版社

图书在版编目(CIP)数据

洪宪纪事诗本事簿注 / 刘成禺著. —太原:三晋出版社,2022.12

(民国笔记小说粹编)

ISBN 978-7-5457-2536-0

Ⅰ. ①洪… Ⅱ. ①刘… Ⅲ. ①诗集—中国—近代
Ⅳ. ① I222.75

中国国家版本馆CIP数据核字(2023)第012621号

洪宪纪事诗本事簿注

著　　者:刘成禺
责任编辑:莫晓东　董润泽
责任印制:李佳音
封面设计:段宇杰

出 版 者:山西出版传媒集团·三晋出版社
地　　址:太原市建设南路21号
电　　话:0351-4956036(总编室)
0351-4922203(印制部)
网　　址:http://www.sjcbs.cn

经 销 者:新华书店
承 印 者:山西人民印刷有限责任公司

开　　本:850mm×1168mm　1/32
印　　张:10.5
字　　数:210千字
版　　次:2023年2月　第1版
印　　次:2023年2月　第1次印刷
书　　号:ISBN 978-7-5457-2536-0
定　　价:42.00元

如有印装质量问题,请与本社发行部联系　电话:0351-4922268

总　序

黄　霖

承蒙三晋出版社的错爱，我遵嘱为他们在《民国笔记小说大观》的基础上再做的选粹本作了这个序。说实话，当时我一听这个书名就感到有点头疼，因为自从 1912 年王文濡推出《笔记小说大观》以来，究竟如何认识“笔记小说”这个名目可以说是众说纷纭，非三言两语能够说清，再加上手头的事情实在太多，不想去算这笔糊涂账了。但后来一想，近年来我正从研究近代文论的圈子里跨出来，在关注现代的“旧体”文学与文论，“笔记小说”这个名目作为一种文类或文体亮相并引发了争议，也正是从近现代开始的，因此也不妨乘此机会来梳理一下吧。

显然，要辨说“笔记小说”，首先要将“笔记”与“小说”这两个概念简要地说一说。好在古代对这两个概念，大家的认识本来就大致相近。

假如从《庄子・外物》《论语・子张》《荀子・正名》分别所说的“小说”“小道”“小家珍说”算起，“小说”之名是出现得比较早的。到汉代桓谭《新论》所提的“小说”就与 20 世纪前一般学者所认识的“小说”比较一致了。它指出其特点是“丛残小语，近取譬论，以作短书”。尽管“小说”于“治身理家，有可观之辞”，但据《论衡·谢短篇》等篇的解释，这类“短书”，写的都是“小道”，“非儒者之贵也”。到《汉书·艺文志》就明确在史志目录中将“小说”归为一类，并列出了具体的书名，从中可见，“小说”中既有“史官记事”之作，也有“迂诞依托”之书，另有阐发哲理的议论、风俗逸闻的记载，等等，内容庞杂，范围广泛。以此可见，“小说”这个概念的出现，先是从内容着眼，强调它写的是有别于经传“大道”之外的杂七杂八的“小道”，与此相适应的是在形式上都是“丛残小语”。简言之，所谓“小说”，就是并非正面、集中阐述“大道”的杂、碎文字。

至于“笔记”之名，当后起于文笔相分的六朝。刘勰《文心雕龙·总术》云：“今之常言，有文有笔，以为无韵者笔也，有韵者文也。”笔记，当属用无韵之笔随记而成的、有别于经年累月、深思熟虑写就的杂、碎文字。当时之所以起用“笔记”之名，主要是从写作的方式与形式的角度上来考虑的。一时使用这个概念者也较多，如刘勰在《文心雕龙·才略》中明确地提出了有“笔记”之作：“路粹、杨修，颇怀笔记之工”，“温太真之笔记，循理而清通，亦笔端之良工也”。差不多同时的萧子显在《南齐书》卷五十二《文学·丘巨源传》中也提到了“笔记”之名。到宋代就有了以“笔记”为名的书籍，如宋祁的《宋景文公笔记》、苏轼的《仇池笔记》等等，久盛不衰。假如也用一语而言之，则所谓“笔记”，就是随笔而记的无韵杂、碎文字。

于此可见，“小说”与“笔记”之别，主要是在起用这两个概念时的着眼点、出发点不同，一是从内容出发，一是从写作的方式出发，在20世纪以前的文献学意义上，它们的实际内涵与外延应该是大致相同的，所谓“笔记”或“小说”，都是指经(正)史之外的，包括各类内容与多种形式的零简短章。它们一般都用的是文言，所以到现代，有人在“小说”之前加了“笔记”，用来与“白话小说”相区别；它们一般成集，但也有单篇或零星几章的，特别是在报刊兴起之后，单篇之作也很多。正因为“小说”与“笔记”两个名目，有异有同，古人又似未见对此有所辨析，只是在各自的著作中自做不同的分类或赋予不同的名目，于是就分分合合，弄得缠夹不清了。

不过，据我粗略的检视，在20世纪以前的漫长历史中，文人墨客或用“小说”之名，或称“笔记”之作，绝大多数并没有将这两个名称合在一起，没有把“笔记小说”或“小说笔记”作为一个文体或文类的名称来使用的。偶尔有之，也是为了文气的连贯而将两者作为相近文体或文类而并列在一起而已。假如当时有标点符号的话，应该是写成“笔记、小说”更为确切，只是当时没有标点符号，就将两者并写在一起了，如宋代史绳祖在《学斋占毕》卷二“蔆蔆二物”条中说：“前辈笔记小说固有字误，或刊本之误，因而后生末学不稽考本出处，承袭谬误甚多。”[①]再如清代王杰所编的《钦定重刻淳化阁帖释文》中有一文写道，“各有专书以纠其失，其他见于古今诗、文及说部、笔记者指摘不胜枚举”。[②] 这里的诗与文、说部与笔记之间都是应该加顿号的，它们都是并称的。再如江藩在说钱大昕治元史时说：“搜罗元人诗文集、小说笔记、金石碑版，重修元史，后恐有违功令，改为《元诗纪事》。”[③]其“小说笔记”也只能看作是性质相近的两类文字并写在一起，也并没有将“小说笔记”四字合在一起看作是一个文体或文类。

时代跨进了20世纪，在新的文学思潮影响下，1902年梁启超在正式发行中国第一本小说杂志《新小说》之前两个月，在《新民丛报》第十四号上发了一篇《中国惟一之文学报〈新小说〉》，对将要发行的《新小说》的宗旨、形式、内容、发行等问题做了介绍，特别详细地对将要发表的各类小说做了分类说明，指出有历史小说、政治小说、哲理科学小说、军事小说、冒险小说、探侦小说、写情小说、语怪小说等不同，这些显然都是从内容上分类的。接下来就从形式上、或者说从文体上指出还有“札记体小说”与“传奇体小说”。在这里，“札记”与“笔记”义同。他特别在“札记”与“小说”之间加了一个“体”字，意义非

---

① 史绳祖《学斋占毕》卷二，文渊阁四库全书本。

② 王杰等辑《钦定石渠宝笈续编》卷二十三，清乾隆末年内府朱丝栏抄嘉庆增补本。

③ 江藩《国朝汉学师承记》卷三，清嘉庆十七年刻本。

凡。这表明在新潮的西方文学观念影响下，他所认识的“小说”已不再是传统的不论在内容上还是形式上都是包罗万象、混沌模糊的一个概念，而是开始将“小说”看作“文学”中的一种自具特色的文体，而“笔记”也只是一种特殊的表现形式与手段。正是在转变了小说观念之后，他在“笔记”与“小说”之间加了一个“体”字，以示这类小说是“笔记”类文体或形式的小说。后在《新小说》正式发行时，他又将“札记体小说”略称为“札记小说”。这种“札记小说”的代表作就是“随意杂录”的“《聊斋》《阅微草堂》之类”。这也就是说，“札记小说”乃是一种用随意笔记的形式写就的如《聊斋志异》《阅微草堂笔记》一类的有故事、有人物，乃至有虚构的文字，也就是“札记体小说”。现在看来，梁启超在新潮的纯文学观念影响下，他心中的“小说”已不同于桓谭、班固到刘知几、胡应麟及四库馆臣笔下的“小说”了。他已将“小说”作为“文学”中的一种独立的文体，不再与“笔记”混同一体，而认为古代作品中“笔记”与“小说”这两者的关系，只能是“笔记体小说”或“小说体笔记”，因而在他主编的《新小说》中发表诸如《啸天庐拾异》《反聊斋》《知新室新译丛》等作品时所标的“札记小说”四个字的含义，实际上已经与古人所用的“笔记小说”之义大相径庭，赋予了“笔记体(类)小说”的新意。这是一次历史性的跨越。自此之后，“札记小说”或“笔记小说”四字的含义，就不再只是“笔记与小说”或者是“笔记加小说”一解，而是另有了一种新义了。而且在这里也清楚地告诉了人们，“笔记”与“小说”两者是不能相混的：在“笔记”中有一类是“小说”，还有许多并不是小说；在小说中有一类是“笔记体”，还有很多是非笔记体的；所谓“札记体小说”或“札记小说”，就是用笔记的手法写成的小说，或者说是归于“笔记”类中的“小说”。

梁启超的看法立即产生了影响。继《新小说》之后，不久发行的一些小说杂志，如《竞立社小说月报》《月月小说》，乃至如以学术为主的《东方杂志》之类也都在这样理解“札记小说”四字的基础上安排了这一专栏，发表了一系列的“笔记体(类)小说”。同时，商务印书馆出版的规模宏大的“说部丛书”，也据梁氏的分类标准，在每一部的封面上大都醒目地标明了是属于某类小说，如政治小说、军事小说等等，其中也有《海外拾遗》《罗刹因果录》等标明是“笔记小说”。此二书，都是分八则，写了各色人等的故事。这里的“笔记”与“小说”之间虽无一个“体”字，但实际就是“笔记体(类)小说”的意思，都是用随笔的形式写成的有故事、有人物、有虚构的作品。乃至在1929年4月2日的《新闻报》的广告栏中刊载大华书店发售的小说，也标明了不同的分类，除了从内容上区别“武侠小说类”“香艳小说类”及新与旧的不同外，另就形式而言也有“笔记小说类”。显然，这个“笔记小说类”也就是“笔记中的小说”或“小说类的笔记”，与梁启超的认识是一脉相承的。

但到民国年间出现了新问题，好编丛书的王文濡，接连编印了《古今说部丛书》《笔记小说大观》《说库》等将传统笔记与小说混在一起的丛书。其用“说部丛书”“说库”之名当无问题，而其于1912年用进步书局之名出版的《笔记小说大观》一书，共分八辑，收220余种作品，体量极大，尽管其书的《凡例》称“所选趋重小说”，但同时又说，“然关于讨论经史异义，阐发诗文要旨”等“古人笔记中往往有之”之作品也不忍“割爱”。且开宗明义第一条就说：“本编纂辑历代笔记，起六朝，迄民国，巨人伟作，收罗殆遍。”其书在报纸上刊载的“预约广告”也说：“《笔记小说大观》，系集汉魏以来笔记二百余种之汇刊，都五百余册。”[①]都是将“笔记”覆盖了“小说”。可见王文濡心目中还是将“小说”与“笔记”混在一起的。这样一来，同样“笔记小说”四字，自古至今出现了三种理解：一种是古代个别学者将“笔记”与“小说”并称而合在一起；另一种是如梁启超们将“笔记”中可称“小说”的一类称之为“札记体小说”或略称为“札记小说”；再者就是王文濡将“笔记”与“小说”混为一类的“笔记小说”。

由于当时的小说界普遍接受了新潮的小说观，而对古人曾经有过的零星将“笔记”与“小说”并称的情况没有注意，所以一见王文濡将“笔记”与“小说”混为一类就多有不满，如在当时文坛上比较活跃的姚赓夔就撰文说：

① 《新闻报》《民国日报》1928年6月19日同载。

> “笔记小说”四字，最不可解。笔记自笔记，小说自小说，岂可相混？笔记而名之以小说，是何异画蛇而添足乎？①

署名玉衡者也发文说：

> 笔记与短篇小说，体裁既异，结构亦不自同。而今之作者，往往互相混淆，是无异于孙周之兄不能辨菽麦。②

《海上繁华梦》作者漱石生也说：

> 笔记有笔记体裁，小说有小说绳墨，二者绝不相混也。③

与此同时，小说界开始注意辨析“笔记”与“小说”的异同。如《申报》1921 年 3 月 20 日载《笔记与小说之区别》，列举了九条，如云：“笔记须有记载之价值，次之趣味；小说须有百读不厌之精神，次之勿使阅者意懈，目不终篇。”“笔记重实叙，故曰记；小说可虚绘，故曰说。”“笔

---

① 《小说杂谈》，《星期》1922 年第 29 期。
② 《小说管窥》，《星期》1923 年 7 月 29 日。
③ 《余之古今小说观》，《新月》1925 年 11 月 1 日。

记叙人物、地址皆有名，示翔实焉；小说多以‘某’代之，或并某字而无之，如‘生’‘女’皆成名称，不妨虚衬也。”为了避免将“笔记”与“小说”混淆，一些学者重拾梁启超的旧话，用“笔记体的小说”①“笔记式的小说”②或“笔记的小说”③等提法来取代容易混淆的“笔记小说”。应该说，假如大家都遵循这样的提法的话，后世就不会产生歧义了。

但问题比较麻烦的是，实际上从梁启超始，既创用“札记体小说”之名，又将之略称为“札记小说”，自乱了阵脚。现经《笔记小说大观》热炒畅销之后，特别经过一些“笔记+小说”类的“笔记小说”选本与丛书的不断亮相（选本与丛书中也有一些是只收“小说”的或只称“笔记”的），还是有相当一部分人将“笔记小说”看成是“笔记+小说”的。“笔记小说”一个名目、两种理解状况就始终存在着。

更使人缠夹不清的是，尽管自20世纪二三十年代后，大多数小说史家与文学史家笔下的“笔记小说”的实际含义已是“笔记类小说”，但他们还是乐此不疲地沿用“笔记小说”来论文与著史。最典型的如郑振铎先生，他在1930年写的专论小说分类的《中国小说的分类及其演化的趋

① 叶楚伧《中国小说谈》，《民国日报》1923年7月24日。

② 赵芝岩《小说闲话》，《半月》第3卷第14号。

③ 周群玉《白话文学史大纲》，上海群学社1928年版，第123页。

势》长文中，一方面指责《笔记小说大观》收之太滥，强调“笔记小说”丛书应当编成“故事集”，另一方面还是沿用“笔记小说”之名。他说：

> 第一类是所谓“笔记小说”。这个笔记小说的名称，系指《搜神记》（干宝）、《续齐谐记》（吴均）、《博异志》（谷神子）以至《阅微草堂笔记》（纪昀）一类比较具有多量的琐杂的或神异的“故事”总集而言；范围固不能过于狭小，内容的审查，固不能过于严格，然也不能如前之滥，将一切“杂事”“异闻”“琐语”都包括了进去，有如近日出版的通俗本的“笔记小说大观”。我们应该将他们限于“故事集”的一个标准之下，或至少须是具有大多数的故事的。所谓“琐语”之类的东西，像《计然万物录》（编者注：托名计然著，东汉时成书，原书佚，清茆泮林辑）、《博物记》（汉唐蒙）、《博物志》（晋张华）、《清异录》（宋陶谷）、《杂纂》（唐李商隐）、《幽梦影》（清张潮）、《板桥杂记》（清余怀）；所谓“异闻”之类中的《山海经》《海内十洲记》《神异经》；所谓“杂事”之类中的《摭言》（唐王定保）、《云溪友议》（唐范摅）、《北梦琐言》（宋孙光宪）、《归田录》（宋欧阳修）、《侯鲭录》（宋赵德麟）等

等，都是不能算作“笔记小说”的。[1]

在民国时期另作专论“笔记小说”的是王季思先生。他写的《中国的笔记小说》《中国笔记小说略述》两文内容大致相同。其基本意思也同郑振铎。他说：“就笔记说，凡是纯属学术的讨论与考订的，如《困学纪闻》《日知录》《廿二史札记》《十驾斋养新录》，虽是笔记，却非小说。”除此之外，笔记的“轶事、怪异、诙谐”三类中，不论所写“幻想幻觉”还是“所见所闻”，凡有故事，有人物，“最可见作者及所记人物个性”的，就是“笔记小说”。[2]

民国时期两篇有关“笔记小说”的专论，都是认同用四个字来表达笔记中的小说是一种独立的文体。这样的认知与表达实际上也反映了民国以来绝大多数的文学史、小说史作者的看法。不但如此，以后的文学史、小说史作者大都也是如此，一直到20世纪90年代所出的几本具有代表意义的“笔记小说史”，乃至目前最流行的袁行霈先生主编的《中国文学史》与袁世硕先生主编的《中国文学史》，都是将“笔记小说”理解为“笔记体小说”而不是“笔记与小说”的。苗壮先生的《笔记小说史》定义“笔记小说”时说：“以笔记形式所写的小说，它以简洁的文言、短

---

① 郑振铎《中国小说的分类及其演化的趋势》，《学生杂志》1930年第17卷第1期。

② 王季思《中国的笔记小说》，《战时中学生》1939年第9期；《中国笔记小说略述》，《新学生》1947年第4卷第2期。

小的篇幅记叙人物的故事。”[①]而袁行霈先生主编的《中国文学史》说“笔记小说”是“采用文言，篇幅短小，记叙社会上流传的奇异故事、人物的逸闻轶事或其片言只语”。[②]显然，他们都将“小说”之外的“笔记”排斥在“笔记小说”之外。但是，时至今日，人们在沿用这个歧义的“笔记小说”的名目时，已经很少有人再想起历史上曾经用过的“笔记体小说”“笔记式小说”“笔记类小说”这类比较确切的提法了。

从梁启超到郑振铎、王季思，到当代的文学史、小说史作者们，为什么明明心里想要表达的是“札记体小说”，要将“笔记”与“小说”区别开来，认为混入了不少笔记的《笔记小说大观》收得过滥，而最后还是没有鲜明地表示“笔记自笔记，小说自小说”，还是用了一个容易混淆视听的“笔记小说”呢？我想可能主要是汉字构词的特点所造成的。我们的汉字富有弹性，构词时常常留下了活络的空间。“笔记小说”四字，的确可以包容“笔记与小说”“笔记体小说”“笔记小说这一类小说”这三种不同的理解。谁都可以用这四个字来表达，谁都不能算错。再加上传统写诗作文，用四字构词比较上口，特别如梁启超，在为未出的《新小说》做广告时拈出了“札记体小说”，而当《新

① 苗壮《笔记小说史》，浙江古籍出版社 1998 年版，第 4 页。

② 袁行霈主编《中国文学史》第三版，第二卷，高等教育出版社 2014 年版，第 153 页。

小说》正式付印时，考虑与“历史小说”“政治小说”“科学小说”等并称，就略称为“札记小说”。当时在他心目中，肯定觉得这“札记小说”就等于“札记体小说”，殊不知“札记小说”也可理解成不是“札记体小说”的呢！

再看，从《笔记小说大观》问世以来，陆陆续续用“笔记小说”之名出版的一些选本或丛书，其总体数量虽不能与一些史著与研究著作相比，但其混乱的程度却非常突出。当然，其中也有一些选本或丛书用“笔记小说”或“小说笔记”之名来编选作品时，基本上都是选录了一些有小说意味的作品，如 1934 年江畬经编选的规模不小的《历代小说笔记选》就是一例。1949 年后，如 2004 年天津古籍出版社出版的《唐宋笔记小说释译》就明确说，“所选篇目以故事性、趣味性的轶事为主”。对于“笔记小说”概念的辨析最为清楚的，要数严杰先生在他编选几种“笔记选”时所写的前言中说的：“笔记小说只是笔记中的一大类”；“笔记大致可以分为三类”，“第一类以记载短小故事为主”，“第二类以历史琐闻为主”，“第三类以考据辩证为主”；“把笔记划分为三大类，并确定笔记小说的范围，需要注意的是，其间界限并不是非常清楚的，只能划出大略的轮廓而已。在确认第一类笔记为笔记小说的同时，也应该承认第二、第三类中也存在着相当数量的小说。笔记小说毕竟不能算是有意识创作的产物，其中的文学成分不是很纯净的”；“我们就不便再把唐传奇当作笔记小说看待了，尽管它同笔记小说有着渊源关系”。[①] 但是，毋庸讳言，还有编选者对于“笔记小说”的概念是缠夹不清的。比如，自《笔记小说大观》之后，1978—1987年台北新兴书局出版的《笔记小说大观丛刊》，1990年、1994年先后由周光培编辑出版的《历代笔记小说汇编》（辽沈书社）、《历代笔记小说集成》（河北教育出版社），1999—2007年上海古籍出版社出版的《历代笔记小说大观》，规模都很庞大，然其所收的没有小说意味的笔记触处可见，显然它们都是受王文濡的影响，将笔记与小说混为一类的。还有的，甚至将传奇、通俗长篇小说都纳入“笔记小说”之内，如有《清代笔记小说类编》一书，其《总序》说：“全书以传奇体小说为入选重点，从清人所作的约一百五十部笔记中选取二百余位作家创作的约一千九百篇作品，按类分编成十卷。”[②]我真不知道他选的究竟是传奇还是笔记。还有的竟然将《岭南逸史》《儒林外史》这样的长篇通俗小说也归入“笔记小说类”。[③] 此外，还有不少人将“笔记小说”与从语言上分类的“文言小说”混为一谈。如江西人民出版社1984年出版的《历代笔记小说选》称：“我国古代短篇小说，可分为两种：一是笔记小说，一是话本小说。前

① 严杰《唐五代笔记小说选译前言》，《唐五代笔记小说选译》，巴蜀书社1990年版，第1—6页。

② 陆林《〈清代笔记小说类编〉总序》，《清代笔记小说类编》，黄山书社1994年版，第3页。

③ 《新闻报》1929年4月2日载大华书局广告。

者是用文言写的,后者是用白话写的。”诸如此类,可见对于“笔记小说”的理解真是五花八门,难怪程毅中、陶敏等先生站在不同的角度上大呼“笔记小说”的提法“于古于今都缺乏科学依据”,[①]“造成了许多混乱”。[②] 的确,这种混乱的局面再也不能继续下去了。

如今,我们要厘清“笔记小说”这个概念,就应该既要尊重历史演变的实际,又要解开一个结。这个结,就是要在正确认识传统的“大文学观”与目录学的基础上,去顺应近现代中西文学交流下的文学观念的通变,接受新的“小说”观,从而重新审视传统的“笔记”与“小说”。我们不能简单地认为接受新的小说观就是“以西律中”,抛弃传统。事实上,中国传统的包括叙事文学观在内的文学观本身也是在不断地发展变化,对于“文学”不同于学术乃至其他所有“文字著于竹帛”者而自具特性的认识也在不断发展与深化。就“小说”而言,对于这一文体的叙事、写人、虚构等特质的认知也是在一步一步地从混沌走向明晰,所以当西方的小说观传入后就能一拍即合,相互融合,形成了一种新的“小说”文体观。20 世纪以来逐步形成的所谓“小说”,乃至“笔记小说”“传奇小说”“话本小说”“章回小说”等名目,都是在立足本土、借镜西方、反复

---

① 程毅中《略谈笔记小说的含义及范围》,《古籍整理研究学刊》1991 年第 2 期。

② 陶敏、刘再华《“笔记小说”与笔记研究》,《文学遗产》2003 年第 2 期。

讨论的过程中形成的具有中国特色的新概念。这种新的小说文体观的确立与分类的细化，正标志着中华民族文化的进步，也显示了我们民族具有包容与消化世界先进文化的胸怀与能力。实际上，我们对于古代与西方的文化，都应该以一种辩证的、发展的、现实的眼光来看待，站在当代的、中国的、科学的立场上来接受与扬弃。承传中华民族文化的优秀精神，不是要倒退，而是要向前。假如今天不接受百年来形成的新的小说观，再将古今两种小说观搅在一起的话，“笔记”与“小说”的糊涂账将是永远算不清楚的了。

当我们辨明“笔记小说”四字的前世今生，再面对现实的发展态势，我相信将来的发展可能不用学者们过多辩说，事实上会“约定俗成”地形成这样的情况：“笔记小说”四字即表达了“笔记体小说”或“笔记类小说”“笔记式小说”的意思。这已为自梁启超以来的百余年历史所证明，绝大多数小说家及文学史、小说史专家，以及多数“笔记小说”的选本、丛书等出版物，都是将“笔记小说”理解为用笔记体写成的、大致符合现代文体分类中具有“小说”意味的作品。它是“笔记”的，也就是不同于有完整故事的传奇，更不是通俗长篇之作，而是一些随意编录的零简短章；它是含有现代所理解的“小说”意味的，其核心是记事的，或实或虚，或真或幻均可，而不同于传统习用的内容没有边界、相互纠缠不清的“小说”“笔记”“说部”“杂说”等名目了。

至于将“笔记”与“小说”混成一体的、甚至再羼杂“笔记”“小说”之外作品的“笔记小说”观，虽然在一些选本与丛书中偶然还看到，但实际数量是并不多的。而且我们还应该注意到，不少选本与丛书的选家，为了避免混淆“笔记”与“小说”，就干脆只用“笔记”之名而摒弃了因古今理解不同而容易引起歧义的“小说”两字，在《笔记小说大观》之后，就出现了为数不少的唯名“笔记”的选本，如姜亮夫编的《笔记选》（北新书局1934年版）、陈幼璞编的《古今名人笔记选》（商务印书馆1938年版）、叶楚伧主编的《历代名家笔记类选》（正中书局1943年版）、吕叔湘编的《笔记文选读》（文光书店1946年版）、刘耀林编的《明清笔记故事选译》（中华书局1962年版）、《历代史料笔记丛刊》（中华书局于1979年起编刊）、周续赓等编的《历代笔记选注》（北京出版社1983年版）、福建师范大学历史系华侨史资料选辑组编的《晚清海外笔记选》（海洋出版社1983年版）、卉子编的《中国古代笔记文选读》（四川少年儿童出版社1986年版）、偬仕编的《魏晋笔记选》（中国文学出版社1999年版）、黄飙编的《历代笔记选析》（海峡文艺出版社2015版）、倪进编的《唐宋笔记选注》（上海教育出版社2016年版）和《元明笔记选注》（上海教育出版社2018年版）等等，其中有的甚至主要或全部收的是“笔记体小说”，也宁可用“笔记”之名而不带“小说”两字了。这与1983年江苏广陵古籍刻印社重刊《笔记小说大观》的序言提到的一种看法完全相同：“笔记就是笔记，联带上‘小说’有点不伦不类，不如叫《笔记大观》为好。”①这的确既遵循了传统，又避开了混乱，可谓是明智之举。以后欲将“笔记”与“小说”混为一类的选家，不妨都照此办理，只用“笔记”或“说部”之类中国传统的概念来标名，恐怕不失为一条坚守传统的老路吧！

至于有时要将“笔记”与“小说”放在一起并称的，那就比较简单，只要中间加个顿号就解决了。

这样，用三种方法来表示三类本来纠缠不清的“笔记小说”，就不会相混了。我相信，历史的发展必然会继续沿着百余年来已被多数学者所认同和走过的这条道路继续前进。

行文至此，话归正传。我们打开山西古籍出版社1995年始出版的《民国笔记小说大观》，共有四辑52种，其中除《曾胡治兵语录》一编外，大致都有现代意义上的“小说”味。如今又出《民国笔记小说萃编》凡24种，已无《曾胡治兵语录》一类的笔记了，但其中有三部书也可能会产生一些不同的看法。第一部是刘成禺的《洪宪纪事诗本事簿注》。假如从传统文献分类来看，它的基本性质是一部诗注。但它是用“笔记小说”类的文字来注的，其注98篇文字编撰了丰富而生动的故事，说它是笔记体小说也应该是可以的。第二部是《寒云日记》。“日记”本身

① 高斯《重刊〈笔记小说大观〉序》，《笔记小说大观》，江苏广陵古籍刻印社1983年版，第2页。

就是一体。这本日记又夹杂了不少有关诗词的著录、名物的考辨等，然"日记"作为按日所记之笔记，作者又以自己作为中心，用其简约、隽永的文字，逐日记事写情，还是具有一点"小说"因素的。第三部就是缪荃孙之《云自在龛随笔》。从此书的主要成分看，实是一部学术随笔，所记多为金石书画、版本目录之学，但中间亦可见多篇记事写人、饶有文趣之作。所以这三部书，虽然显得各有一点另类的味道，但就其实，用比较宽松的眼光来看，不妨也可列于"笔记小说"之中吧。

至于其他著作，几乎都是记述一些社会生活中的大小事件、人物轶事之类，作者当时往往将它们视为"掌故""杂史""稗史"之类的史著，未必认同这也是"小说"。本来，在古代笔记中有小说味的作品主要是两类，一类是记鬼怪，另一类是记人事。记人事的也有虚、实之别，当然是写实的居多。凡所谓稗史、掌故、野史、琐记、轶闻等等，名目繁多，都是以记人叙事为主。在晚清民国时期，倡导科学，因而多视记鬼怪者为迷信，不少作者有意回避。与之相应，此时做笔记者大都自命其作是为了补翼正史。作者又多生于高官世家，或本身就是名流学者，熟稔朝廷内外及学界文场的种种故实，所记多自亲睹亲闻，有的还到图书馆里翻阅书刊查证。笔下虽有一些是梳理了历史上的陈迹，但最可宝贵的是触及了晚清民国时期诸如宫廷斗争、外交风波、官场倾轧、吏治腐败、名臣功过、史事曲折、遗老姿态、名士趣闻等方方面面，且多标榜信实，自诩为良史。固然,这些笔记,从作者的写作意图来看,他们主要是想写“史”,而不是要创作小说。后来的历史研究者们,引用这些民国笔记中的片段时,也往往将它们作为故实来证史。它们“史”的本质毋庸讳言。

强调信实的历史著作,与可以虚构的文学创作,从现代学科分类来看,当然是两个门道。但是,它们最重要的一个内核,即记事,是相同的。古代朝中史官之记事,当然是一件十分严肃的事情,所谓“圣人之记事也,虑之以大,爱之以敬,行之以礼,修之以孝养,纪之以义,终之以仁”(《礼记·文王世子第八》)。但后来到民间记事,就未必如此郑重其事了,所记未必都是国家大事,也有的来自道听途说,再有的加些油盐酱醋,甚至有的还故意幻设了一些故事,于是就出现了所谓“稗史”“野史”“外史”,乃至“谐史”“趣史”之类,虽也称之为“史”,但此史已不同于彼史了。更何况,就是一些纪传体、纪事本末体之类的所谓“正史”之作,所记之事,所写之人,也有的富有文学意味,人们也常将它们当作文学作品来欣赏。一部《史记》,不是在“中国文学史”著作中也有着崇高的地位吗?与此同理,民国间那些用笔记的形式,所记的大大小小的故事、形形色色的人物,不也可以当作文学中的一类“小说”来欣赏吗?

事实正是如此。我们就以颇有代表性的瞿兑之来说吧。他在民国期间大力提倡“掌故学”,其主要精神是为了在“正史”之外用“杂史”来保存与发掘真实而完整的史料。有人称他是继王国维、梁启超之后,可与陈寅恪相颉颃的“史学大师”。[①] 他认为,自宋以后,在“正史”中已找不着“政治社会制度之实际情况”了,这是因为“自来成功者之纪载必流于文饰,而失败者之纪载又每至于湮没无传。凡一种势力之失败,其文献必为胜利者所摧毁压抑”。所以治史者“为救济史裁之拘束,以帮助读史者对于史事之了解”,必须“对于许多重复参错之琐屑”加以综合审核之后,“存真去伪,由伪得真”,所以“杂史之不可废”。更何况到了清末,“文字之禁骤然失效,从前闷着不敢说的一切历史上疑案”,人们都敢说敢写了,再加上私家印书方便,报章杂志风行,笔记杂事轶闻之作就纷然而起,以求在“史学上”做出贡献。同时,从文字表达的角度来看,他认为先前的《史记》《汉书》,“叙述一个重要人物每从一二节上描写,使其人之性情好尚,甚至于声音笑貌跃然纸上,即一代兴亡大事,亦往往从一件事故的发生前后经过著意叙述,使当时参加者之心理,与夫事态之变化都能曲折传出,而其所产生之果自然使读者领会于心。”但“后来史家每办不到而渐趋于官样文章之形式。所以然者,秉笔之人多少有一点公务的史职在身,而后代的文网较为苛密,加之私家的传说太多,不是公认的话不敢说,不是官式的史料不敢依据,因此虽然极好的史裁也受

① 周劭《瞿兑之与陈寅恪》,《闲话皇帝》,上海书店 1994 年版,第 113 页。

了限制，不能像《史记》那样活泼泼地了。”[①]所以现在他要从“杂史”中找回“正史”中早就不存在的那种“活泼泼”的文字，这也就使他们的“笔记”“掌故”等杂史之作带有了文学味、小说味。他们写的既是史著，但又可视之为“小说”了。且看其《杶庐所闻录》中有一则记张之洞曰：

> 张文襄虽主新政，而思想陈旧，亦出人意表。其在鄂督任时，公文不用新语，必苦思所以代之者。及入管学部，一日稿中偶有新名词。公批曰：“新名词不可用。”部员某年少好事，戏夹签于内曰：“新名词亦新名词，亦不可用。”次日更定上之，而忘去此签。公见而惭怒，竟日不语，遍翻古书，欲有以折之，卒不可得，乃霁颜谢焉。[②]

此短短数语，将虽主新政、思想仍旧的张之洞，围绕着“新名词”一词，对于属下批评后的神情变化，表现得惟妙惟肖。另见其《辛丑和约余闻》一则，就李鸿章签订和约事，写张之洞与李鸿章因两人所处的地位、经历不同而各持己见，各有意气，只用了一二语，即神情毕现：

---

① 瞿兑之《〈一士类稿〉序》，《一士类稿》，《民国笔记小说大观》第二辑，山西古籍出版社 1996 年版，第 17—27 页。

② 瞿兑之《杶庐所闻录》，《民国笔记小说大观》第一辑，山西古籍出版社 1995 年版，第 27 页。

> 辛丑议和之役，李鸿章一手主持，不免有徇外人之意太过者。当时急于求成，亦无人起而抗争。惟与俄国单独订密约一事，众议哗然，中外皆不以为然，卒未画押。张之洞、刘坤一争之尤力。相传刘、张联衔电李争持，实出张之手。李愤甚，电致军机处，谓："不意张督任封疆二十年，仍是书生意见。"张闻之亦惭怒，谓人曰："李相办和议事二三次，便为交涉老手耶？"①

与瞿兑之同道的有徐一士，写的笔记小说也多，他们两人一吹一唱，所持的观点完全一致。徐一士也认为笔记首先当写得"不违乎事实，而有益于知闻"，同时要有文采，"或为工丽之章，或具闲逸之致"。但在"专制之朝，王者为防反侧"，迭兴文狱，"故以当时之人而为私家之著作，处境綦难，有时饰为颂扬，良非得已。至清之既亡，则野史如林，群言庞杂，秽闻秘记，累牍连篇，又过于诞肆，楚则失矣，齐亦未为得也。"至于民初设清史馆，所编《清史稿》之类，"取材循官书文件之旧，评赞多夷犹肤饰之词"，根本无当于"史笔"。因此，他要将"有清一代，专三百年中华之政，结五千年专制之局，为世界交通新陈代谢之窦键"中的"是非得失"，"爬梳搜辑"，通过"随笔之体"

① 瞿兑之《杶庐所闻录》，《民国笔记小说大观》第一辑，山西古籍出版社 1995 年版，第 194 页。

来“贡一得之愚”。[①] 他自幼就好读《三国演义》《水浒传》《西游记》《封神演义》《聊斋志异》《儒林外史》《隋唐演义》《儿女英雄传》《三侠五义》等“闲书”,以听故事为乐,这种熏陶,就使他的笔记更有小说味了。其他收入此编的诸作,虽然文风有异,繁简有别,但大都如这样的一些文史兼备之作,读来皆有兴味。所以此编名之为《民国笔记小说粹编》,也可谓是名副其实,不知读者以为然否?

2022年1月2日

---

① 徐凌霄、徐一士《〈凌霄一士随笔〉自序》,《凌霄一士随笔》,《民国笔记小说大观》第三辑,山西古籍出版社,1997年版,第8、9页。

编纂凡例

《民国笔记小说粹编》，选编民国时期笔记小说名家名作，呈现民国笔记小说主要面目，以利阅读和研究。

一、命名。笔记小说是对文史掌故笔记著作的传统称谓。《四库全书总目提要》将掌故著作归于杂家及小说家等类，20世纪20年代有集古代掌故笔记著作之大型丛书《笔记小说大观》出版。至90年代，本社出版《民国笔记小说大观》凡四辑52种49册。本次整理选其精要，亦收新品，精编精校，名之曰“民国笔记小说粹编”。

二、收录范围。本丛书主要收录民国时期（1912—1949）撰写或出版过的文史掌故著作。兼收个别清末出版的重要掌故笔记，因这些清末著作实质上是民国笔记的先声，对民国笔记的繁荣发展起过巨大的推动作用；但只限于其作者为入民国后仍从事创作活动并有相当影响者。丛书所收民国笔记均在万字以上，个别有特殊价值的不受字数限制。

三、排版、文字。简体横排。

四、点校、加注。凡有多种版本的，择一善本为底本，他本作参校，需要时出校记；手稿或单一版本的采取自校。整理时原则上保持底本文字原貌，异体字一般统一为规范字（涉及古地名、人名、译名等的字不在此限），凡明显错讹缺衍之字、词，均做改正并加以标示，符号为：原稿残缺或无法辨识的字用“□”标示；错别字后跟改正字外加“（）”标示（以下情形不做标示：人名前后不一致的，径改为正确人名；词形不一致，原文即混用的，直接统一改为现代汉语规范字，如“看作”“看做”统一改为“看作”）；缺脱字直接补充字外加“〔〕”，衍文外加“〈〉”。丛书正文不加注释，需特殊说明之处，做脚注，或于导言中予以说明。

原书未分段、标点者，均分段并以新式标点标点。如有整段引文或整首诗词等，亦分段。

特别说明：书稿中用语、用字、用法具有时代特征，与现行规范不合的，保留原貌，如“的、地、得”的使用；“右述”“如左”等原有格式标指文字，保留原貌；特殊的公文（如法律条文等），原文未标点，保留原貌；音译外国人名、地名等，保留原貌。

五、撰写导言，拟小标题。本丛书每部书前均由编者撰以导言，对作者生平、版本流变及内容特点等予以简介。对未予随事标题之笔记，凡有条件者，均酌情拟小标题（此种情况须在导言中说明），以便索引及阅读。

六、原书中有“胡清”“发逆”“拳匪”“蛮”“夷”等歧视性称谓，以及某些不当观点，为保存原著全貌，保存原著作者观点，均未予删节或更改，特此申明。

由于时隔久远、资料不足，加之其他种种原因，本丛书虽纠正了原著诸多误载，但绝难尽善尽美，敬希读者予以指正。

民国笔记小说粹编编委会

2022年2月

目　录

卷二

导　言

《洪宪纪事诗本事簿注》，刘成禺著。刘氏本名问尧，因生于番禺，故字禺生。世载堂乃室名。刘早年留学日本时同冯自由、李书城等宴请孙中山先生，孙先生有“在座多帝王后裔，禺生可称刘汉”之谑，便以刘汉为笔名。他一生追随中山先生，是辛亥革命元老。曾衔中山先生之命，在美国创办《大同报》。护法运动之际，受中山先生委托，北上斡旋于北洋政府要员之间，不辱使命，为革命出生入死。因脸有麻点，当时莫不知有麻哥者。善言辞，广交游，人直口快，故称黑旋风。喜作诗，有文采，先受中山先生之嘱，著《太平天国战史》16卷，系海内研究太平天国起义的先驱之作，颇具权威性；后作《洪宪纪事诗》，并对其中98首注以本事，即本书。

《洪宪纪事诗》写成时，孙中山、章太炎先生均为作序，名重一时。“中山先生称其宣阐民主主义，太炎先生谓所知袁氏乱政时事，刘诗略备，其词瑰玮可观，后之作史者可资摭拾。诗为世重如此。”（见董必武1959年《世载堂杂忆》题辞）孙中山先生民国十一年（1922）三月

《叙辞》说："鉴前事之得失，示来者之惩戒，国史庶有宗主，亦吾党之光荣也。"章太炎先生民国八年（1919）《洪宪纪事诗序》说："武昌刘成禺禺生者，当袁氏乱政时，处京师久，习闻其事，以为衰乱之迹，率自稗官杂录志之，然见之行事，不如诗歌之动人也。于是为《洪宪纪事诗》几三百篇，细大皆录之。诗成示余，其词瑰玮可观，余所知者略备矣。后之百年，庶几作史者有所摭拾，虽袁氏亦将幸其传也。"

刘成禺著作颇多，但多未及完成全书。正如其《世载堂杂忆》自序所云：

> 予年七十，诊太素脉，谓尚有十年命运。……平生首尾未完毕之书，如《禺生四唱》《洪宪纪事诗本事簿注》《忆江南杂诗注》《容闳辜汤生马相伯伍廷芳外交口授录》《世载堂笔记》与《自传》等，尽归纳《杂忆》中，汇为长编，备事分录。

《洪宪纪事诗本事簿注》也属其中之一，它同《洪宪纪事诗》《洪宪纪事诗本事注》的关系是：《洪宪纪事诗》是208首，民国七年（1918）写成，直到民国二十三年（1934）前后，才同《广州杂咏》列为《禺生四唱》公开出版。《洪宪纪事诗》发表后颇受欢迎，于是将部分诗作注，以《洪宪纪事诗本事注》为名在当时上海出版的《逸经》半月刊上陆续发表，从1936年5月第5期起，至第 34 期止共发表了 76 首。后来在此基础之上，增加未在《逸经》上发表的 22 首及其注文，又以《洪宪纪事诗本事簿注》为书名，共计 98 首，用土纸印行。按该书封二"《洪宪纪事诗本事簿注》四卷世载堂藏板京华印书馆校印刊行"牌记看，实际只有卷一、卷二两卷，并无卷三、卷四，仍然是"首尾未完毕之书"。

何以谓之"簿注"呢？诚如《凡例》所说：

> 《文心雕龙·书记篇》：总领黎庶，则有谱籍、簿录。簿者谱也。草木区别，文书类聚，张汤、李广，为吏所簿，别情伪也。《汉书·食货志》多张空簿。沈括谓史馆宣底，如今之圣语簿。他如朝簿、政簿、记事簿甚夥，本注逐条类聚，意亦犹是，故曰簿注。

《簿注》之注"多经当代名人良友供给材料"，所以保存了很多当时的珍闻秘史，足资近代史研究者参考。何以《洪宪纪事诗》是 208 首，《本事簿注》是 98 首呢？不妨从头说起。宣统三年（1911）10 月武昌首义后，刘成禺回国，1912 年任北京临时参议院议员，辛亥革命宣告结束，洪宪帝制（1915 年 12 月 12 日—1916 年 3 月 22 日）被迫取消。当时刘氏身居京城，并于寅、巳之际（1914 年是甲寅年，1917 年是丁巳年），"退处城南，僦孙退谷故宅居之，槐窗闲日，间理旧籍。时项城锐意称帝，内外骚然，朝野新语，日不暇给。遂所闻所见，随笔记录"，写成《后孙公园杂识》以存实事。1916年后又转徙广州，“偶检严遂成《明史杂咏》、厉樊榭等《南宋杂事诗》阅之，友人曰：盍仿此例为《洪宪纪事诗》若干首，附以《后孙公园杂识》，亦一代信史也”。(民国七年即1918年5月刘成禺自记) 于是写成了200余首诗。后因兵燹，大部分材料毁于匡山，今收集到的只有208首，其中有7首见于《逸经》半月刊之《本事注》和京华刊印之《簿注》，有1首仅见于京华本。

就《簿注》98首而言，已把袁世凯“志得意满，矜而自帝”的八十三天皇帝梦前前后后、内内外外、“卒以覆灭”揭示得淋漓尽致。书中记录了袁氏家世祖德、幼时诵读、微时行止、入仕后出使高丽、管理山东和戊戌政变之事、北洋政事之绩，乃至放归洹上、耕渔自适、最终出山履民国总统的经过。把“洪宪”年号的由来和尊奉袁崇焕为先祖，营造新华宫、改建正阳门，议定玉玺、国旗由来，瀛台赋诗、选注兵法，洪宪历法、洪宪缙绅，拟定皇室规范、设立女官，聘任国史馆长、任用国务卿，宫内演戏、跳灵官、罢除选宫女、废除太监制，康梁反袁、蔡锷讨袁，以及袁氏的家庭纠葛、妃子争封、儿子争权等事融诸笔端，为洪宪短命朝廷留存了许多轶闻秘史，洵足珍贵。

纪事诗本事体著作在清末较多，但民初高树《金銮琐记》、王照《方家园杂咏纪事》与刘成禺《洪宪纪事诗本事簿注》尤为杰出。刘氏此作更以记洪宪大事，兼有孙中山、章炳麟序文而传之久远。本次出版，据台北新兴书局《笔记小说大观》本整理，参以《逸经》连载内容，专载有本事注者，同时酌情参考已出版的其他版本。为便于读者了解各诗本事内容，特于每诗之首加注了小标题，并删去了第41首诗及其簿注。

孙安邦

洪宪纪事诗叙辞

今春总师回粤，居观音山粤秀楼。与禺生、少白、育航茗话榕阴石上。禺生方著《洪宪纪事诗》成，畅谈《新安天会》剧曲故事。予亦不禁哑然自笑。回忆二十年前，亡命江户，偶论太平天国遗事，坐间犬养木堂、曾根俊虎，各出关于太平朝之东西书籍，授禺生译著。年余，成《太平天国战史》十六卷，予序而行之。今又成《洪宪纪事诗》几三百篇。前著之书，发扬民族主义；今著之诗，宣阐民主主义。鉴前事之得失，示来者之惩戒，国史庶有宗主，亦吾党之光荣也。

民国十一年三月孙文叙于广州粤秀楼

洪宪纪事诗序

僭伪之主，不能无匡国功，而亲莅行陈，其要也。袁氏仕清，权藉已过矣，不遭削黜，固不敢有异志，趣之者，满洲宗室也。于臣子为非分，于华夏为有大功，志得意满，矜而自帝，卒以覆灭者何哉？能合其众而不能自将也。夫力不足者，必营于机祥小数。袁氏晚节，匿深宫，设周卫而不敢出，所任用者，皆蒙蔽为奸，神怪之说始兴。以明太祖建号洪武，满清独太平军为劲敌，其主洪氏也，武昌倡义者黎元洪，欲用其名以厌塞之，是以建元曰“洪宪”云。袁氏既覆，其佞臣猛将尚在，卒乱天下，今日无有言袁氏之功者矣。然其败亡之故与其迫切而为是者，犹未明于远近。国史虚置，为权贵所扼，其详不可得而书也。武昌刘成禺禺生者，当袁氏乱政时，处京师久，习闻其事，以为衰乱之迹，率自禆官杂录志之，然见之行事，不如诗歌之动人也。于是为《洪宪纪事诗》几三百篇，细大皆录之。诗成示余，其词瑰玮可观，余所知者略备矣。后之百年，庶几作史者有所摭拾，虽袁氏亦将幸其传也。

民国八年孟夏章炳麟序

弁 言

监察院监察委员刘禺生（成禺）先生，自清季随先总理倡革命迄今垂四十年，努力国事，勋名并茂，且文史优长，著述宏富。（卅年前曾以“汉公”笔名著《太平天国战史》一书。以科学方法及历史眼光叙述太平史者，先生实开其端。）其最脍炙人口之作，则为《洪宪纪事诗》三百余咏。（在《禺生四唱》集外续添数十首，未经发表。）凡当时伪宫史迹，朝野掌故，悉载于此。至其词藻之典雅，音韵之铿锵，与义例之蕴蓄，犹其余事。原集有章太炎先生序及孙中山先生跋，均推崇备至。故世人论近代“诗史”者，皆谓先生之作，实驾高树《金銮琐记》、王小航《方家园杂咏》而上之，洵近代文史界之绝大贡献也。惟时间愈远，后之读者愈难明了本事原委及真相。今先生重行校正旧作，添补新章，并逐条亲为注释，诗外有诗，注上加注，人证物证，两无漏遗。每条故实，因果详明，更以初稿遍寄当时关系人物之尚存在者，一一加以校订，务求详尽。其记事求真，治学不苟之精神，于此可见，得不称为一代良史信史乎？现蒙先生将所注稿交《逸经》陆续发表，以饷国人。同人等嘉拜厚赐之余，不禁为读者诸君得饱眼福贺，而《逸经》篇幅亦藉此益增其光华矣。谨序数言，以志大喜。简又文、谢兴尧廿五年四月十四日。

题洪宪纪事诗

忍听东风杜宇声，新华春梦未分明。
群雄滇海张拳起，四友嵩山掉臂行。
殿上君臣神惨淡，灯前儿女泪纵横。
如何举世歌功德，不抵西人一字评。

怒骂何如嬉笑陈，刘郎也算有心人。
军书颇已嗟旁午，杂事还同写秘辛。
一德格天挥阁榜，五经扫地拜车尘。
不堪最是诸名士，侥幸埋头脱鬼薪。

剑川　赵　藩

题洪宪纪事诗

沧桑阅罢百忧并，欲纪遗闻月旦评。
却把南孤东马意，新诗写拟玉溪生。

蜉蝣托命原朝暮，魑魅穷形杂异同。
志怪好凭麟角笔，不须瘢垢与芰砻。

天崩地陷空豪语，墓上征西更盗名。
堪笑当涂矜谶纬，六张五角未分明。

四辅当时自谓贤，遗规犹是凤皇年。
长安社里同儿戏，白狗丹鸡亦可怜！

丹书铁券竟何存！佐命元功痛帝阍。
位极人臣多蹇剥，最难开卷泣烦冤。

呼朋引类起群奸，尚把钦鸡拟凤鸾。
独有孙郎差可恕，悔将鞍马事曹瞒。
（孙毓筠有自忏书。）

第一仙人得得来，锦披曾许到蓬莱。
如何洹上萋萋草，不及分香望雀台。
（项城临死，手刃一姬，附葬墓侧。）

火色鸢肩年少新，不遑念及岁寒身。
可堪遗老头如雪，五百金来颂圣人。

华阳居士称真隐，一代申屠著节操。
古寺萧萧见朝簿，当前谁唱《月儿高》！
（蜀乔茂萱先生，隐居北京法源寺。施愚持参政院名单至，有先生名，以衰病谢绝，强剜一姓为王树楠。此事关系一代名节，特为揭出。）

当年我亦同张俭，今为遗山筑史亭。
（余为写《岁寒诗思图》。）
莫笑刘生是风汉，一篇传诵万人听。

湘阴　陈嘉会

原书凡例

一、《文心雕龙·书记篇》：总领黎庶，则有谱籍、簿录。簿者谱也。草木区别，文书类聚，张汤、李广，为吏所簿，别情伪也。《汉书·食货志》多张空簿。沈括谓史馆宣底，如今之圣语簿。他如朝簿、政簿、记事簿甚夥，本注逐条类聚，意亦犹是，故曰簿注。

二、本诗原编，曾分次第先后。嗣因兵燹，大部材料毁于匡山，乃将存留者先行簿注，未照本诗次第，余待补录。

三、《禺生四唱》中刊有本诗全文，均于其下列分簿注本中卷数、页数，以便翻阅。

四、此注多经当代名人良友供给材料，尚有未翔实者，敬求海内贤达，随时赐正。

五、本书因材料损失，未能集中，兹先就其较完备者，分刊四卷，聊当长编。再版时，重加排比，以成完帙。

初稿例略

一、本事注先将初稿短篇录出，再录长篇。

二、本篇系初稿，文字事实，须多改正，因朋辈索阅者甚多，故与简君又文商榷，在《逸经》半月刊陆续发表，藉代墨楮。

三、初稿不分次序，随录随刊；整理全稿，尚待纪事注录齐，再编次第。

四、文字事实，宜商订改正之处甚多，海内达人如有诲正，敬请函南京太平桥南八号收不误。

五、《纪事诗本事注》初稿完后，即当汇齐整理付印；订正之稿，因需搜求者尚多，用待异日。

六、本事注均属当时友朋或注记，或阅正，或商订，或著录；今仿古人著书引原书为证之例，并署书名人名于本事后，以资考据。

七、《纪事诗本事注》出齐后，尚有洪宪专书十余种，当时销毁已成孤本，拟附刻《洪宪朝史料丛刊》，为政治历史考证之资料。

编者注：此为《洪宪纪事诗本事簿注》初稿在《逸经》初次发表时所载，特录于此。

卷一

一　袁氏简历

龙飞河北据幽燕，八十三晨大宝传。
一代兴亡存故事，史家纪日代编年。

袁籍河南项城，发轫天津李合肥幕下。朝鲜一役后，任山东巡抚，手练新建陆军，为晚清六军之第四军。升任军机大臣、北洋总督、外务部尚书。谪归彰德，起任内阁总理大臣。清帝退位，举任中华民国大总统。功名居处，皆在河北。洪宪称帝，始于民国五年丙辰岁正月元日，取消于五年三月二十二日，凡称帝八十三日。袁氏自称，帝号由清室移转，并非取之民国，故曰大宝传也。（《后孙公园杂录》）

二　前门开则有凶

洹德神人命至尊，洪天营造辟都垣。
故开双阙增奇数，便压皇明十二门。

袁在彰德府城北洹水上，筑洹上村。建筑不甚宏伟，而颇大雅。袁被议，归彰德居之，署名“洹上老人”。起用入京，膺大总统选，眷属多留洹上，曰“发祥地”也。北京议改帝制，先壮都城，内务总长朱启钤实任营造。曰清代入关，因以盛京为陪都，命名承天府，北京则名顺天府。今上登极，都城不宜袭北京名，且年颁洪宪，宜尊升曰洪天府。如仍名北京，则南北有未统一之嫌。当北京开始营建，日者邓某说袁克定宜先改造前门。清承明制，建十二门，前门不开，开则有凶。偶数不利，宜增奇数。乃改造外圈前门楼，使雄立高耸，张两龙眼以窥南方。楼下前门洞紧闭双扉，永不开启，避免凶兆。拆去外圈城墙，广为大路，双绕圆弧，直趋内圈。前门原门为一，今析为二，一出一入，增为十三门，合天数壮皇极也。前门工竣，又于双门内东西两旁，每方造洋楼一座，两两对峙，为克定储公安座位也。日者曰：“天长地久。”不仅压倒内城九门，并压倒皇明、满清内外十二门矣。（《后孙公园杂录》）

三　王气略论与整军经武

岧峣宫禁起新华，竟划河嵩作帝家。
王气西来畿辅定，巩城兵铁洛阳花。

营造帝城诸臣，新华门内南海宫殿，皆称新华宫。暂时油漆刷新，俟宣统迁出大内，由新华宫乃移入紫禁城，正居帝位。日者邓某进曰："中国王气由塞外分两枝入中国。长白山举顶，蜿蜒西行，结穴北京，遂有辽、金、元、明、清七百年之皇运。一枝由塞外西南入关，横亘太行八百里，渡河而西，结穴秦中，成长安五百年之皇运。太白终南举顶，渡河而南，结穴洛阳，成东周、东汉、北朝之皇运。嵩山举顶，嵩山居五岳之中枢，惟嵩最贵。长安气尽，北京气疲，不如在洛阳一带，跨河嵩以立陪都，此天子大居正也。"项城曰："昔娄敬定关中，图三辅，邓先生亦娄敬也，善。"于是相其阴阳，观其流泉，划河嵩之间为陪都，策划宫室、营房、兵工厂诸制。择洛阳西面为宫室、营房，先建营房屯兵，今所称西工是也。

案：项城当国三四年间，注意于整军经武，其初以北洋六镇为基础，而取互相牵制主义。向闻北洋老将卢子嘉永祥言："北洋六师，四师长于骑兵，六师长于工兵，二师长于炮兵，五师长于辎重兵，一、三两师长于步兵，各有偏胜。于兵器亦然。沪厂长于造炮及炮弹，汉厂长于造步兵枪弹，粤厂长于造机关枪，德州偏于造枪弹。"项城乃始于洛阳造兵房，着手训练新皇军。又于巩县造大规模统一重兵器工厂，拟先拨五千万元筹办此事，任蒋延梓为厂长。方开始建造屋宇，安置机件，工程甫及五分之一，而项城遽殂，遂停办。西工屋宇营房，仍项城时之旧规也。（录《洪宪秘辛》及《袁世凯与中国》）

四 小桃红被迫入宫

福全宫里赐钱回，有喜天颜一笑开。
报到皇孙新得母，羊车仓卒入宫来。

新历民四九月十六日，项城寿辰，宫内行家人祝嘏礼。少长男女，各照辈次分班拜跪。孙辈行中，有老妪抱一赤子，合手叩头。项城曰："此儿何人?"妪应曰："二爷新添孙少爷，恭喜！贺喜!"项城问其母为谁，旁应曰："其母现居府外，因未奉皇上允许，不敢入宫。"项城曰："即刻令儿母迁进新华宫，候我传见。"儿何人？寒云纳薛丽清所生也。丽清分娩后，离异他往。项城因儿索母，何处可寻？如是，袁乃宽、江朝宗等，与寒云商定，当夜朝宗派九门提督率兵往石头胡同某清吟小班，将寒云曾眷之苏妓小桃红活捉入宫，静候传呼。八大胡同南部佳丽，受此惊吓，不知所云，有逃避一二日未归院者。事定，手帕姊妹，艳称小桃红真有福气，未嫁人先做娘。扬州方地山(尔谦)，寒云童子师也，贺寒云联云："冤枉难为老杜白，传闻又弄小桃红。"一时传诵。(旌德汪彭年民四九月十七晨来后孙公园说事。)

溧水濮伯欣先生一乘曰："寒云纳小桃红，方太师赠联云：冤枉难为老杜白（苏语"老杜"即"老大"，指克定），传闻又弄小桃红。"方地山（尔谦）曾授克文、克良蒙课，呼为太师。寒云修禊法源寺，地山在津，一电回京，来往半日。又洪宪时阮斗瞻娶媳，牵亲太太选相福禄、多儿女、未有妾媵者，礼延某夫人。某夫人初入京，乡气重，坚不欲往。都人为对云：“方太师回朝，某夫人在野。”按：《顺天时报》载联凡四语：“阮大郎结亲，某夫人在野。皇二子纳嫔，方太师回朝云。”

《寒云日记》：“丙寅二月二日。秀英邀观影剧，偕琼姬往。”小桃红后与寒云分离，在津重张艳帜，易名秀英，尚未忘情寒云，故寒云有枨触词云。其为皇孙母，亦不过三数年耳。（伯欣又记）

五 洪宪元旦行礼记

国泰民安属对工，黄氍毹映紫灯笼。
礼台内贺三更罢，宝座犹张孔雀篷。

洪宪元旦，外受群臣朝贺。除夕三更后，先具家人内贺礼，于居仁堂行之。堂中帷幔尚黄色，氍毹织黄龙，间以藻火云物之属。皇帝升御座，以大紫灯笼二对，夹行前导。一书“风调雨顺”，一书“国泰民安”。皇帝与皇后，同升宝座。女官左右排列，皇后先向皇帝贺年，皇帝还礼如仪。次克定及太子妃、次皇二子以降，次宫妃以降，次长公主以降，每人行礼，女官传呼，鼓乐叠奏。宝座上覆孔雀翠羽，全缀黄灯，即俗语所谓遮阳也。洪宪消亡，孔

雀篷与宝座尚留，出入居仁堂者，摩挲叹息。（录《后孙公园杂录》）

六　整饬纲纪之滑稽事

秉简哇俗奏明光，官样闺书训女郎。

湘绮老人端解事，封还官职避弹章。

民国三、四年，北京官家闺秀，竞尚奢荡，冶服香车，招摇过市。以内务总长朱启钤之三小姐为祭酒。其他名媛醉心时髦，从者不乏其人。濮伯欣先生北京打油诗曰："欲将东亚变西欧，到处闻人说自由。一辆汽车灯市口，朱三小姐出风头。"纪实事也。争艳斗侈，礼仪荡然。而筹安会、女子请愿团、女子参政会，如唐群英、沈佩贞、蒋淑婉、安静生之流，时往新华宫，求谒项城，称女佐命。醒春居风流案，遂以发生。又如吕碧城等，学问门第较高，为项城咨议，所领女徒党，别张才女之帜，在风度不在服装也。项城因筹议帝制，先整饬纲纪，官眷越礼，时有所闻，甚为厌恶，思痛惩之。密谕肃政史夏寿康，具折整饬风俗，严警效尤。夏寿康乃上封事曰："奏为朝官眷属妇女冶服荡行，越礼逾闲，宜责成家属严行管束，以维风化而重礼制事。"其中警句如"处唐虞赓歌之世，而有郑卫秉简之风。自古帷薄不修，为官箴之玷；室家弗治，乃礼教之防，其何以树朝政而端国俗"云云。折上，项城将原折交政事堂，通令整饬风纪，以重官箴。文载《政事堂公报》。项城一日告朱桂莘（启钤）云："夏肃政史所上整饬风化折，汝为内务总长，宜痛加整顿，实行专责。《传》曰家齐而后国治，国之本在家，皆内政事也。"桂莘归，惘惘若失。由内务部令城厢警察，密禁在京官眷冶服诲淫，而训朱三小姐，一月内不准出门。京师风气一时丕变，招摇过市之风息，畏行多露之礼生矣。

湘潭王湘绮先生，一老名宿也。项城聘为参政，主持国史，尊为馆长。其恋老女仆周妈一事，全国传为《老荡子行》，湘绮处之晏如也。周妈在国史馆，把持开支，干涉用人，大有招权纳贿之意。谋职员支薪水者，皆求周妈密语湘绮，得邀一命为荣。自夏寿康整饬官眷风纪折上，内有"帷薄不修""有玷官箴"等语。寿康虽意不在周妈，湘绮则认为语侵此老。加以洪宪元旦，自上大夫以上，皆须称臣上颂，参政院参政咸授少卿上大夫，适合体制。湘绮为避免在京称臣之嫌，毅然于民国四年十一月，辞参政、国史馆长职，携周妈南归。又恐项城帝国告成，无将来见面地，乃假托周妈事件，根据夏折为辞。其辞参政院参政、国史馆馆长呈曰："呈为帷薄不修，妇女干政，无益史馆，有玷官箴。应行自请处分，祈罢免本兼各职事。"内述"闿运年迈多病，饮食起居，需人料理，不能须臾离女仆周妈。而周妈遇事招摇，可恶已极，致惹肃政史列章弹奏，实深惭恧，上无以树齐家治国之规，内不能行移风易俗之化"云云。章太炎先生曰："湘绮此呈，表面则嬉笑怒骂，内意

则钩心斗角。不意八十老翁，狡猾若此！如周妈者，真湘绮老人之护身符也。”（录《后孙公园杂录》）

附录：新城陈赣一《读湘绮楼日记》注周妈事

王壬秋先生，岁甲寅，项城招入京，聘为国史馆长，先生诺之。遂携其宠姬所谓周妈者北上。排日纪事，颇有可资谈噱者。率录如干则，曰《读湘绮楼日记》。

三月十五日夜。与杨度谈，云南北禅代，已有其功，盖与黄兴密约。一夜有微雨。妇女今日出游公园，两妪均从余独守屋。（按：两妪云云，或周妈在内耶。）

五月四日。晴。出访杨惺吾于砖塔巷龚宅，小坐而还。以老人不宜多谈，而自忘其老也。（按：其时湘绮老人年近八十，体力殊健，精神亦旺，自谓忘其老，足见其老而不老也。观于周妈之朝夕不离左右，可以知矣。）

闰月十九日。晴。至象坊桥院。未闻其说，随众举手而已。欲条陈，周婆尼之而止。杨贤子移来同往。（按：象坊桥，即参政院所在之地，听者指开会而言，条陈为周妈所尼，是湘绮亦谋及妇人矣。贤子即戏呼杨皙子者，时其妾方下堂，遂与八十岁之老师同居。）

六月七日。晴。方起，外报欧阳小道来，短衣延入。云欲修史，可谓奇想也。不能与论，盖求财耳。看报言周妈事，殊有意味。王特生亦求周妈，则无影响矣。然亦裴回与亲戚同知疲民心想之奇，何事不可为？他日定当以圜土杀之。此等人不杀，无可位置也。不知佛出，何以度此？又非立达所可及。

八月廿一日。晴。伺候周妪出游东安市场。（按：周妈因湘绮而得名，伺候云云，以八十老翁，视女仆如夫人，可谓恭维甚至！无惑乎今之时髦少年，往往低眉下气，为其妇穿大衣，套绣履，出入扶持为得意也。）

九月十四日。晴。欲送芸子月费，帐房无钱乃止，遣舆儿往车站送之。又私送廿元，遣周妪送去。

十一月十四日。晴。过武胜关。又寐未觉。辰刻到汉口，寻神州馆暂住。待周妪，已放牌，天心不知何意？作书与袁慰庭："前上启事，未承钧谕。缘设立史馆本意收集馆员，以备咨访。乃承赐以月俸，遂成利途。按时支领，又不时得。纷纷问索，遂致以印领抵借券，不胜其辱。是以陈情辞职，非畏寒避事也。到馆后，日食加于家食，身体日健，方颂鸿施。故欲停止两月经费，得万余金，买广厦一区，率诸员共听教令，方为廉雅。若此市道，开自鲰生，曾叔孙通之不如，岂不为天下笑乎？前拟将颁印暂存夏内史处，又嫌以外干内，因暂送存敝门人杨度家，恭候询问，必能代陈委曲。某某于小寒前，由汉口归湘，待终牖下。奉启申谢，无任愧悚。敬颂福安。××谨启。"（按：湘绮既定期出都，上呈辞国史馆长及参政各职，闻措辞极诙谐入妙。起句云："呈为帷薄不修，妇女干政，无益史馆，有玷官箴，应请罢免本兼各职事。"内述年迈不能须臾离周妈，而周妈招摇撞骗，可恶已极，实则湘绮戏言也。此书亦多嘻笑语，出诸此老之口，人且以为谑耳。）

十二月十九日。有雪霏见白。《大风报》馆诬周妈受贿，遣问根由，轿夫均出，遂不得出城，亦藉以避风也。周妈屡致人言，理亦宜。如王赓虞之请去，惜无御史弹之朝廷，则无以飞语去人之理，故遂不问。

廿一日。阴。欲待仲驯查办周妈事。彼日日来，今日乃不来。（仲驯即陈毓华。）（按：周妈受贿，湘绮曾上书元首，戏言周妈干政，报馆摭拾风闻，亦湘绮自召。）

湘绮任国史馆长，由原籍携周妈入京。过武昌，拜督军王占元，投刺附署“周妈”二字。湘绮偕入，谓占元曰：“老妪欲瞻将军威仪，幸假以辞色。他日入京，亦携此妪，谒拜圣颜，使阔眼界。”因占元驻汉招待者，屡贱遇周妈，湘绮乃有此举。占元事出意外，不知所措，后用官车，偕送渡江，厚贶老人，附遗周妈。湘绮曰：“今日为周妈吐气矣。”武汉人士，至今播为佳话也。湘绮入京，僦西单牌楼武功卫二号居之。后堂署“周妈老巢”。湘绮告人曰：“予藏书零乱，作文时引用考证名某书某卷，惟周妈能一检即得。虽门人学者，亦不能细心若此。”伺候老人外，尚有专长云。湘绮询弟子颜某云：“报章纷载周妈诽语，尔意云何？”颜曰：“八十老翁，出入以妇人役，古礼有之。”湘绮微笑曰：“是真读古书能会通者。”（录《春明琐记》）

皙子纵横自恣，惟平生最服膺湘绮，执弟子礼甚恭。湘绮殁于民五冬间，皙子方逋亡在外，不克奔丧。寄挽一联云：“旷古圣贤才，能以逍遥通世法；平生帝王学，只

今颠沛愧师承。”数语可括湘绮生平，亦以见师弟渊源之深也。（录《洪宪秘辛》）

按：周妈随湘绮入京，国史馆杂事，多由周妈把持。内外啧有烦言，上海《时报·文艺周刊》载有《周妈传》长篇。如记湘绮无周妈，则冬睡足不暖，日食腹不饱。《顺天时报》载湘绮欲委某为馆员，周妈先有人在，硬行改委。《益世报》载湘绮曰：“周妈，吾之棉鞋大被也。无衣无褐，何以卒岁。”湘绮阅之，大为愤恨。故日记中有：“看报言周妈事，颇有意味。”盖首肯也。泸溪廖名缙笏堂同院告予曰，湘绮掌教衡山，一日据高岸出恭，其臀特红，诸生在下大笑。湘绮大呼：“周妈快拿草纸来，同我揩污。你这些杇货！”周妈冉冉而至云。（成禺附记）

七　赐名匾额

筒瓦参差建宝蓝，赐名匾额镂沉檀。
体元承运余新殿，辜负书家小小男。

洪宪元旦登极，大典筹备处更新宫殿，改易旧名，大会于平台。先拟议大殿大门名称，具折呈核，由项城御笔圈出。于是易中华门为新华门，易太和殿为体元殿，易保和殿为承运殿，易中和殿为建极殿。明清旧制，全盖黄瓦，浓抹金色，洪宪改建筒瓦，于金黄色外，间用宝蓝，表示新朝易名号必易服色之意。将作大监，则内务总长朱启钤也。体元、承运、建极三殿匾额，刻镂沉檀，四围空凿龙凤云物之属，像十二章，呈十二色。额字用金黄色，御笔圈派上大夫林长民恭书，字体仿《瘗鹤铭》。书就，进呈御圈，项城大为嘉许，钦定林书上额。群臣上颂，长民笑向人曰："他日小小男爵，总有一位，方不辜负此书。"有人谀宗孟者曰："严钤山书贡院至公堂，公字上之八字两撇下面横出，至今称道，视为国宝。先生三殿书额，将来与国同休戚，相业勋业，当与钤山无异云云。"（录《后孙公园杂录》）

按：当时大典筹备，新葺正殿。备行朝仪。某建议曰："周虽旧邦，其命维新。朝堂正门，清易大明门为大清门，民国易大清门为中华门。洪宪登极，宜改中华门为新华门，以符其命维新之义。"太和、保和、中和三殿，拟名甚多。有拟太和为洪元、宪元者，有拟保和为新运、承天者，后用体元、承运、建极，经项城圈定。当议洪元之名时，座中或笑曰："是非为黎元洪唱大登殿乎？"（禺生记）

八　朝堂戏骂

宫内嘲谈竟阋墙，君臣御跛笑升堂。
寄言来日聋皇后，胜却徐妃半面妆。

《穀梁传》，郤克升堂，妇人笑于房，谓使秃者御秃者，跛者御跛者，故妇人笑于房也。克定左足病曳，颜世清右足不良于行。洪宪元旦，世清朝贺新华宫。礼成，世清退值，疾趋储宫贺太子，世清行拜跪礼，克定还礼如仪。克定左跛，杖而能起，世清右跛，亦按地良久，身乃成立，左右各留半膝，有如牴角对蹲之戏。克文、克良大笑哄堂。克定盛怒，痛责诸弟，谓其儿戏朝仪。克良答曰："汝真以储君威权，凌辱群季耶？世界上岂有跛皇帝、聋皇后者！"并讥克定妇。吴清卿大澂长女，两耳实聋，充不闻声也。克定纵怒掷物，世清又跛跪，以求息怒。（江夏汪哕鸾记事）

九　袁克文

皕宋图书广海藤，萧然高阁类孤僧。
诗人证得陈思罪，莫到琼楼最上层。

世凯二子克文，字抱存，后署名寒云。母朝鲜世家女，世凯驻韩时所纳，早死，洪宪纪元赠第一宫妃。克定拥乃父称帝，克文时作讽诗示讥谏之意，后以《感遇》诗获罪。诗云：

乍着微棉强自胜，阴晴向晚未分明。
南回寒雁掩孤月，西去骄风动九城。
驹隙留身争一瞬，蛩声吹梦欲三更。
绝怜高处多风雨，莫到琼楼最上层。

初，克文逐日辟觞政于北海，结纳名士，从者颇众。克定阴遣岭南诗人某窥克文动静。某检举《感遇》末二句诗意为反对帝制，克定禀呈世凯，安置北海，禁其出入。克文唯摩挲宋板书籍、金石尊彝，消磨岁月，故有《寒云日记》，由丙辰正月起，十年无间。其后丙寅、丁卯二年手书日记，刘秉义得之，为之题跋影印刊行。（夏口李以祉注释）

附录：刘秉义《袁寒云丙寅丁卯日记跋》

余与寒云公子虽无一面缘，读其“绝怜高处多风雨，莫到琼楼最上层”句，未尝不悲其身世遭家多难，悒悒穷困以终也。袁氏诸子，寒云最有志学，喜结名流，故于书法词章，旁及金石考订之属，卓然有独到处。无他著作，仅日记十余册，详载起居、交游、轶闻、政治、唱酬、考订，逐日无间。洪宪后记政事者绝鲜，盖不欲评判人，而供人评判也。予得其丙寅、丁卯两年日记，笔法劲秀，首尾完备，所记皆碑版泉币考订之学，间及朋友赠咏。中载图百余幅，又兰亭缩拓十余种最名贵。述政治身世者，只忆小桃红词感洪宪时之乐事，吊林白水词哀复辟后之丧乱二条而已，余册散失殆尽。早年所记政闻二册，又为张汉卿携往辽沈，毁于兵燹。今日可见者，予家所获丙丁二册。嗟乎！使袁氏帝制不为，寒云以贵公子尽其所学，必能名世。当国破家亡之后，天复不假以年，求长此落拓江湖亦不得，所遗留者又仅此二册日记，岂非命欤！予悯其志，悲其人，影印百版，愿事表传。

附：题刘少岩藏寒云丙寅丁卯日记

（武昌刘成禺题词）

中垒搜书稿获珍，卷中风度照麒麟。
盛时典宴诗流尽，神墨雠题有故人。

世家兴废不须谈，落拓江湖是好男。
秀写怀中枨触意，建安才子褚河南。

寅卯亲书首尾年，碑图金石万珠船。
应知中岁多家难，记事曾无政一篇。

衣冠古梦拜吾刘，遗著精刊到相州。
风雨高楼皇二子，谁怜人物传陈留。

忧绿先生来函云："《洪宪纪事诗本事注》中所传寒云之诗，为七律一章。特其发轫之初，尚有小小曲折人所未谂者。斯作原稿，七律二章，题曰《分明》。前有小叙，经易哭厂（顺鼎）删改，并为一章，乃以问世。"寒云于哭厂所删，殊未惬意，曾录原作示余，兹刊于次，以存其真。

乙卯秋偕雪姬游颐和园泛舟昆池

循御沟出夕止玉泉精舍

乍著微棉强自胜，古台荒槛一凭陵。
波飞太液心无住，云起魔崖梦欲腾。
偶向远林闻怨笛，独临灵室转明灯。
绝怜高处多风雨，莫到琼楼最上层。

小院西风送晚晴，嚣嚣欢怨未分明。
南回寒雁掩孤月，东去骄风黯九城。
驹隙留身争一瞬，蛩声催梦欲三更
山泉绕屋知清浅，微念沧浪感不平。

一〇　小桃红

团城楼北海堂东，兄弟当年有赐宫。
识得窗间名姓在，春风零落小桃红。

袁克文因“莫到琼楼最上层”诗句，为储公克定所忌，犹曹丕之于子建也。世凯赐诸子克定、克文、克良北海离宫各一所。克文携吴姬小桃红，居雁翅楼。家谕禁与当朝名士往来唱和。克文无聊，小桃红日为炊食。丙寅三月二日，《寒云日记》云：“秀英原名小桃红，今名莺莺，咸予旧欢小字也，对之枨触。”爰致语曰：“提起小名儿，昔梦已非，新欢又坠；漫言桃叶渡，春风依旧，人面谁家？”又曰：“薄倖兴成小玉悲，折柳分钗，空寻断梦。旧心漫与桃花说。愁红汰绿，不似当年。”盖小桃〔红〕已琵琶别抱矣。日记今藏秉义家。（嘉兴刘秉义笺注）

一一 汾阳王式通

六十分时侍圣躬，一声臣诺一分中。
诸公莫笑饶臣癖，分定汾阳王式通。
（第二句为安徽王源瀚改窜。）

帝制取消，王式通与张一麐谒项城，张行常礼，王仍拜跪称臣。事毕，同下值。张谓王曰：“书衡，汝真有臣癖，予与项城谈话不过六十分钟，汝足足称臣六十声。”王曰：“今上虽弃皇帝不为，予与项城君臣之分已定。汾阳王式通岂能效人首鼠两端，过路撤桥？并跪拜称臣之礼前日所屡为者，今亦不敢为耶？”蒲圻覃寿堃有诗载《顺天时报》曰：“独有王臣癖，声声不二臣。汾阳称寄籍，江总认前身。”即咏此事。

奉军入京，捕徐树铮，误获王式通。警察总监殷洪寿案问曰：“汝徐树铮耶？”王应曰：“误矣，王式通也。”殷大怒，连批王左右颊，呼“王八旦”“王八旦”者再。樊樊山一日与郭曾炘饮，曰：“吾为王书衡得一妙对：面受二八旦，口称六十臣。”郭曰：“二八旦吾知之矣，六十臣又出何典？”樊曰：“此刘麻哥之麻典也，有诗为证。”

（孝感邓北堂说事）

陈中岳诵洛云："洪宪时，予住严范孙先生家。先生曰：'日下今有一绝妙好对曰：三千金呼二万岁，一小时称六十臣。'"对为王书衡，出则缪小山也。缪小山荃孙应诏入京，项城手赠三千金。小山入谢，连呼万岁两声。（录《后孙公园杂录》）

一二　两戏班

两班脚本斗金钗，歌满春园花满街。
观客无须争座位，让他亲贵占头排。

乙卯年，北京闹洪宪热。人物麇集都下，争尚戏迷。三庆园、广德楼两班竞技，广德楼以鲜灵芝为主角，三庆园以刘喜奎为主角。广德楼天花板所绘《四裔人物朝贡图》，装束风俗，形态奇诡，云为乾隆八十万寿时，搜罗四裔色目种族，驿会日下，赐宴上寿，各奏土戏，内府制为《王会图》，以夸大四夷来朝之盛。广德班赓飏盛典，乃摩绘原图于楼顶。两班皆坤角，捧者又为左右袒，各张一帜，互斗雄长。易实甫尤倾倒鲜灵芝，当时袁氏诸子、要人文客长包两班头二排。喜奎、灵芝出台，实甫必纳首怀中，高撑两掌乱拍，曰："此喝手彩也。"某日灵芝演《小放牛》，其夫跟包倚鬼门而望，小丑指灵芝向其夫说白曰："你真是装龙像龙，装凤像凤。"实甫坐前排，一跃

而起，大呼曰："我有妙对，诸君静听：我愿他嫁狗随狗，嫁鸡随鸡。"樊樊山有诗四章，歌咏其事。（蒲圻覃寿堃孝方补记）

按：广德楼始于明季，其台柱一联，传为吴梅村应清诏入京再补祭酒时所题。台柱联云："大千秋色在眉头，看遍玉影珠光，重游瞻部；十万春花如梦里，记得丁歌甲舞，曾醉昆仑。"（孝感李启琛补注）

一三　乔树楠

分曹王后见名称，逃姓冥冥乔左丞。
遗墨几经陵谷变，秋龛曳杖泪胡僧。

隆裕逊位，乔茂萱树楠以学部左丞，硕学清望，不愿厕身新国，退居法源寺。青灯古佛，萧然一室，过谈只老门生耳。

项城设参政院，为帝制请愿张本，搜罗前清有德望之遗臣。蜀人施愚者，茂老至友纪云子，以乡世谊屡持参政名单，中列茂老名，说其屈就。茂老曰："予岂能为持威斗者作上书人耶！"时旧同曹王树楠者，在京津间谋参政甚力。茂老曰："得之矣。"施愚最后持名单至，乃执笔顾愚曰："容我改一字可乎？"急于名单上浓涂"乔"字改易"王"字，曰："王树楠最喜作官，可谓一举而两全其美。"嘉会，茂老忘年交也。事后来京亲告原委。予笑曰："真

《世说新语》中之神品。”故余所撰洪宪诗题词：“华阳居士称真隐，一代申屠著节操。古寺萧萧见朝簿，当前谁唱《月儿高》？”又学部初开，乔先生树楠为左丞，鲁人孟庆荣为右丞，而荣中堂庆为学部尚书。同时有高姓兄弟两御史，一名高树，一名高楠，喜劾权贵，都人皆谓出茂老意。学部中人为佳对云：“乔树楠并吞高御史，孟庆荣颠倒老中堂。”茂老姓名皆有掌故。（湘阴陈嘉会日记摘录）

一四　跳灵官

授册椒风不上坛，当筵雷雨跳灵官。
故知薄艺通兴废，愧尔诸伶技泪看。

乙卯九月二十三日为国务卿徐世昌生辰，大典筹备处文武官吏群赴东单牌楼五条胡同相邸，祝寿演剧。清室师傅陈宝琛亦在座。京师名角齐集，合演《大登殿》。孙菊仙扮皇帝，百官请圣上登宝座，菊仙谦让，立坛下，连称不敢不敢。说白曰：“自从清室退位，从前皇帝已经没有了。现在民国，并无皇帝。将来皇帝，尚未出现。我何人？我何人？我何敢！我何敢！”忽指世昌曰：“哈！现在谁个是你的皇帝？”转指陈宝琛曰：“哈！现在谁个又是你的皇帝？”退三步，将须一捋，大声曰：“哈！我又是谁个的皇帝？”宝琛倚席掩泪不止。归赋《漱芳斋观剧有感》三绝句云：“钧天梦不到溪山，宴罢瑶池海亦干。谁忆梨园烟散后，白头及见跳灵官。”“一曲何堪触旧悲，卅年看举寿人卮。相公亦是三朝老，宁记椒风授册时。凝碧池边泪几吞，一颁社饭味遗言。史家休薄伶官传，犹感缠头解报恩。”（如皋冒广生商订正）

按：宫外演戏，先跳加官。宫内演戏，无官可加，先跳灵官祛邪。龙虎山只灵官一人，当门接引，三只眼，红须红袍，左手挽诀，右手持杵。宫内演戏则用灵官十人，选名角跳之。形象须袍，皆仿龙虎山灵官状。清室退位，无跳灵官者。世昌寿剧先跳灵官，故宝琛大为伤感。（成禺补记）

按：弢老本集，题为《六月初一日漱芳斋听戏》。尚有一首云：“此曲能闻第几回？分明天乐梵王台。升平法曲乾隆日，娄县尚书旧费才。”第二首注云：“壬申大婚礼成，元和癸酉始来京。实则指元和以骂东海，因漱芳斋而恶水竹村耳。”弢老一日与天津高步瀛谈，高谓梅兰芳美国赠博士，徐菊人亦赠博士，于菊人品格有亏。弢老曰：“春兰秋菊，皆一时之秀也。”（成禺再记）

赵竹老世丈曰：“十年前，弢老来沪，予张家宴。询及水竹村人，弢老以两手抚其颊曰：‘替他不怕丑，腆然请我吃酒听戏，胆敢对皇上用照会，派黄开甲代表入宫贺年贺节。’”（成禺补注）

陈散原先生曰：“卅年看举寿人卮，相公亦是三朝老，犹感缠头解报恩。”弢师指示予云：“此三句骂倒水竹祝寿。”按：弢老为散原先生壬午乡试座师。首艺题为《岁寒然后知松柏之后凋》也。散原七十，弢庵赠诗有“相看同是后凋身”之句。

一五　洪宪元年有人进品花图

三十六宫春雨中，品花二十四番风。
帝城云树新恩泽，秘说仇家画笔工。

中华民国洪宪元年元旦，行宫内外朝贺礼，分封六宫。顾鳌等呈进《三十六宫春雨图》，轴签题“三十六宫都是春”，开卷书王维诗“云里帝城双凤阙，雨中春树万人家”一联。云仇十洲名笔也。又《二十四番花信风图》，何人呈进储公克定，云亦十洲名画。曰坐向松窗弹玉琴，曰皎如玉树临风前，曰芙蓉向脸两边开，曰水荇牵风翠带长，曰几人相忆在江楼，曰玉人何处教吹箫，曰沉香亭北倚阑干，曰英姿爽飒来酣战，曰春风不度玉门关，曰回头一笑百媚生，曰碧纱如烟隔窗语，曰绿杨宜作两家春，曰温泉水滑洗凝脂，曰何用别寻方外去，曰不容待得晚菘尝，曰池荷雨后衣香起，曰一叶扁舟宿苇花，曰倒樽尽日忘归去，曰笑倚东窗白玉床，曰佳人拾翠春相问，曰汉口夕阳斜度鸟，曰夜深还过女墙来，曰且将团扇暂徘徊，曰到岸请君回首望，共二十四册。各题唐诗一句，当时传抄者如此。近见道光时训导歙县程奂轮先生雅扶刊印《春风二十四谱》一册，与仇画所题二十四诗句无异。其

《秘戏春图》，精刊寸方石章二十四方，以形容诗句之意义。仇画或属赝品。抑印章摩仿仇画，见闻所及，姑记阙疑。（秋浦许世英同观图册）

一六　于晦若

腰扇骑驴态不凡，书空咄咄报虚函。
侍郎一去离弦上，秋到昆山雨半帆。

唐先生绍仪曰："予光绪初叶，列天津李文忠幕下时，桂林于晦若式枚为北洋大臣总文案，文忠遇以优礼。项城落魄来津，年少无行，文忠以故人保庆子，留居署内，差薪甚微，使师事晦若，日课汉文，教改章句。项城好邪辟，多丑行，晦若患之，然知其枭雄有为，能成大事。遂举其逐日行动，随笔详录，曰《袁皇帝起居注》。每写一条，手示项城。在宴会广场中，必大呼袁皇帝到了。项城显贵，屡索晦若日记不获，阴嗾王存善子展设法邀晦若游济南、青岛，入北京，谋收回日记也。"（蒲圻但焘亲闻同记）

胡先生汉民曰：浙人王子展，初以佐杂分发穗垣，得南关保甲差委。时陈兰甫讲学城南，于晦若、文芸阁、梁节庵、汪伯序兄弟，予伯兄衍鹗皆受业。子展夜班查街，必入陈宅请安。后列事所关，因告于、王交情始末。（成禺手记）

世凯将称帝，忽忆微时丑德，皆在晦若手记起居注中，欲消灭之。知沪商会有力董事王子展与于最善，属其谋得原稿。沪商会藉以奔走推戴，遂有会长周金箴沪海道尹之令。子展受袁命，说晦若先生游青岛、济南，与诸遗老劳玉初等文宴多日。再说其过北京，出武汉，顺长江回沪。晦若亦动津京旧游之念，抵北京，骑驴徒步，遍游郊内外寺庙，项城请宴甚恭，托人讽意奉居南海。项城书至，晦若曰："是欲章太炎我也。"假游花之时，遁往天津，买轮南返。其复项城书，函面署袁老四大人升启。函内无报书，只七字调一纸曰："蹬足捶胸哭遁初，装腔作调骂施愚。可怜跑死阮忠枢，包揽杀人洪述祖。闭门立宪李家驹，而今总统是区区。"一说："今年政事令老徐，明年皇帝是区区。"乔茂萱闻晦若脱走，曰："樊樊山富有二万五千诗，可谓在黄祖之腹中。于晦若相差一百八十度，不难离本初之弦上矣。"盖晦若见人必揖，先合两掌，由顶至踵，成半月形。都人为属对云："于晦若作揖一百八十度，连仲甫转身三十六秒钟。"茂萱用此语嘲之。劳玉初闻之曰："乔茂萱口多独到之言，不愧晦若知己。"盖晦若月旦朝士，常曰"乔茂萱口多独到之言，毛实君面有忧国之色"故也。晦若安归上海，起居注不可得，子展又设法邀游昆山，同年六月二十五夜，以霍乱卒昆山舟中。郑苏龛悼晦若诗，此案意在言表。（录《后孙公园杂录》）

附录：郑孝胥题张力臣《符山图卷》兼悼晦若并序言

卷内有晦若侍郎题语，晦若以六月二十五日卒于昆山舟中，耆旧凋零，言笑永绝，可胜怆然。既录朱诗，并缀二绝：“《符山图卷》墨犹新，属国骞期语已陈。今日披图还揽涕，侍郎名节是完人。”“古称友人以义合，义绝深悲道已孤。扫地名流今日尽，莫将故旧丧吾徒。”

竹垞虽有岂绝李骞期之语，然于《明诗综》不录黄太冲，义亦严矣。余为此诗，或异侍郎和厚之意，颇不背竹垞屏黄之旨，且以俟来者论之。(骞期即李陵)

黄先生孝纾曰：“予家青岛，晦若来时，易实甫即由北至，见其同行入京。”(成禺补注)

附录：《青岛流人篇》三十氏之一《于晦若》

(黄孝纾公渚著)

觥觥于侍郎，强托与众异。哆口谈裨瀛，语妙了宾戏。殚精班固书，莽传付默记(公曾于潜楼背诵《王莽传》)。平生抱洁癖，独居无姬侍。相从惟狸奴，端坐理猫事。刚肠世难容，小楷独妩媚。浩浩炀天和，气已四时备。峥嵘高丘哀，无女分憔悴。折堲摧桑经，诱之欲其至。箧中青简新，忽忽七年思。叆叇玳瑁筵，梦影悬寤寐。

一七　张镇芳献驻防之策

主稿懿亲策八荒，健儿五百选家乡。
两河子弟应惆怅，未起良家作驻防。

河南都督张镇芳为项城中表行，有辩才，项城甚信赖之。洪宪议起，由开封调京，赞画密谋，遇事先嘱主稿。其说项城设驻防之策曰："古者期门宿卫，皆以亲近子弟充之。汉高、明祖淹有天下，沛中、滁上子弟，征伐所及，留驻不归，所以拱卫王室，预防反侧也。满洲入关，各省设驻防，实师明祖征云南之遗策。即以曾文正、左文襄、李文忠论，湘、淮子弟，遍布行省，远留新疆。湘皖势力，得弥漫江河沙漠之地，握政权者数十年。其下既根深蒂固，其上则承继弗衰。今宜先将豫省子弟，每县挑选五百人，练为省兵，以有身家者中选，符合古人三选良家之制。河南八十余县，合计可得四五万人。每年选招一次，期以五年，轮流分发。前者派驻各省，后者逐年招练，五年之间，可得子弟兵二十余万，亦古今中央集权强干弱枝之意。如圣怀视其策可行，宜以慎密从事。"项城遂阴令唐天喜招练河南兵一混成旅，护陈州陵墓，为子弟兵张本。

项城取消帝制，镇芳屡阻不听，曰："前敌将帅，无分茅胙土、公侯伯子男之望，谁为一人舍命出力者？"项城死，镇芳为诗吊之曰："不文不武不君臣，不汉不胡又不新。不到九泉心不死，不能不算过来人。"知其怀抱独具，溢于言表。（录《后孙公园杂录》）

一八　赐刀

军前斩奏命川东，礼授银刀遏必隆。
不料冯家收国器，当年辜负索清宫。

项城忧征滇之师旷日无功。左右献策者曰：“非照乾隆征准廓尔故事，惩办一二统兵大员，不足树皇国之威权。乾隆以遏必隆刀斩钦差大臣大学士讷亲于班拦山，一鼓而肃清金川。乾纲独断，前例可行。”项城首颔。遣人赴清宫索遏必隆刀，清室派师傅世续赍刀呈奉新华宫。项城遂诏文武百官齐集居仁堂，行授刀典礼，仪式隆重。策曰：“命汝雷震春为西征军军政执法大臣，礼授遏必隆刀，星夜驰赴前敌，如朕亲临。凡西征将帅退葸不前，执刀行法，先斩后奏，不得稍徇情面，谨遵王命云云。”震春赴川不久，洪宪消亡。归过江南时，冯国璋被选副总统，乃缴刀于国璋。刀今尚留冯家，国器也。

按：遏必隆，清代开国勋戚，入关有大功，与鳌拜同被任顾命大臣，辅佐康熙。自制宝刀，柄与鞘，纯银合宝石混铸，光彩夺目。刀钢百炼，斩铁如泥，长二尺五寸，后进藏内府。讷亲，遏必隆之嫡孙，督兵经略金川，屡败丧师，乾隆十三年十二月，命侍卫鄂实监讷亲还，诛以誓众。十四年正月，复谕鄂实即途中行刑，抵班拦山伏诛。敕曰：“以乃祖遏必隆刀，斩彼不肖之孙！”全军震慑，金川遂平。咸丰初年，赛尚阿督师广西，曾赐遏必隆刀。此后清廷赐刀凡四人：赐奉命大将军惠亲王绵奕锐捷刀、参赞大臣僧格林沁纳库尼素刀，防堵林凤祥、李开芳；赐钦差大臣胜保神雀刀，办理直隶山西防务；赐恭亲王奕䜣白虹刀，办理京师城防。（此刀即奕䜣为皇子时所佩。）（濮伯欣、陈仲骞两先生订正说事。）

一九　张瑞玑诗辑

和介流风柳下尊，都门去去默无言。
燕诗并剪翻怜汝，春酒秋花尚有园。

赵城张瑞玑衡玉，以名进士权长安县事。结同盟会，谋覆清祚。选众议院议员。帝制议起，衡玉留京，放浪诗酒，谩骂当时，侧目者将入以谋反之罪。予告之曰："吾辈开党开国，自有不世之功名，何必葬身虎穴，与含香傅粉者争一日邪正之长耶！"衡玉大悟，日饰酒疯，得养疾归里。近搜遗翰，痛感人琴。其歌咏洪宪时事，足资史料考证者，如《幽燕杂感》十四首：

幽燕王气启雄图，山脉河源拱上都。
宫殿千门将作监，城关九道执金吾。
龙颜日角瞻天表，碧篆丹文搜秘书。
一例群臣功德颂，声声万岁听山呼。

真人五色气成云，共说中原又有君。
天语荒唐灵运梦，元符神异子云文。
新朝子弟从龙贵，旧部材官汗马勋。
一领黄袍匆遽甚，陈桥争忍负三军。

神州莽荡造英雄，震世威名震主功。
地下篆文齐九锡，冢中枯骨汉三公。
旧宫袆翟新公主，内宠貂蝉女侍中。
省识人间皇帝贵，朝仪忙煞叔孙通。

当年慷慨誓明神，指日盟心字字真。
早识寄奴应受命，近传吴使已称臣。
共和日月风灯影，一统河山战马尘。
昨日纪元新诏下，太平箫鼓万家春。

玉箓金符眷一身，似闻水火拯吾民。
星精有力平三猾，书币何劳问四邻。
祖父英名犹贯耳，子孙龙种已生鳞。
东丹莫问蹊田事，天子河南已有人。

庙堂只手运神筹，十万貔貅坐上游。
新贵侍中千狗尾，通侯关内几羊头。
山阳奉祀犹存汉，箕子为奴竟入周。
第一功名楚三户，河山铁券共千秋。

龙颜隆准好威仪，都是天潢玉树枝。
不作开元花萼梦，能吟陈思豆萁诗。
六亲贵列侯王表，四皓荣为太子师。
容得中山沉酒色，官家家法本宽慈。

天语温存故旧深，嵩山落落几知音。
少微未死留佳话，元老虽生有愧心。
史传千秋谁白璧，人才百炼化柔金。
苍生渴望新恩泽，辛苦诸公作雨霖。

当涂景运自天开，高筑繁阳受禅台。
修史应删宦官传，论功还仗客卿才。
八方赦诏云中下，五色文裘海外来。
湘绮老人真解事，纬经谶史有心裁。

关塞无尘海宇清，中朝知有圣人生。
能令冒顿称臣仆，曾约契丹为弟兄。
社鼓已行王氏腊，义旗那有汉家兵。
帝王代运寻常事，莫恤千秋身后名。

凤诏龙书隔岁颁，春风不到五华山。
魏王正议三推礼，庄跻遥连六诏蛮。
翡翠明珠无贡物，碧鸡金马闭雄关。
飞来一纸陈琳檄，好愈头风开笑颜。

龙鱼饭罢独歔欷，一卷兵书握妙机。
未许僰人凭地险，要令孟获识天威。
铁桥纪战碑犹在，玉斧分河计已非。
寄语受恩诸将帅，提军早奏凯歌归。

推枰敛手意茫然，绝好金瓯竟不全。
近畏罗施凭鬼国，远防巴子据南川。
江淮千里杯蛇影，岭表三军风鹤天。
闻道深宫忧不寐，将军努力扫烽烟。

落日河山影寂寥，劫灰千载未全销。
漫天刀剑修罗雨，卷地风波宦海潮。
午夜鸺鹠长乐殿，三春杜宇天津桥。
薄才不上平南颂，好作渔樵答圣朝。

《寒云歌》(都门观袁二公子演剧作)

宣南夜静月皑皑，鼓板声沉箫管哀。
万手如雷争拍掌，寒云说法亲登台。
苍凉一曲万声静，坐客三千齐辍茗。
英雄已化劫余灰，公子尚留可怜影。
影事回头倍怆然，新华春梦散如烟。
蓟门明月照荒殿，洹上秋风老墓田。
皇子当年各峥嵘，连宅隆庆分授经。
建安才子推陈思，北地文章数任城。

梁园宾客多名士，日下声名跨诸子。
夜宴已行皇帝仪，早朝不废家人礼。
灯火繁华狎客楼，新声都会按凉州。
子固红牙教拍板，李凭白发授箜篌。
阿父黄袍初试身，长兄玉册已铭勋。
可惜老谋太匆遽，苍龙九子未生鳞。
输著满盘棋已枯，一身琴剑落江湖。
横槊赋诗长已矣，燃箕煮豆胡为乎！
朅来再到长安市，故吏门生尚未死。
纷纷车马向朱门，翻覆人情薄如纸。
两年几度阅沧桑，歌舞湖山已夕阳。
袍笏君臣才散宴，笙歌傀儡又登场。
悟澈华严世界尘，衣冠优孟本非真。
同是梨园都中客，伤心曾作上台人。
上台知有下台日，笼袖尚存粉墨笔。
羽商七调有传图，南北九宫都协律。
水晶如意玉连环，古装结束供人看。
洒泪非关何满子，吞声犹唱念家山。
南曲清箫北弦索，哀丝豪竹相间作。
可怜失水混江龙，化作无家纥干雀！
无限河山容易别，落花流水声凄咽。
愁侣相逢侗将军，天潢旧谱向谁说？
（清皇室将军溥侗，工演剧，与寒云公子同社。）
两朝龙种各风流，一曲后庭千古愁。

天宝伶人余白发，开元法曲有传头。

（孙供奉菊仙，时年七十六，亦与寒云同社演。）

茶烟已歇漏沉沉，入耳凄凉亡国音。

一江春水降王泪，三月杜鹃帝子心。

我是飘零秋后叶，重来又看长安月。

屏山酒海不成春，一剧未终愁百结。

中原豺狼正纵横，半壁河山尚太平。

寄语贞元旧朝士，同将老泪哭苍生。

《放歌行》兼寄郭允叔

我闻颂莽功德者，四十八万七千五百七十有二人，孔光、刘歆冠其伦。更何怪卖饼儿、城门吏，符命从龙新天子。又闻繁阳坛上当涂受禅初，老臣华歆奔走捧诏书，名士龙头尚如此，张音、辛毗何足齿！我昨走马长安人海中，长安尘土十丈红。上书泉陵侯、封爵张伯松、谷永媚王凤、谢晦笑徐公，金匮之文白石字，符箓纷纷奏入甘泉宫。策士掉舌辇毂下，使我闻之弥耳三日聋。掩耳束装并州去，并州风雨那可住！文瀛湖上逢郭泰，与我握手欷歔不能语。当时文妖弥漫祸天下，洪水滔滔势难堵。君如云中白鹤唳九天，不与下界鸡鹅斗毛羽。当筵谈经旁无人，俗子挢舌目张弩。为我作长歌，声声悲壮字字古。座客传观发长叹，定知作者心独苦。幽抑如屈平，悲愤如杜甫。快如孔璋檄，状如正平鼓。令我一读一叹一击节，读未终篇泪如雨。吁嗟乎！廉耻沦没于衣冠，是非倒置于文章。哀莫大于心死，痛莫深于国亡，国亡犹可复，心死更何望？天津桥上杜鹃啼，大好河山已夕阳，今日议禘祭，明日赋明堂，禅位诏书劝进表，沈约、魏收何皇皇！丈夫指天沥杯酒，肝鬲之言君记否？几人称帝几人王，蝼蚁蜉蝣何能久？但使墓道高题征西碑，千古勋名已不朽。天地在上下，鬼神在左右。大诰煌煌严且正，天下谁敢议其后。奈何一局好棋枰，付与朝秦暮楚竖子手。亡国玉玺自是不祥物，秦汉晋唐谁世守！王舜奴辈剧可怜，不如汉家文母老寡妇。君不见孝廉崛起汉祚终，紫髯称臣来江东。大笑踞吾炉火上，阿瞒毕竟是英雄。又不见新莽、朱梁屡改元，太史推历三万六千年。两人及身不自保，诳说黄帝仙上天。始知天命属孤为周文，孟德、仲达识不群。若令当日高筑受禅台，窃恐荀彧、陈泰不称臣。赤符本荒唐，黄天更怪诞。一举已失天下心，寿春之谋智何短。王志不署名，王亮不送款，求之今人无其选，何况龚、梅与邴、管？呜乎！社有鼠，城有狐。猛虎走郊野，长蛟窟江湖。登高望四境，天荆地棘无坦途。兵书鳆鱼自苦耳，哀哉吾民又何辜！我欲随谢嚣、袁章私造谶纬字，天帝除书我独无。我欲向薛方、陈咸亲执弟子礼，古人往矣不可俱。我将与君肩荷镵，手携壶，醉屠市，卧酒垆，白眼仰天呼呜呜！长星进汝一杯酒，世间岂有万年天子乎！呜呼！我歌至此泪

已枯。(录《后孙公园杂录》)

二〇　项城喜虎

天门仪表镜光开，万岁长呼绕殿雷。
旌旆飞扬腾虎背，高皇横剑阅兵回。

帝制议起，项城在西苑成立警卫团，自为团长，副官、营连长，皆以中、少将领之，为帝国军队模范先声。初，项城鲜着戎服，黎元洪则终日全身披挂。自警卫团组成，项城每周着大元帅服，亲临训练。

一日，莅该团行大阅兵礼。将校士兵，均着军礼服。校阅礼成，护从大元帅回居仁堂，行全团照相典仪。项城升帐，高踞宝座，座蒙以虎皮，皮选长白山巨虎，长一丈五六尺，首尾四足毛革，整齐完备。虎头踞地上视，须直如绳，眼栩栩怒视欲攫人，前足护宝座前二柱，下垂曲立，跃跃作势，有待腾扑状。膝上制御履踏足二，虎背正蒙座上，成穹隆形，为项城座位。鞍绣金龙，项城据位而坐，恰类腾身虎背，顾盼自雄。虎后二足，斜踞披垂座后二柱，虎尾曲上，亘座背伸立，具威力意态。座侧鹄立大礼官荫昌。雄冠白羽，红甲金缎，其威严犹兵部尚书时奉两宫阅南苑火器营内操大典也。中将以降，分列两行，兵士回行，作德皇御林军鹅行步。金鼓齐奏，长呼万岁者三。照相师乃启匣对光，回环摄影。摄毕，项城下宝座，兵士又长呼万岁者三。翌日都下传遍，云项城骑虎背照相。讥之者曰：“项城帝制，真骑上虎背，不知如何方能跳下坐骑。”按：项城最喜用虎号，如封曹锟为虎威将军，警卫团称虎贲军，颂袁崇焕墓地曰：“一柱擎天，龙虎交运。”批阅奏牍，则草书“阅”字，波磔类“虎”。又闻某风鉴家相项城曰：“虎面虎须，龙身虎足（项城足短）。”项城赏赉有加。无怪腾身虎背，作秦皇骑虎游八极之想也。清蜀御史高树著《金銮琐记》，关于项城虎服治兵事，附列于下。

附：高树《金銮琐记》三则

其一

卫士持枪似虎熊，桓温入觐气何雄。玻璃窗内频窥望，暗暗心忧两相公。

注：项城在湖园入觐，卫士虎头豹尾，如虎如熊，有桓温入觐之概。王、瞿两相国在玻璃窗内观之，观后凭几而坐，默然不言者良久。

其二

如云驺从剑光寒，内监惊疑贮（伫）足看。装饰狰狞谁不畏，满身都画虎皮斑。

注：项城荷枪卫士，以黄布裹头至足，画虎豹头，虎

皮斑文，王公大臣骡马见之皆辟易，宫监亦却立呆看。查东西洋无此军服，惟中国戏场有之，项城入京城以此示威，可谓妙想。

其三

怒马冲锋孰敢当，舍人奔避入朝房。偏言海外真天子，内监谰言亦太狂。

注：西苑当直下班，项城卫士驱逐行人，山人与徐博泉奔入朝房。行道者摇首曰："太凶猛。"有一魁梧内监高声嚷于道曰："难道袁某非海外真天子耶！"无人与辩。京中非海外之比，且在宫门口，何得如此！此即清室禅位之影响，洪宪天子之先声。

按：清季初练新军，兵皆用黄布裹腿，腰垂下夹马一对，护腿状如黑人所用箭牌，外画虎皮文，冬季用皮帽，帽类虎头，上衣有用斑文布者。张香涛（之洞）在鄂，初练新军，亦用北洋服装，无怪都人见而却步，非项城如京故藉虎豹立威也。（成禺附记）

二一　德皇怂恿建帝制

冠履分藩拜命归，诸王何事赐戎衣。
师承欧制兵天下，胡服吴钩金带围。

项城锐意称帝，本由德皇威廉之怂恿。民初克定赴德，大日耳曼皇帝威廉第二赐宴便殿，力陈中国非帝制不能图强。谕克定详告项城，德誓以全力赞助。威廉又亲书长翰，密贻项城。克定悍然主张，恃有强援也。帝制议起，德正强横，大有席卷全欧之势，项城更倾心德制，谕蓝某日进《德皇威廉本纪》一纸，又谕严复日译《欧洲战纪》，关于德方胜略详细录呈，编入《居仁日览》。建国制度，以德为师，先由家庭改革，教导诸子，制德国亲王陆军服制，分赐克定以次有差。雄冠佩剑，金带黄绶，戎衣革履，肩章三星，左肘耽耽披垂，则大将参谋带也。兄弟排立，映像一幅，当时北京照相馆，咸悬挂窗壁以为荣。又谕诸子罢习英语，专习德文，圈出荫昌为德语师傅。留德陆军学生特拔入军官警卫团。都中揣摩风气者，皆易八字须为牛角式，效威廉风也。濮伯欣先生《新华打油诗》曰：

欧战经年胜负分，家庭教育变方针。
果然今上知时务，不爱英文爱德文。

纪实事也。(录《后孙公园杂录》)

二二　月霞说法

讲经别会定南池，一卷楞严报主知。
说到波斯亡国事，城东黑夜走禅师。

筹安会立，杨度、刘师培以儒教为经，迎衍圣公孔令贻入京。严复以通西学为望，张勋又有荐张天师朝见之举，某某则奏进天方教为宗。孙毓筠自命耽精佛典，乃倡议迎名僧月霞、谛闲来京讲《楞严经》，恭颂政教齐鸣之盛。月霞，湖北黄冈人，安庆迎江寺方丈。谛闲，浙江人，宁波观宗寺方丈。拨款拾万，讲经一月，以顺治门大街江西会馆为正会场，以南池子某地为别会法坛，以孙少侯住宅、城东锡拉胡同为两师坐静禅堂。听者日数百人，皇子以降，列边持戒。

一日，月霞升座说法，反复讲“欲念”一章，其词曰：“万事皆起于欲，万事亦败于欲。至人无欲，能通佛路；达人去欲，乃获厚福。常人多欲，一切事业，纵因欲兴，亦因欲败，事成知足而能去欲者鲜矣！天道之盈亏有定，人生之欲望无穷。当日波斯国王，征服邻近诸国，身为皇帝，仍穷兵黩武，欲使世界无一存在之国。一旦事败，内忧外患叠起，国破而身亦随亡，足见欲望者为败事之媒，是以君子务慎欲也。旷观世界历史人物，作小官者，欲为大官；作大官者，欲为宰相；得作宰相，欲为皇帝；既作皇帝，又欲长生不老，求仙寻佛，以符其万万岁之尊号，皆欲念二字误之也云云。”当时帝制诸臣，听者颇众，皆谓湖北老秃，可恶已极，藉口说法，讥诋当今。群语少侯，此后不准月霞说法，勒令离京。而段芝贵等尤为愤激，商派步军统领派兵捕往军政执法处。少侯乃黉夜送月霞往丰台，上车赴津。此段和尚公案，遂告了结。留谛闲在京讲完《楞严》全部，饬返宁波。京师为谚语云：“皇帝做不成了，和尚也跑了。”如月霞者，亦豪杰僧也。（录《后孙公园杂录》）

二三　朝贺记

翟服羞披御礼堂，朝天外戚重椒房。
宫廷未起新仪注，皇后佯呼不敢当。

洪宪元旦，官眷各御命妇制服，入宫行朝贺礼。孙宝琦夫人，宫中称为亲家太太者，朝见皇后，位尊领班。内礼官、女官长、女官整齐仪注，左右分行，排列礼堂，导皇后升堂行礼。女官奉皇后入，官眷肃立，宣称请皇后升中位御座，受贺年礼。皇后曰：“亲家太太、各位太太，皇后不敢当，不必行礼。”群曰：“请皇后正位。”女官四人，扶持皇后，端拱御座。孙宝琦夫人率各官眷，伏地行九拜跪。皇后欲起立曰：“皇后不敢当。”要还礼。女官复夹持之曰：“皇后坐而受贺，礼也。”皇后身不得动，面红耳赤，吃吃大笑不止。女官又曰：“皇后必恭拱受礼。”礼毕，皇后退座，语孙宝琦夫人曰：“谢谢各位太太，做了皇后，连还礼都不能，真真是不敢当也。”贺后礼成，孙宝琦夫人又请朝贺皇帝，皇后曰：“皇帝也不敢当，不必行礼。”翌日“不敢当”新语，艳传都下。

按：皇后为克定生母，人极长厚，长居彰德，洪宪登极，元旦受贺，乃于十二月二十日，克文、克良专车赴洹上，礼迎入新华宫，正皇后位。故其举动，尚带大众乡味，未习宫廷母仪也。（录《后孙公园杂录》）

洪宪败亡，先总理中山先生由日返沪，开大会于尚贤堂，先生演说曰："吾人革命，对于国政，尚多外行之事，理所固然。即如项城登极，其皇后受官眷朝贺，声声言'不敢当'，岂有皇帝、皇后受臣下跪拜而言'不敢当'者？足见袁家虽世代簪缨，身居帝位，亦是外行。吾愿革命党人，与闻国政，不作外行之事如洪宪皇后为'不敢当'语也。"（成禺恭录）

二四　陈宝琛

榕城师傅清流尾，掌领诗坛尚典型。
三月不归留故禁，只称当局事零星。

陈伯潜（宝琛）先生，硕学清望，名节文章，均足为一代人文师表，不仅仅师傅溥仪具大臣进退风度也。民元鄂礼延樊樊山先生为湖北民政长，迎使载途，樊山尝置酒沪寓，邀谈同光轶事。樊山曰："一日，越缦先生语予云，今岁青牛当运，春牛全身皆青，'青牛'者，'清流'之代语也。高阳李兰荪为'青牛头'，头上二角，用以触人则南皮张香涛、丰润张幼樵也。山东王懿荣、宗室盛昱，读书甚力，可称'青牛肚子'。他若'青牛毛皮'，其细已甚，不知凡几。以南人而依附北派清流、左右朝政者，只闽县陈伯潜一人，可独锡嘉名曰‘青牛尾’。”又曰：“当时北人知名朝士，自党清流，结纳声气，大张北辙，震慑内外。幼樵事败，伯潜放归，从此朝官无敢复为大言者。”予问“牛鞭”为何人，樊山笑曰：“有亦难名，否则江山船案，何故自行检举也？”

清室既覆，世续、徐世昌管理清室，伯潜与梁节庵两先生为师傅。世昌相袁，伯潜先生以师傅兼理清室，南北坛坫，奉为泰斗。《光宣诗坛点将录》上散原而次弢庵，似疑失置。帝制议起，清宫惶慑，伯潜先生鞠躬尽瘁，内宿禁中数月，未尝一问家事，都人播为美谈。人问当局有何事与清室交涉，只言零星小件，无关大体耳。伯潜先生以保全清室优待条件、护卫溥仪为尽臣职，当时语人曰：“现处危疑之局，对袁用敌君礼，彼需索于清宫者，无伤体制，概得移付。”故索銮仪卫仗，与之。索遏必隆刀，与之。索内藏宋元书画、名磁贵器，与之。段芝贵、江朝宗强索大清御宝为铸洪宪国玺之规模格式，伯潜先生则宣言，头可断，御宝不可私授也，可谓亡清之社稷臣矣。（录《后孙公园杂录》）

北人“二张”谓张之洞、张佩纶，以谏书为捷径，渐成门户。皖人张某，前两广总督张树声之子，为二张奔走，世论以“鼓上蚤”目之。见李莼客《荀学斋日记》戊集下。（成禺补录）

二五　刘师培

千枝灯帽白如霜，郎照归朝妾倚廊。
叫起守关银甲队，令人夫婿有辉光。

刘师培，初名世培，字申叔，江苏仪征人。自曾祖以降，三世传经，颇为世所称道。师培承先业，亦服膺汉学。早岁与余杭章炳麟太炎善，论难经术，每不能胜。师培儒生好大言，负其所学，故为瑰异。太炎主《民报》时，惜其才，使相为助，乃易名光汉。师培妇何震，通文翰而淫悍，能制其夫。何中表汪某，充两江总督端方之细作，说何勾引师培，阴置毒欲死太炎，共获上赏。会暴露，遂不克自容，走投端方于南京。端援之入幕，而使侦伺其党。太炎深恨之，责之以书，竟不获报。已而端方去任，有长铗之叹，卒卒靡逞。后随端方入川，方授首，师培留川讲学自给。川人又縶而幽之，将有所不利。太炎闻之，急持书解免，且为之激扬于北京大学，获主讲席。

及袁世凯欲称帝，踌躇未发，师培夤缘杨度以自阶，得辟为参政。因与孙毓筠、严复、李燮和、胡瑛暨杨度等六人，发为筹安会，杨为理事长，孙为副理事长，余四人为理事，将以宣示君主之胜于共和，以惑天下之观听焉，故命之曰“筹安六君子”。师培名虽次严复，居第四，而急欲自见，乃著《君政复古论》以明劝进之旨曰：

夫国无强弱，视乎其政。政无良窳，视乎其人。是故千里之胜，决于庙堂；万化之原，基于用舍。至于创制天下，宾属四海，至大之统，非至辨者莫之分；至重之业，非至能者莫之任。伊古膺期赞世之主，必有显懿翼天之德。德象天地谓之帝，仁义所在谓之王。斯必竹帛以载之，金石以昭之。立天下之美号，制天下之大礼，表明功德，故立名立度，继天治物，故以爵事天，缅寻谟典，历听风声，损益虽殊，其揆一也。是以天生蒸民，无主则乱，事弗稽古，无以承天。

往者清承明祚，天地板荡，斗机绝纲，摄提无纪，黄炎之后，踣弊不振。被发之痛，甚于伊川；左衽之悲，兴于微管。迄乎季末失弛，帝命殒越，内外混淆，庶官失职。国政迭移于亲贵，强邻窥伺夫衽席，缀旒之喻，未足为方；守府之灵，于斯亦泯。上失其道，民背如崩，用是雄桀扬声，雷动电发，偕亡之叹，兆生于华夏；云集之众，事浮于张楚。斯实金火相革之交，抑亦天命去就之会也。天祚有圣，纂作民主，悬三光于既坠，扬清风于上列，万姓廓然，蒙庆更生，诚宜踵迹灵区，扶长中夏，显章国家竺古之制，以拒间气殊类之灾。绍胤汉勋，俾知族类，保育生人，使得苏息。其在诗曰：民亦劳止，汔可小康。厚下安宅，靡切于斯。顾复虚建极之尊，遵与能之典，宸位旷而不居，皇统替而弗续。是盖继变化之后，示拨乱之法，深惟厉揭随时之义，以慰远方瞻望之观。非谓王政乏郅治之图，世及非经国之术也。惟是舍澄鉴沫，未为善鉴，扬汤弭沸，计拙抽薪。故道术之要，百世不移。行权反经，《春秋》所疾。今也以一朝之计，违万世之轨，委成功之基，造难就之业，道乖于经始，义昧于慎终。卒之巨猾窃灵，上陵下替。侵弱之衅，绵历岁年；凌夷之祸，曾不终日；虽曰天命，岂非人事。得失之故，可略而言，而民生有欲，假物斯争，好恶无节，致乱之源。然峻城十仞，楼季弗逾，铄金百镒，盗跖不搏。

盖必争之情，民所恒具；无冀之利，众所弗干。先王因民之情，以为之节，名以定分，分以止争。爰峻其防，俾无或溃。譬之户必有墉，器必有范；襄陵之浸，制以金堤；覂驾之马，驱以衔策。所以重齿路之防，定逐鹿之分，成长久之计，定永年之功也。是以大宝之位，必属大德之君；斗筲小器，不经栋梁之任；薮泽之夫，弗希云龙之轨。下无觊觎之望，上无偏谬之授。人心专一，风化以淳。观化上机，于是乎在。抚民定业，恒必由兹。遭时危绝，诸夏无君，元后之尊，下侪匹竖，九服之广，民无定主。火泽易位，数见换易，荡涤等威，堕损威重。改玉改行，习为固常。用是徒步之人，枢绳之子，曾无体睿之明。合元之德，十室之资，百乘之赋，拔于陪隶之中，俛越什伯之际，挟负舟之力，忘折足之凶。功逊强晋，不戢请隧之图；地劣荆楚，思假九鼎之问。则是神器可以力征，而天钧可由窃执。是必分威共德，祸成于耦国，比知同力，衅兆于土崩。虽无下人伐上之疴，必有炕阳动众之应。湘赣之难，自是而生；沪宁之师，势有必至。至于党争之弊，则又可得而说焉！

夫丑言异计，见耻前志，阿党比周，先圣所戒。自古善言庸违之众，必生滔天泯夏之凶。以党举官，适滋奸倖。往者邦朋枋政，列士养交，一哄之市，不胜异意。频频之党，甚于莺斯。倾动辅颊之间，反覆唇齿之内。下以受誉，上以得非。阴行取名，则伐技以凭上；取予自己，亦肆意而陈欲。及夫私议成俗，名器双假；授位垂越，署用非次；诋讦之民，密通要契；赇纳之政，更共饬匿。出入逾侈，犯太上之节；溪壑靡厌，峻大半之赋。民萌之命，危于累卵；刑屋之凶，生于喜怒。民神痛恐，忆兆悼心。葡墨覆车，其迹非远，今者约法更新，颇易前敝。垂石室之制，颁金匮之法，斯盖应时偶变之具，屈伸济用之术，杯水之益，其与几何；释根务枝，孰云有济。至于存名漏迹，损敝袭新，张歙失序，既昧彝宪，真伪相贸，尤爽昔谈。非所以昭示国典，垂无穷之制也。是以群才大小，咸斟酌所同，稽之典经，假之筹策，静惟屯剥，延首王风，亦犹群流之归巨壑，众星之拱北辰。失积力所举，无弗胜之业，众知所为，无或隳之功，邦命维新，属当今会。世之论者，则以昭功之本，莫尚于宁民，怀远之经，莫先于体信。若复法禁屡易，位号数革，信不可知，义无所立，转易之间，虑滋民惑。知弗然者，昏明相递，晷景恒度，豹变之义，大易所著，流之浊者澄其源，景之枉者正其表，是盖自然之物理，抑亦前世之明鉴。

方今百姓，盛歌元首之德，股肱贞良，庶事宁康，吏各修职，复于旧典。虽复屯沴屡起，金革亟动，幸蒙威灵，遂振国命。毕歼群丑，载廓氛浸，采芑之什，弗足改其功；戕斧之歌，未足喻其捷。昌其戎谋，民服如化，此实天下乂安刑措之时也。顾复邦国殄瘁，惠康未协，野泽有兼并之民，江介有譬释之备。赋发充于常调，生人转于沟壑。上贻日昃之忧，下重倒悬之厄。失不在人而在于制，是可知矣！夫临政愿治，莫如更化。创制不物，古以显庸。追观季末倾覆之戒，宜有蠲法改宪之道。缅惟逐兔分定之义，弥慰瞻乌知止之情。外植国维，内昭人望，正受始之大统，乘握乾之灵运，用协大中之法，俾抑祸患之端。则磐石之安，易于反掌；休泰之祚，洪于来业矣。

文出，讥之者拟诸扬雄之剧秦美新焉。袁氏既败，师培志行隳丧，益为士论所不齿，郁郁以殁。妇何震，不知所终。当师培为参政时，所居胡同，楼馆壮丽，军士数十人握枪环守之，师培每归，车抵同口，军士举枪呼刘参政归。自同口及于大门，声相接。妇何震乃凭栏逆之，日以为常。濮一乘伯欣长安打油诗云：“门前灯火白如霜，散

会归来便举枪。赫奕庭阶今圣上，凄凉池馆旧端方。”盖纪实也。(浠水闻惕生注释)

二六　政事堂令

雉裘文马见申章，德意居然过汉唐。
怪底旧臣遗笔载，曲传四弟诮三郎。

中华帝国洪宪元年一月十五日，政事堂奉申令：“在昔贤明之主，莫不崇尚节俭，禁绝苞苴。旅獒部鼎，戒于周鲁；却马焚裘，美于汉晋。史册所载，法鉴炳然。良以贡献之途一开，则宠赂之彰宜应。假任土作贡之名，为献媚取盈之计。既累君德，亦为民怨，实为秕政之尤。现在开国伊始，此等弊制，允宜删革。除满、蒙、藏、回各王公、世爵，年班朝觐贡品，仍准照常办理外，其从前各省例贡及清末年节寿朝贡献，自今以后，一皆停止，并著为禁例，永涤旧习，昭示来兹。此令！”

项城一日坐便殿，语典制局长吴廷燮曰：“唐玄宗以中兴之主，治迈汉文，故周秦而后，文景开元政治，为史册所称颂。天宝以还，奢侈夸大，四方贡献不绝，宫妃外戚，征求无厌，一骑红尘，且贡荔枝。国破家亡，生民涂炭。以皇上之尊，而不能保全一妃子，皆由贡献既多，纵欲成习。杜渐防微，此所以有永远革除之令也。”廷燮稽首曰：“此万年有道之基，苏子瞻咏天宝遗事‘潭里租船百倍多’

三首，愿皇上常诵之。”廷夔以此令语严范孙，范孙曰：“袁四弟可以诮李三郎矣，决不得闻《雨淋铃》曲也。吾子宜将此事载诸史策，垂于后世，马通伯手笔最宜此种文字，谋彼记载，必有至文。”（《后孙公园杂录》）

二七　罢除选宫女

放宫小诏味多姿，春殿风怀属内司。
寂寞御沟红叶水，无人幽怨更题诗。

有贺长雄纂《中华帝国皇室规范》，告礼制馆曰：“大日本皇室设宫内大臣，管理宫政。内设女官，犹汉之大家、唐之昭仪，所以修文史隆坤仪也。选妃、选宫女之制，东西各国所无，中国数千年宫禁典仪沿袭，民怨沸腾。隐伤人类之和，外为友邦所笑。民国数年来，此制既废，皇上建极，宜首罢除此制，始能与文明各国相提并列……”云云。诸臣密奏项城，遂有罢除选宫女之令。令曰：“中华民国四年十二月二十二日，政事堂奉申令：中国历朝旧制，采选宫女，以供使令。虽或明定年限，及时婚配，而末流之失，每永闭掖庭，几同幽禁。有明中叶以后，每届采选秀女，民间婚嫁为之一空。扰累闾阎，可为殷鉴。从前挑选宫女之例，着即永远革除，以祛秽政而重人权。此令！”某《新华宫咏》云：“胜却皇明张后诏，不教选女下江南。”歌美其事。（《后孙公园杂录》）

二八　月份牌

帝岁盘龙气象佳，当今万寿字横排。
圣容楹语书推戴，新旧历颁月份牌。

查书江苏图书馆，不获。馆长柳翼谋先生手示洪宪月份牌曰：吾子可谓射獐得鹿矣。项城出殡后，予入新华宫，诸物搬毁无遗，壁间贴有元年月份牌未毁，即撕怀而出。最名贵者，有当今皇后万寿生辰。书“中华帝国元年”，而不书“洪宪”也。纸幅与常牌同，四围盘五彩龙花，上横列新旧历对照表，次横列中华帝国元年、旧历岁次丙辰，再次横列中华帝国皇帝陛下，再次中刊项城帝容。容左直联云：“听四百兆人巷祝衢歌，恍亲见汉高光、唐贞观、明洪武。”容右直联云：“数二十世纪武功文治，将继美俄彼得、日明治、德威廉。”左联之左横列当今皇上万寿，下横列小字新历九月十六日。右联之右横列当今皇后万寿，下横列小字新历十月二十二日。皇上万寿下横列春夏秋冬四节，自小寒至夏至。皇后万寿下横列自小暑至冬至，初中末伏，日蚀。再次一长列一月至十二月，再次排《代行立法院决定君宪推戴今大总统为皇帝咨文》《全国国民大会总代表第一次推戴书》《全国国民大会总代表第二次推戴书》三种全文。

按：元年元旦宣布洪宪年号，月份牌刊布于元旦前，故只书中华帝国元年，此种月份牌宫内刊用。外间绝少流传。（成禺记，丹徒柳诒徵阅证。）

二九　龙化石

敕册江神御墨浓，彝陵祠庙有重封。
官人善解山灵意，鳞甲森森报石龙。

附录：丁春膏《宜昌发现石龙经过纪略》

民国四年为予任宜昌县事之次岁。筹安议起，荆南道尹凌绍彭饬属县劝进，予漫应之，故湖北州县唯宜昌无表示。巡按段书云谕予曰："民主制度试办已四年，不适国情，再试办君宪，汝勿拘疑。"绍彭严重威逼，并促宜商会会长李稷勋进行一致。同时县属三游洞上之神龛子俗名硝洞，有龙化石，为驻宜英领事许勒德所发见。宜昌关监督刘道仁电奏入京，同时道尹、监督先后易张履春、朱彭寿，曰特为石龙来也。洞位半山间，举火入内，大小盖八九尾，中一尾躯干较长大，以针刺之，似石灰质。有位洞壁间者，但群龙无首，履春以为祥瑞。奉巡按电饬县保护，而统率办事处奉上谕，派专员张某来宜察验，履春召予制一大龙首。予曰："作伪谁负责？"议乃止。官吏皆尊张某曰"钦差"。予疲于军运，由团长王都庆导钦差入洞视察，返城，竟谓首尾俱全，实为大皇帝之国瑞。履春即席赋诗，广集和章，令全县演戏张彩庆祝。张某据情入奏，电署“北京皇帝陛下”字样，令省库拨万元敕修祠庙。闻册封石龙为瑞龙大王，改宜昌为龙瑞县。帝制取消，履春急收诗草。石龙亦不神应矣。

附录：《神龛洞采石龙记》

（译自《远东杂志》，欧阳温原著，载《东方杂志》十三卷四号）

以中国而有爬行海栖之动物，示人以硕大无朋之遗蜕，其事已足异矣。乃出现之期，又适在此政海波澜异常汹涌之日，则为味尤浓郁也。化石爬虫如此类者，以我所知，中国实从无发现。此次既开未有之局，而发现之地，又与现时海岸相距约一千英里有奇。则知自当时迄今，中国地势尝迭经绝巨之变迁，而此虫时代之古亦可由此推见。至就中国民俗而言，则祯异休祲之说，深入于人心。帝王于龙关系至密，方今国体更始，而石龙亦同时出现，其以祥瑞视之，又无足怪矣。

石龙始见在一九一五年十月间，探得之者为男女四人所组之旅行队，即宜昌英领事许勒德君夫妇与记者夫妇也。记者夫妇自夔州府乘红船二艘，由峡泛江而下。红船为江上著名之舟楫，乘客有攀岭探穴等雅兴者，雇用最宜。以其驾驶轻灵，随在可舍之而登陆也。舟抵囊拓（译音）。许君夫妇来与吾侪偕行，囊拓在宜昌峡适当其上游之峡端，于是四人由宜昌峡而行，泛舟甚乐。许夫妇告予谓平善坝税关之上游，相距一英里许，江之右岸，有一巨穴，可入探之。及舟抵其地，遂相率登临，思一穷其胜。华人名此穴曰“神龛洞”。洞口有巨石，石后约八码许，又有一石，形状绝诡异，略如蟠曲之爬虫，石之与虫虽依稀形似，未为酷肖。然华人垂注之情，则显甚殷切。盖据土著相告，谓此洞有时亦称“龙穴”，穴长五十里，直通宜昌相近之龙王洞，故其名甚著云。历年以来，外人莅穴探访，且深入幽邃，远过于石龙所伏之处者甚多，何以侵寻至于今日，乃始由我侪发见。况乎遗蜕在地，视之甚晰，决不足逃先我而游者之目，或以当时泥垢重叠，掩而不彰，近被大水冲注，扫其积秽，遂得豁然呈露，而我辈幸当其际，亦获以发见之名，居然自负，此则未可知也。

我辈篝灯而入，约及百码，以四周水洼甚多，避登石脊，于于而前，旋觉此石脊屈曲如蛇，颇以为异。及俯而细察，始知所履者为石龙之背，殆华人凿石而成，六七龙作互相绕蟠之形也。继又增燃篾炬，续加探验，并拾获断鳞数片，乃恍然悟为真虫之化石，非雕刻之龙蛇。时以未携绳尺，无从量度，相约次晨复来，务及短促之日期，加以尽力之考察。缘吾侪此次游历，为时不能过久也。考得此项化石约有六具乃至八具，其最大者自庞然巨首半埋洞壁中之某点起，至最先与他爬虫相触接之某点止，其长在六七十英尺之间。以我辈观之，此虫蜿蜒而进，其长度似更有六七十英尺，惟他虫与之纠结盘绕，甲乙相混，判辨不易，当俟专门学家从容以求之。非吾侪仓卒所能奏功。

至其身躯呈现之一部分，即摄于第一图者，厚二英尺，两腿半露，与头颅相距约十二至十四英尺。而距离头颅至四五十英尺处，又续有两腿可见。头巨而扁，此物殆系中古代草食类之大爬虫，所谓 Morosaurus Camperi 者，以偶然被诱入洞，遂致绝食而死。观其体之厚薄修短与肥脊（瘠）为不伦，即知记者此言，或非瞽说也。

记者自宜昌行后，即由许勒德君偕中国照相家一人，用电光摄影法撮其数影，本杂志所列第一图，为虫身之一部分。当时经吾侪丈量者也。第二图为若干之爬虫横卧洞中，作盘旋形者也。第三图为鳞形。第四图则脊梁之隆起线也。予并已将发见情形具为书函，连同照片及鳞片，分寄至英国及日本，俟大不列颠博物院及东京之专门家审定之。此物确为爬虫之化石，抑仅为雕琢之龙蛇，或竟为水入灰石而变成之异形，各处专家不久自即有明确之布告。惟无论为化石与否，而其事迹之新奇，趣味之浓郁，则必不逊于今日。记者当时尝贻书北京玛礼逊博士，请其达诸要津，设法保存。未几而袁总统果电致湖北长官以此相饬，是知博士之言已见功效矣。

附录：洪宪《宜昌石龙申令》一通

洪宪元年一月十日政事堂奉申令：王占元、段书云电称，据宜昌商会暨学堂员董地方绅耆等公具陈请书，内称宜昌神龛山洞，近经欧人深入探得，见石质龙形，起伏蟠回，约长五十余丈，考系上古真龙形质，蜕化成石。当此一德龙兴之日，肇造万年磐石之基，神龙石化之遗形，适蜿蜒效灵于江滏，天眷民悦，感应昭然。恳据情电呈，请将宜昌石龙发现一事予以表彰，并付史馆记录，垂示来兹，以答天庥而副民望等语。自来国家肇兴，在于忧勤惕励，政教修明，无一夫不获。若侈谈瑞应，以为贞符，如古之神爵、凤凰、黄龙、甘露等事，实无当于治化。方今科学日新，凡事必彰其真理，讵可张皇幽渺，粉饰太平。所请宣付史馆之处，著毋庸议。惟岩峦深邃，蕴此瑰奇，古迹留遗，足供采考。应由该将军、巡按使等，责成地方官吏，妥为保护，裨资学者之研究。予早作夜思，惟以民生休戚以为念，但使来庶豫悦，即是庥征，愿我将吏士绅共体此意。此令！

三〇　忆景梅九诗

裹头顽啸虎生风，海内无人白眼工。
安坐槛车笺《尔雅》，学人黑景步河东。

当袁氏谋帝，余由长安被捕，槛车送至燕狱。（详拙著《入狱始末记》）张衡玉有《忆梅九》七律六首。

一曰：

经年盼断尺书来，匹马秦关久未回。
湖海一身轻似叶，须眉万劫不成灰。

人传姓字知非福，天与文章太露才。
晴日空山生霹雳，神仙何地避风雷[①]。

自注：①余入秦，隐清凉山，时作狂吟。

二曰：

夜半飞传缇骑军，迅雷惊自九天闻[①]。
久无复壁藏元节，那有多金赎长君。
贯索西连秦岭月，银铛北踏燕山云。
到头总由读书误，苦把贤奸抵死分。

自注：①余入长安，方与亡友李岐山定讨袁计划，忽由北京军事统率处电陕当道，云据探报某某推景某某在陕主动，及派同党李阁臣入甘逮捕陆建章。命吕调元当夕召我到署，因无确据，派兵押送北行。

三曰：

落魄韩非悔入秦，飞言造狱竟成真。
覆盆头上无天日，草檄灯前有鬼神[①]。
诏捕白衣关内侠，词运朱邸座中宾。
槛车临贺都门道，风雨离亭几故人。

自注：①余被捕前一夕，挑灯作檄，一挥而就。中有“本绍、术之余孽，袭莽、操之故智，谋破五族共治之均势，希图万世一系之帝业。讽令二三奴儒，上劝进表，赂遗各省代表，奉请愿书。藉共和以推翻共和，假民意以摧残民意。称帝称皇，有觍面目。误民误国，全无心肝。欲令天下仰望之遗老，列传贰臣；更辱国民保障之军人，同功走狗”诸句，同人许为警绝。此事甚密，衡玉闻之于预谋陕友郭希仁君云。

四曰：

江海东流日落西，英雄末路首频低。
无心竟作投罗鸟，有智应输断尾鸡。
破产倾家连旧友①，重关复水累穷妻②。
残生一息心犹壮，障袖不闻儿女啼。

自注：①指李岐山卖“全史”得四百元为临时运动费事。

②内子玉青与余同囚车。

五曰：

送死宫中纣绝阴，晴空无日昼沉沉。
天垣黑暗修罗掌，地狱慈悲佛祖心。
尚冀皋陶怜孟博，谁闻魏武杀陈琳！
十年奔走贫如洗，莫语输官赎命金。

六曰：

上世茫茫帝未醒，天牢夜半射奎星。
惜才留作中郎史，好学应传黄霸经[1]。
夜雨惊心罗刹狱，西风回首夕阳亭。
南冠纵有生还日，盼断金鸡下汉庭。

自注：①余曾于未死前，完成《占伴字说》。衡玉此一联，与纪事诗笺《尔雅》两语俱相关合，特未免过许耳。

越南亡命客阮鼎南有《咏椎秦事寄衡玉梅九诸君子》五古一首云：

成汤欲放桀，鸣条会三军。
武王八百国，率之以伐殷[1]。
一椎击皇帝，振古所未闻。
壮哉张氏子，胆气空人群。
神龙骇且怒，大索空纷纭。
神龙一掉尾，已入千重云。
奇谋虽弗成，勇压万乘君[2]。
重瞳真懦夫，乃掘死人坟[3]。

自注：①因余与李岐山皆安邑人，李君家居鸣条冈，故借此以影讨袁。

②指余与衡玉诋袁诗文。

③讥某督军于袁氏死后独立云。

纪事诗“顽啸”“白眼”句，不特与鄙咏“白眼狂歌酒肆中”句相合，竟兼及阮君此咏矣，奇极。（梅九黑景自记）

梅九来书云：“洪宪僭窃，为中华五千年帝制之回光返照。虽八十三辰，能出尽历代正伪各朝宫禁态象，此所谓冠绝千秋之业也。”惜黑弟时在幽囚，未获目睹。前写十绝，聊附骥尾。遵命自注本诗，以老衡赠诗及越南阮氏一古为证。在秦时，同邑王君书袁字请测时局，予立断曰，土头哀尾，其败必矣。革命旧雨，梦寐弗忘，麻黑交情，在此一举云。梅九形貌壮黑，自署黑景，名定成，山西河东人，当时有雅党人之目。（成禺附记）

附录：景定成《洪宪杂咏》十首

禺生著《洪宪纪事诗》，予目为洪朝诗史，出狱所知，率成十绝，抄附卷末。黑景梅九记。

其一

都道云台似蔚庭，论名尤合继前清。
君看一语四方靖，符谶分明三字经。

时有以《三字经》中“靖四方、克大定”为皇太子符谶者。

其二

犹忆儿童拍手歌，家家红线意如何。
幻成年号真奇绝，半继前清半共和。

北京童谣有“家家门上挂红线”句，人以与“洪宪”同音，或认洪宪为继前清共和而立宪之意，以洪字半取“清”旁水，半取“共和”之“共”故也。

其三

受禅较胜放南巢，但逊西岐服事高。
十尺文王汤九尺，特长四寸符曹交。

劝进表有“不及周文事殷，而胜商汤放桀”语，予尝恭维云曰：“袁皇帝德符曹交。”

其四

蔽野飞来害稼蝗，惊闻灾异变祯祥。
翻教佃雅得奇证，制字原因体有王。

时京外飞蝗蔽野，捕得者谓体有“王”字乃帝兆。按陆佃《埤雅》说字最穿凿，蝗字解曰：“蝗之腹背首皆有王字，故从王。”今得一确证矣。

其五

偏多忌讳触新朝，良夜金吾出禁条。
放火点灯都不管，街头莫唱卖元宵。

以“元宵”二字音同“袁消”，乃特令卖元宵者改呼“汤元”。

其六

虎斗龙争漫比方，鳖翻猴舞自猖狂。
三王五帝同时出，世统只应继拟皇。

时封王者三人，假皇帝五人，有三王五帝之谣。袁氏始定宪，取日本万世一系说云。

其七

妙说天成讵偶然，当今此事合推袁。
那知推戴兼推倒，劝退文同劝进传。

劝进文中有用推袁典故者，自谓含有推倒意，又劝进劝退文，出一手者甚夥。

其八

杂事争传胜秘辛，承欢传宴记能真。
怜他妃子多情甚，花蕊宫词手赠人。

袁氏某姬手记宫中秘事甚详，稿在某君手。

其九

宛转娥眉一剑休，为妨身后更遗羞。
君王意气依然在，不使虞姬自刎头。

袁得陈宧独立电后，忿极，曾手刃一姬，乃最宠爱者。人言袁氏知不久，故杀之免为后人搜去也。

其十

爱国痴心尚未抛，客言雪窦是黄巢。
漳东抔土皆疑冢，听取曲中唱《董逃》。

某要人于袁氏死后忽来谓余曰："袁实未死，已逃海外，彼之帝制，纯出爱国心云。"怪诞已极。

三一　张仲仁

相公独立鸡群鹤，秘史伏鸣牛后鸡。
两脚何因垂老泪，外家尊宠隔云泥。

反对袁氏称帝最力者，幕府旧人苏州张仲仁一麐、北洋老友天津严范孙修两人而已。两人皆与项城有极长久之历史，且为项城所尊重信任。仲仁参与机密，以笃实正直、通达明远称。主张帝制诸人，皆畏仲仁，惧其摇动项城也。洪宪元年元旦受朝贺，项城手谕群臣，免跪拜典礼，以九鞠躬为新朝仪。时孙宝琦为国务卿，一人领朝班在前，余皆照卿大夫士品级，横列后班。项城升座受朝贺，宝琦一人在前，行九鞠躬礼，群臣在后皆行拜跪九叩首礼。宝琦长身鹤立，清癯修项，朱冠点首，如齐州九点烟，人谓其鹤立鸡群。宝琦女嫁项城第五子克成，外戚也。朝贺毕，旧幕府诸臣入宫，再行便殿朝见礼，仲仁与焉。诸臣行九拜跪礼，仲仁则九鞠躬，诸臣皆愤怒视仲仁，大有众人皆醉我独醒之嫌。卤莽者起挟仲仁，强其行九拜跪礼，仲仁年老不能撑拒，唯哀鸣垂泪而已。人谓仲仁对此次帝制，宁为鸡口，勿为牛后。今则鸡口在牛后矣。后见仲仁详问情形，仲仁笑而不答。(《后孙公园杂录》)

附录：古红梅阁张仲仁一麐先生《袁幕杂谈》

朝鲜之役，李文忠政书函电中详之。戊戌之变、癸卯之役，余在幕府时，始终未敢诘问。直至宣统元年，将归河南之际，乃面问颠末。袁氏有手书一帙，后为南通翰墨林出版。总之，君子恶居下流，天下之恶皆归焉，此论世之难也。

吴淞军政分府李燮和曾作书痛诋袁氏，乃筹安会六君子中，李亦为发起之一，前后如出两人，岂有不得已之故耶！

民元倪嗣冲即有拥袁氏为帝之谋，袁止之，此袁自告予者。

第三镇兵变，据袁氏亲信人言，当时北方军人，集议于袁公子邸中。即议黄袍加身之事，先攻东华门。时冯国璋统禁卫军不与谋而抗御，军不得入，乃成抢掠之局。

袁、唐破裂，遂失民党之人心。破裂之由，皆左右怂恿而成。孙、黄入京，与袁会议，恒至夜分。一日，中山即席演说云，愿袁大总统练二百万精兵，孙文造二十万里铁路。不解何以后成水火之速也。

宋案之始，洪述祖自告奋勇，谓能毁之，袁以为毁其名而已。洪即嗾应某以索巨金，遂酿巨祸，袁亦无以自白，小人之不可与谋也如是。赵秉钧知之，袁实与谋。张勋曾云："余平南京后，有崇文门监督何掞者说余曰：'君大功告成，盍请大总统为大皇帝。'余痛骂之而去，此袁所以去予而代以冯也。"

段芝贵军入南昌时，李协和督署密电本未携走，遂为电局搜查译出，致牵及民党议员，遂有解散国民党议员之命。

日置益公使与曹君汝霖言，敝国向以万世一系为宗旨，中国如欲改国体为复辟，则敝国必赞成云。

日本公使馆剪报一纸寄来，大意谓中国民党，欲怂恿袁为帝，乃倾覆之。余以此纸面呈，且曰："日本人将以大总统为韩皇帝。"袁勃然曰："予岂李王可比耶！"乃历言断不为帝各层，与告冯之语略同，盖此时尚无决心，不过尝试耳。

筹安会借古德罗立言，古德罗向予大叫其冤。

汪荃老一日袖致筹安会文，命转呈总统。余笑曰："公不畏患耶？"汪曰："余作此文，即预备至军政执法处矣。"余乃代呈，老辈正言可敬。

杨度往津，劝任公毁其《异哉所谓国体问题者》一文，任公不允，斥之甚厉，面赤而退。

蔡廷干持古德罗一函云，余为人利用，回美国时，将受刑事上之制裁。与有贺长雄言，亦甚惶急。英顾问莫利孙条陈，谓古博士之计，由子廙（周自齐）挑拨而来。信然。

驻日公使陆宗舆电称筹安会召乱，请取缔，又函致国务卿力争。

梁病疟，有人访之曰："君欲缓五路参案，只须为帝制出力。"梁乃起而组请愿团，参案即无形打消。人方知五路案，即帝制之反笔文章也。杨度以梁攘其功，甚愤。及袁特派左丞杨士琦莅参政院对请愿发表宣言，书发表后，杨度忽夜间来访，谓吾之于总统，不若君交情之久。今忽有不合事宜之谕，究竟总统性情何如，请见告。余曰："然则君须以此事主动告余，乃可讨论。"杨谓："吾本欲回湘。午诒云，总统有大事，须汝出头，实则我亦被动，非主动。但因向主君宪之说，故愿为之，今何以有此异言？"余曰："吾告汝二事，一为前清预备立宪，一为苏杭甬铁路，皆事前坚拒，事后翻然变计，公为此事，将来诛晁错以谢天下，公之首领危矣。"杨闻悚然。翌日朱桂莘等约杨谈话，其意盖又有人嗾之矣。

十三日余请病假，在寓草密呈。中有句云“称帝王者万世之业，而秦不再传；颂功德者四十万人，而汉能复活”等语。即日缮呈，迨晚间阅报，已有不得不牺牲子孙之语，遂成死着。哀哉！

蔡锷之密本，在经界局某秘书处，故未被搜获。蔡锷行后，军事处数日必接其手书，盖遣一学生到日按期邮递，故不疑其他往也。

二十五日国务会议，项城云：“云南自称政府，照会英法领事，脱离中央。此事余本不主张，尔等逼予为之。”众默然。余因彼等疑余与蔡有连，遂云：“宜电川湘防边一方，令冯联合他省劝告罢兵。”颇动听。退后又传周自齐入见，翌日又变计用兵矣。周君学熙秋间谈明年财政，除还内外债外，可余五十万。帝制起，战事亟。本年即有不兑现之计，可不惧哉？先是日本公使日置益入觐，主复辟。其理由以中东两国近邻，若君臣易位，与天皇不无影响。是时梁士诒太息，周子廙不能去，帝制不成矣。

取消帝制日，项城召余曰：“予昏愦不能听汝之言，以至于此。今日之令，非汝作不可。”因出王式通原稿示余。乃曰：“吾意宜径令取消，并将推戴书焚毁。”因曰：“此事为小人蒙蔽。”袁云：“此是余自己不好，不能咎人。”犹是英雄气概也。（以上仲仁《袁幕日记》抄示原稿）

陈二庵（宧）见袁于丰泽园告密，谓仲仁与梁燕孙均反对帝制计划，时以最重要消息，暗中泄露于日本使馆。

今日，日本使馆举行天皇天长节，燕孙已往，请极峰注意。项城乃留二庵午饭，即命阮斗瞻（忠枢）来秘书处点名，视燕孙在与否也。时燕孙未来办公，亦不在家，乃以电话告梅兰芳，使寻燕孙告之，促其即刻来府。

徐世昌、孙毓筠、段芝贵三人往劝袁取消帝制，以应危急。袁曰："取消谁负此重任？"段曰："有副总统在。"袁曰："他能担得了吗？"

汪伯唐（大燮）、孙慕韩（宝琦）、杨杏城（士琦）与段合肥打麻雀，窥段对帝制赞成与否。忽而杨去，因袁有电话也。杏城归云："项城病重甚，一旦不讳，后将如何？中国危殆，宜有豫备。"段云："有副总统在。"汪、孙、杨皆默然。段乃自呈请免去陆军总长，往西山。

一日，项城召予有要谈，即往居仁堂。项城曰："汤济武因制国歌与诸人意见相左，大闹脾气，辞职而去。今欲汝任教育总长。"予知帝制诸人，不愿予掌机密，予亦自得清闲，免起争端。《洪宪缙绅》，予在教育部，始终阻其颁行。颇为朝士所不悦。

项城取消帝制时期，与予最亲。有一日召予三次谈话者，实则并无若何重要话谈也。一次项城曰："吾今日始知淡于功名、富贵、官爵、利禄者，乃真国士也。仲仁在予幕数十年，未尝有一字要求官阶俸给，严范孙与我交数十年，亦未尝言及官阶升迁，二人皆苦口阻止帝制，有国士在前，而不能听从其谏劝，吾甚耻之。今事已至此，彼推戴者，真有救国之怀抱乎？前日推戴，今日反对者，比比皆是。梁燕孙原不赞成，今日乃劝予决不可取消，谓取消则日望封爵封官者皆解体，谁与共最后之事，尚不至首鼠两端。彼极力推戴，今乃劝我取消，更卑卑不足道矣。总之我历事时多，读书时少，咎由自取，不必怨人。只能与仲仁谈耳。误我事小，误国事大，当国者不可不惧哉！”观此人之将死，其言也善，项城能出此言，毕竟是英雄本色。

予问仲仁：“当日王书衡与先生谒项城，一分钟内称六十臣。信否？”仲仁曰：“外间传闻如此，称臣虽多，我何从记其数目？‘臣癖’二字，不过当时谐调，谁意竟成典故？”（以上仲仁先生在苏州家中招予午饭席间谈记）

孙中山先来。孙去而黄克强来。项城与孙、黄谈国事甚勤，有至深夜未散者。孙与项城计划最多。孙受全国铁路督办之命，项城甚喜。常语人曰：“孙中山真能下人以国事为重者。”民元秋后，裂痕始现，予皆目及。

项城民元事事依照《约法》，君尚记临时参议院各部总长三次全案不能通过之事乎？一日君与张伯烈、时功玖谒项城，项城召予同席，共议解决之策。项城曰：“《约法》将政府捆死，如第四次全体不通过，我只有对全国人民辞大总统职。”君与时、张谓项城曰：“大总统当细看《约法》，自有办法。”项城乃取《约法》从头至尾朗诵一遍，曰：“无办法，无办法。”君与时、张曰：“请大总统再研究。”项城乃召法律顾问施愚、李景和列席商《约法》中提阁员一条，皆曰无办法。君与时、张谓《约法》所附但书，无不得如何之条，即可出入办理。今有内阁总理赵秉钧在，各部总长或派人代理，或次长护理，并不违背《约法》。项城曰："善，《约法》中尚如此之微妙乎！"乃大宴君等于内室，予亦陪宴。此时项城尚知在《约法》中讨生活，无违背民国意也。

孙中山先生来京，章太炎正膺东北边防使之命。项城大宴孙、章，予亦陪席。席间畅谈东北西南开发之策。孙先生主张将多数军队，行古屯田制，携家室实边开发。项城与孙商办法约一二小时，意甚恳实。当时犹记谈及吾兄，项城问孙先生曰："刘成禺与足下相处甚久，其人则江洋大盗，打大劫不打小劫。"孙先生笑。章太炎曰："狠像一个大强盗，但其文笔亦颇妩媚。"可见孙、袁当时无话不说。不知后来两方左右播弄决裂，至如此极。

项城初无意取消黄克强南京留守。陈二庵初与项城结合，欲立功自见，且谓革命党均听从彼意。乃勾结克强老友张钫（二庵乡亲也），及冯华甫婿陈之骥（时充南京师长），来往津沪。克强及其左右，朝事均倚赖二庵。二庵遂以克强愿取消南京留守之言告项城。对克强方面，则劝其暂辞留守，项城必不允，办事更顺手。不意克强电辞，项城即嘉奖允许，留守府人员乃公电二庵骂其卖友，张钫由二庵荐为农商次长。此取消留守府本末也。（以上仲仁先生在南京寓庐长谈记录）

三二　效清朝卤簿之制

新皇事事效前清，仙仗迎归紫禁城。
绝好福华门外景，銮仪旧卫不胜情。

按：前清卤簿之制有四。一曰大驾卤簿，惟圜丘、祈谷、常雩三大祀用焉。二曰法驾卤簿，祭祀则陈于路。三曰銮驾卤簿，行幸于皇城用之。四曰骑驾卤簿，省方若大阅则陈之，均隶于銮仪卫。前行则用代卤簿乐。又按《会典》，凡驾出入，则奏其引乐，导迎乐掌于和声署。行幸乐前部大乐，本为銮仪卫之乐，而以和声署吏奏之。銮驾卤簿出入，引以迎导乐。骑驾卤簿出入，引以行幸乐。法驾卤簿出入，兼用导迎乐。尚有卤簿乐掌于本卫，是知诸引乐，本非内中和乐所应掌奏者。但于各驾卤簿至圆明园时，因中和乐常住园内，为便捷起见，亦令伺候卤簿大乐。若清帝将有事外出，于宫内送驾，则例用中和乐为承应。实则銮仪卫原有各种卤簿乐，为便利计，故用中和乐代卤簿乐耳。

项城预备帝制，先有事于天坛，议用銮仪卤簿，派大员江朝宗等往清宫索仪仗，尽括銮仪卫所存留者，于祀天坛前数日，先行演导。合大驾卤簿、法驾卤簿、銮驾卤簿、骑驾卤簿为全班承应，其导演程序，禁卫团戎装鹭羽，荷矛前行，导以西乐金鼓。各仪仗屏气排列，雀步无声，由福华门内启程，过金鳌玉蝀桥，项城在南海登居仁堂高处望之，当有帝王尊严之想像也。是时西华西直门一带，无常识居民，奔走相告，皆谓宣统出宫，移往他所。盖久不睹清室乘舆之盛，故相惊以伯有耳。闻筹备仪仗诸臣，事前亦有意见争执，有谓项城以武功定天下，宜用德皇御林鹅步军制，兼采清代法驾；有谓项城奄有诸夏，蒙藏来同，宜用英皇六马皇舆，马仗前驱；有谓宜仿俄皇登极制，前用高加索各属地持红矛之兵，以蒙古、回疆人充之，后备中国法驾。于是折中各说，先领以禁卫团，次全用銮仪旧制。谓项城帝位，由清室移转，仪仗沿前清，实承继中国历朝之皇统也，议遂决。（《后孙公园杂录》）

三三　国旗由来

土德涂竿夜刺闺，却忘飞白避朱徽。
不愁分裂多南国，风卷辕门五丈旗。

海军总长刘冠雄，以洪宪帝国国旗未定（冠雄，英海军学生也），以英帝国双十字架斜叠旗式说项城，日之所出，日之所入，洪宪领土，与英齐寿为词。项城大悦，授权冠雄制定旗图。原议中华民国国旗，以火德王，故为红黄蓝白黑。洪宪以土德王，宜改为黄红蓝白黑，竿涂黄。冠雄由英国国旗双十字驾悟加斜叠双五色条于原日五色国旗之上，为世界上大姊妹国国旗，夜叩宫门，进呈图式。

项城圣览大喜，遂交大典筹备处筹备。识者曰：“五色旗横列五色，皆成条段，可代表五族。今斜叠五色条于原有五色之上，全旗五色，皆成斜块，此四分五裂之象，五族其将分割乎？”当时议定国旗有三说：（一）仍用五色旗，黄色在最上，红色次之，蓝白黑次第仍旧。（二）仍用五色旗，加黄龙于旗左角。（三）沿用黄龙旗，复中国历代旧制。龙伸五爪，爪用黄红蓝白黑。自刘冠雄旗样出，群议始息。洪宪元年元旦各省悬旗庆贺，湖北湖南大风，将军署所悬洪宪国旗，均卷入空际，识者知其不祥。

又按：中华国旗本末。辛亥武昌革命，为同盟会国内分会之共进会，用十八星旗。而广东及同盟会党人起兵之地，多用青天白日旗。中山先生被举临时南京大总统，议统一国旗。而十八星、青天白日，各挟一议。沪军都督陈其美忧之，联合江苏都督程德全、前浙江都督汤寿潜、章太炎、宋教仁、赵凤昌等，会议制定国旗为五色，代表五族共和，各省赞同。由中华民国临时大总统孙文，于辛亥年十一月朔亲莅临时参议院，正式召集临时参议院议员，开议国旗大会，议决用五色旗为国旗，由临时大总统颁布国旗命令。成禺当时议旗之一议员也。临时参议院移往北京，决定海陆军旗。湖北举义要人刘公者，误言武昌起义旗十八星，代表十八省。东三省及直鲁省人大哗，后经说明，十八星者代表秘密举事之十八省出席领袖，非代表十八省土地也，满场一致于十八星中间加一大黄星，代表未参秘密举事省份。于前临时大总统孙文手定五色为国旗外，加定十八星为陆军旗，青天白日为海军旗。成禺亦当时议旗之一议员也。中华民国旗本末如此。(刘成禺照南京参议院《议事录》记载)

冯自由著《中华民国国旗之历史》

清季革命党所用之国旗有数种，最初为兴中会所用之青天白日旗，次为中国同盟会所修订之青天白日满地红旗。迄辛亥武昌举义，更有共进会所用之十八星旗，上海光复会所用之五色旗，惠州陈炯明所用之井字旗。兹分别叙述其源流及沿革如次：

兴中会之青天白日旗。乙未（1895）春，孙中山、杨衢云等，在兴中会香港本部乾亨行商议攻取广州策略，据兴中会会员谢赞泰英文笔记所载，是年阳历三月十六日(旧历二月二十日)，兴中会干部开会议决挑选健儿三千人，由香港袭取广州之方法，及采用青天白日为国旗之方式，以代满清之黄龙旗。赞泰为衢云密友，每次会议，恒参与机要，其言至有根据。此旗之方式，系陆皓东所设计，皓东即殉于是役，为民族革命流血之第一人。自乙未重阳日，广州失败后，青天白日旗初用诸军事者，为庚子(1900）闰八月，三州田之革命军，其后尤烈，至南洋各埠，创立中和堂，令各会所均悬挂青天白日旗，海外华侨团体以革命党徽号为标识者自此始。当时旗上所排列乂光多寡不一，缝制者多莫名其妙。后经中山解释，谓乂光即代表干支之数。故乂光应排作十二，以代表十二时辰。自此，旗上义光之数，始确定不易。

同盟会之红蓝白三色旗。乙巳（1905）七月，中国同盟会成立于日本东京，翌年冬，同盟会召集干事会编纂《革命方略》，并讨论中华民国国旗方式问题。中山主张沿用兴中会之青天白日旗，谓为陆皓东所发明，兴中会诸先烈及惠州革命军将士先后为此旗流血，不可不留作纪念。各党员亦提出他种方式，有提议用五色，以顺中国历史上之习惯者。有提用十八星以代十八行省者，有提议用金瓜钺斧以发扬汉族之精神者，有提议用井字以表示井田之义者。黄克强对于青天白日，颇持异议，谓形式不美，且与日本旭旗相近。中山争之甚力，且增加红色于上，改作红蓝白三色，以符世界上自由平等博爱之真义，仍因意见纷纭，迄未解决。后经章太炎、刘揆一保存，作为悬案。然日后丁未（1907）潮州、黄冈、惠州、七女湖、钦州防城、广西镇南关，戊申（1908）钦州马笃山、云南河口，庚戌（1910）正月广州，辛亥（1911）三月广州诸役，党军咸用青天白日满地红之旗。故在革命历史上，青天白日旗之为中华民国革命旗，决无疑义。

潮州革命军之国旗。同盟会干部制定《革命方略》之后，依《革命方略》第九章因粮规则，第二节丁项军事用票第一条之规定："革命军所发行军事用票，一律冠以国旗，并绘成国旗方式，颁发革命军各都督。"余妇李自治平在《中国报》楼上，密缝青天白日满地红旗四挺，分给许海秋、邓子瑜两惠州司令，是年四月十一日，余丑、陈涌波等既克黄冈，使用军票，票中有青天白日旗，并在军前拍照。照中右侧有人持青天白日满地红旗，立于其旁者，则陈涌波也。

庚戌新军反正之红旗。庚戌正月元旦，倪映典率新军反正于广州东郊。先是香港同盟会机关部，以倪映典运动新军，渐趋成熟，乃于己酉（1909）十二月赶制青天白日三色旗百具，以供军用。秘密制旗之地有二，一在九龙孙寿屏（中山之兄）农场，一在湾仔东海街旁冯宅，合力缝制，数日内乃成三色旗百余幅，由徐宗汉（黄克强夫人）等藏于卧具中，运至广州。元月初三日，新军反正，倪映典死之。当日报载倪身穿蓝袍，手持红旗，驰马督队前进，即此青天白日满地红之国旗也。

革命军债券面之国旗。辛亥三月，黄花岗一役之前，中山到美洲筹募饷糈，尝用中华革命党本部总理孙文之名，由旧金山筹饷局发行中华民国金币券。券之正面刊有青天白日满地红之三色旗，反面刊有青天白日旗。均由中山亲手绘样，交会计李是男印制。美洲华侨认识革命旗章自此始。及八月武昌革命军兴，所揭为共进会之十八星旗，而非青天白日旗，保皇党报纸乃引为抨击革命党之资料。余乃撰文说明三色旗之意义及革命党国内外用旗之流别，辛亥革命军旗章之异同。武昌起义之后，各省革命军所用旗章计有四种：（一）为共进会孙武、焦达峰等之十八黄星旗，即武汉义师所用。（二）为上海、江苏军政府之五色旗，为章太炎、陈其美、宋教仁所提议。（三）为广东军政府之青天白日三色旗，此为革命军历次所常用。光复之先，粤绅江孔殷率清防营攻民军将领谭义所部于顺德乐从墟，夺获青天白日旗多具。其后孔殷说张鸣岐、李准反正，欲悬革命军旗，示无二心。各界忽觅革命旗不得，后乃出其俘获品为赠，即高悬广东咨议局上者是也。(四) 为陈炯明在惠州举兵之井字旗，此旗式原为廖仲恺在东京所提议。廖、陈同隶惠州籍，陈以同盟会本部曾有此提案，遂采为惠州己军之标识。会师广州，始废置不用。要之，此四种旗章，均不出丙午年东京同盟会本部提案之方式。青天白日旗，确已屡用于粤、桂、滇三省之义师，当日干部会议，各省代表均参与其间。迨辛亥革命，各省有力同志，均根据旧日悬案，逞奇立异，各树一帜，此十八星旗及五色旗、井字旗所以随青天白日旗而纷然并起也。

中山对于国旗之新方案。中山以黄克强有青天白日旗形式不美之批评，故戊申居新加坡时，尝将此旗内容再三润饰，乃将旗上青红二色增加小方格，且于红色上横添白线，以示美观。曾指导陈淑予女士（张永福夫人）绣制新旗式，以示同志，其图案今尚由张永福保存之。民元南京政府成立时，发生国旗问题，中山乃于总统府办公室内，悬挂青天白日满地红新国旗，旗中红色之上，横添白线若干，每一线即代表一行省，总统府职员及宾客多见之。惟此新旗式尚备而不用，中山始终未向国会提出之。

青天白日用作海军旗之原因。民元南京政府建立后，鄂、湘、赣三省用十八星旗，江、浙、皖及各省多用五色旗，各省派出之援鄂军及北伐军，旗帜各异。时海军部请示临时大总统，应用何种旗式，中山令用青天白日三色旗，并派海军部员邓员（邓世昌之子）慰劳江舰队，向海军将士说明青天白日旗与历次革命之关系。由是全国各军舰，一律以青天白日三色旗为国徽，更在红色之上横添白线若干，另定为海军旗，至今尚沿用之。

参议院折衷制定国旗之经过。南京参议院既迁北京，为国旗方式问题，尝发生剧烈之争议。最后乃采用折衷派意见，议决以苏沪军政都督府所用红黄蓝白黑五色旗，足以代表汉满蒙回藏五族，最为普遍，确定为中华民国国旗。武昌起义之十八黄星旗为陆军旗，同盟会之青天白日三色旗为海军旗，由政府正式公布之。中山闻之，颇为不怿。然是时同盟会在参议院不能占过半数，且院内共和党内之同盟会分子，徒知拥武昌起义之纪念品，而忘为母党效力，结果能予保留而制定为海军旗，已属幸事矣。

中华革命党党证之国旗。癸丑（1913）各省讨袁军失败后，中山组织中华革命党于日本东京，遂恢复同盟会旧制，用青天白日满地红为国旗，青天白日旗为党旗。所颁发党证及委任状、奖状，即用此项国旗党旗各一，交加于上。乙卯（1916）起义于山东潍县及广东各地之中华革命军，亦概用此种标帜。迨民九粤军自漳州返粤，中山再由非常国会当选大总统，始公然宣布废止五色旗及十八星旗，而分别制定青天白日为国旗、军旗。民十陈炯明、叶举叛变，中山避地上海，陈炯明反中山所为，青天白日旗亦同遭此厄。

中华民国旗之确定。民十二年中山在粤，重组织大元帅府。就职日，正式举行阅兵受旗礼。青天白日旗复飞扬于广州。适是日全国学生会于广州召集大会，请中山于开会日莅场指导。行礼时，中山见堂上悬五色旗，意不为礼，演说间，乃说青天白日旗与五色旗之异同及在革命史上之价值，众始了解。民十三，中山乘中山舰北上，道经香港，舰上悬青天白日旗，英吏遣人相告曰："如改悬五色旗，当以礼接。"盖青天白日旗之为国旗，尚未经国家承认也。中山毅然不恤。及民十六革命军攻克南京，平津旋亦底定。无何，张学良且拒接日人警告，令东北四省尽改悬青天白日旗，由中国国民党统一全国，各国虽欲不正式承认，不可得矣。

三四　小叫天

檀索歌高众乐停，升平遗曲发星星。
无端曼衍鱼龙戏，笑煞前朝柳敬亭。

内廷供奉谭鑫培，亦名小叫天，湖北武昌省城小东门外沙湖人。幼随父叫天入京，习须生，奉二黄圣手程长庚为师。长庚亦鄂人，常谓鑫培声音神态，距须生甚远，恐难成就。鑫培发奋，每长庚出台，必背台而坐，凡长庚演唱声音清浊高下疾徐之度，简练而揣摩之。年余，自得理味，曰可以出而献音矣，然神技犹未也。又向台而坐，凡长庚手足须眉动态与声音高下疾徐轻重自然神合之处，出则默韵，居则演唱，有不恰于心者，明日即前往改正。于是者又年余，亲诣长庚曰："老师神艺，弟子已略得端倪。"长庚使一演奏，大惊曰："鄂人二黄，吾子可得老夫衣钵。"遂广为延誉。鑫培又入升平署外班习艺，得洞悉有清一代剧曲及先正典型。此谭须民国初年对予自述，因予与鑫培为同邑同里人也。

民国四年，洪宪议起。袁项城寿辰，置广宴演剧，尽招在京有名伶官入南海供奉，孙菊仙、谭鑫培不至。九门提督江朝宗，亲率城厢驻兵挟持而行。鑫培沿途大笑，入新华门，乘官艇抵居仁堂。排剧时欲谭鑫培为《新安天会》主角，谭鑫培盛气拒绝，乃改唱压台戏《秦琼卖马》，谭鑫培拿手戏也。演毕，鑫培不辞而去，大笑出新华门，抵家笑始息。人问何故大笑如此长远，鑫培曰："我不愿小叫，岂不可大笑乎？"按清廷《升平署志·年表》档案，谭鑫培光绪二十六年入内廷供奉，年四十岁，光绪三十年加银二两。(刘成禺详记)

日人过听花《书谭鑫培遗事》(录《顺天时报》)

谭，鄂人，父为徽班须生，无短长，暇弄叫天鸟，故名叫天。谭袭父号，为小叫天。初学武生，既改唱须生，声名大起。时汪桂芬负盛名，嫉其逼己，又轻其新进也。

一日微服往观，值谭演《卖马》，貌清癯，声尤悲壮，舞锏一段，更能将英雄失路、侘傺无聊之状，发挥尽致，不禁失声叹曰："是天生秦叔宝也，竖子成名矣。"终身不演此剧。汪擅长如《取成都》等，亦谭所不演也。二人争雄长者二十年。

光绪戊申年项城五十生辰，府中指定招待来宾四人，即那桐、铁良、张允言、傅兰泰也。是日集各班演戏，必有戏提调，以指挥诸伶。任之者那桐最称职。戏谓谭曰："今日宫保寿筵，君能连唱两出为我辈增色乎？"谭不欲，曰："除非中堂为我请安耳。"那桐大喜，乃屈一膝向谭曰："老板赏脸。"谭无奈何，是日竟演四出。群称那中堂具有能耐，会办事。

孝钦万寿，内廷传戏，例须黎明入侍。而谭误时，数传未至，内务府大臣与谭契，为谭危。将及午，方见谭仓皇来。大臣跌足曰："休矣。内三四询，左右莫能对，真老佛爷犯忌讳事也。"谭犹夷，半响（晌）不能作一语，忽投袂起，大步入朝孝钦。孝钦问："来何晚？"谭从容对曰："为黄粱扰，致失觉。儿女辈不敢以时刻呼唤，遂冒死罪。"按：梨园习于迷信，台前不言更，台后不言梦。更以"金"代"更"，以"黄粱"代"梦"。孝钦闻奏，谕内侍曰："渠齐家有方，着赏银百两，为治家者劝云。"

附录：《升平署志·清升平署始末》

前清承明之旧，设教坊司，凡宫内行礼燕会，悉用领乐官妻领教坊女乐二十四名，序立奏乐。顺治元年，别设随銮细乐太监十八人。凡巡幸与亲诣郊坛祭祀、内传承应，是为乐工任太监之始。顺治八年，停止教坊司妇女入宫，悉改太监承应，额数定为四十八人。而扮演杂戏之人，亦群集其中。康、雍多用内乐工试验中和乐，乾隆初移入南府，名所居曰“内中和乐处”，习艺太监曰内学。教坊司之名已由雍正七年改为和声署，乾隆时张文敏照制诸院本，命内务府增多太监习之。乃于南花园移内中和乐、内学等太监习艺其内，遂名此在长街南之分府曰南府，别于在西华门内北之内务府，纯庙有仿唐明皇教梨园子弟之意也。南府有内三学，曰内头学、内二学、内三学。外二学曰大学、小学，中和乐十番学、跳索学。及乾隆十六年初次南巡，沿途供应演戏之风甚炽，尤以苏州为盛，故御制诗有“艳舞新歌翻觉闹”之句，盖昆腔自魏良辅、梁伯龙创兴后，高宗观之而赏其艺，遂令织造府选人以进，随至京师应差，以老郎庙为梨园总局，隶乐籍者先署名织造所辖之。老郎庙后以南府供奉需人，必由织造府选取。此等南来伶工，不能与太监杂居，来者多名辈，使之教授，后即安置景山之内，在旗籍子弟读书之官学同住，其后始及南府。逮乾隆五十年，景山已有三学，景山始与南府并称。其外三学曰外头学、外二学、外三学。首领定八品，学生无定额。嘉、道间一度将南府、景山合并为一。道光对民籍学生不能释怀，至七年二月六日，再降明诏曰，将南府民籍学生全数退出，仍回原籍，并颁布升平署官职钱粮著于令，诏云：“南府着改为升平署。不准有大差处名目，专以太监承应。”自是升平署规模大定，历年八十五，迄宣统三年随满清以俱亡耳。

三五　赏龙袍

訾言国贼撰成篇，教谱梨园敞寿筵。
忘却袁家天子事，龙袍传赏李龟年。

黎元洪入京，袁氏帝制自为，所惧者外有孙、黄耳。筹安会悬赏论文，撰《国贼孙文》《无耻黄兴》二书，每书印行十万册，颁布全国。其诋毁黄兴书中，有怪文两条：（一）项城曰：“黄兴屡次见我，均自称学生，称我为先生。我自北洋练兵以来，克强并未经我录用推荐，亦未在我所办学堂肄业，先生学生，不知从何而来。”（二）黄兴为南京留守，来电自行呈请撤除南京留守一职，事前由陈裕时、黄宝昌赍公事来京，由陈宧带领觐见，故取消南京留守一案，交陈宧会同留守来京使者妥为办理，故嘉奖其力谋统一，公忠民国。及裁撤命令发表，又痛骂政府无微不至，自作自骂，迹类疯狂，所呈公事，写真征实云云。其诋毁中山先生者，则严重出之。历序先生自檀香山回国学医，革命筹款，以至南京失败，离中国赴日本，肆意诬蔑，捏造事实。其群下欲取悦主上，乃取《国贼孙文》一书，谱为《新安天会》，先生化为猴，克强化为猪，李烈钧化为狗，皆此一出中之奇谈也。

排演成，于项城生日大开寿筵以取悦，先逼谭鑫培为《新安天会》主脚，鑫培严拒；次逼孙菊仙为主脚，菊仙又严拒。三延刘鸿声为主脚，鸿声允之。唱至“对月怀乡自叹”一段，项城大悦，以刘鸿声所着龙袍甚旧，乃取张广建等所进九条散龙龙袍不合用者，赐刘鸿声，嘉其奏技称旨。先是，张广建等所进九龙袍，绣龙九条，蜿蜒全身，项城不悦，谓其气不团聚，改进九团团龙袍。每团绣全龙一条，故九条散龙袍刘鸿声得之。后鸿声在沪演戏，龙袍华贵，以冠绝全国名，不知即洪宪皇帝散气之御袍也。寿戏演毕，人赐银元二百元。孙菊仙云：“我自内廷供奉老佛爷以来，眼中只见过银两，并未见过银元。‘我做皇帝赏你两百银元’，真是程咬金坐瓦冈（岗）寨，大叫一声，大风到了，暴发富小子不值一笑。”乃将二百银元沿途漏落，至新华门，而二百元尽矣。菊仙归告人曰：“袁头银洋皆落地矣。”有传为谭鑫培遗事者，姑存其说。按：《升平署志·年表》档案，孙菊仙须生，年四十岁，光绪十二年供奉。庚子事变赴沪，二十年未归，菊仙本满籍文生，后入梨园。庚子予在沪，曾见其演《二圣蒙尘》，开演亲题绝句于座壁。有“栉风沐雨上长安”“长安虽好不为家”等句，洵文士也。（录《后孙公园杂录》）

三六　新安天会

盛时弦管舞台春，一阕安天迹已陈。
今日重逢诸弟子，念家山破属何人。

北京第一舞台为新剧之巨擘，《安天会》一剧，犹擅声色。时黎元洪已安置瀛台，孙、黄已远避日、美。项城帝制自为，以为天下莫予毒也矣。乃撰《新安天会》剧，尽取第一舞台演《安天会》子弟排演之。

艺成于项城生日，开广宴于南海，京中文武外宾皆观剧。先演《盗函》，次演《新安天会》。剧中情节为孙悟空大闹天宫，后逃归水帘洞，天兵天将十二金甲神人，围困水帘洞，孙悟空又纵一筋斗云，逃往东胜神洲，扰乱中国，号称天运大圣仙府逸人，化为八字胡，两角上卷，以东方德国威廉第二自命，形相状态，俨然化装之中山先生也。其中军官为黄风大王，肥步蹒跚，又俨然化装之黄克强也。其先锋官为独木将军，满头戴李花白面少年，容貌俊秀，与江西都督李烈钧是一是二，难为分别。前锋左右二将，一为刁钻古怪，虎头豹眼；一为古怪刁钻，白鼻黑头，当日李协和守九江、马当之二将也。玉皇大帝一日登殿，见东胜神洲之震旦古国，杀气腾腾，生民涂炭，派值日星官下视，归奏红云殿前，谓弼马瘟逃逸下界，又调集啾啰，霸占该土，努力作乱。玉皇大怒，诏令广德星君下凡，扫除恶魔，降生陈州府，应天顺人，君临诸夏。其部下名将，有大将军冯异、桓侯张飞、通臂猿李广、忠武王曹彬，一战而弼马瘟猴头纵一筋斗云十万八千里，逃往瀛洲蓬莱三岛，现出原身。再战而中军官现出原身，乃一肥胖独角猪，前爪缺一指，向泥中将嘴一拱，借土遁而去。三战而先锋官化为前脚狼狗，四足腾空，乘大风避往南洋群岛。刁钻古怪长叫一声，化为一只跛脚白额虎，奔入长林丰草中。古怪刁钻变化不来，叩头乞命，班师回朝，俘牵受降。文武百官群上圣天子平南颂，歌美功德。

剧之末幕，更有异想天开之奇出，谄媚无耻，无微不至。幕中布景，海天波涌，明月当空，孤岛沉寂，照见一人，坐盘石上，高唱《怀乡自叹人》一曲。其词曰："小生姓×名×，广东××人氏，向来学医为业，奔走海外，诱惑华侨。中国多事，潜入国门，窃得总统一名，今日身世凄凉，家乡万里，仰看一轮月色，岂不惨杀人也。"全词甚多，不录。时黎元洪视演，位在前排第一座，上将军段芝贵走近黎旁，问黎曰："副总统，这戏唱得好么？"黎答曰："我全不懂得，不知所唱何戏。"段曰："副总统不懂戏，台上化妆的人，应该认得。"黎曰："我耳聋眼瞎，教我如何看得见？"民国恢复后，咸赴北京，向黎谈及此剧。黎曰："当时我虽装聋装瞎，倒是袁项城今求唱一曲对月怀乡自叹而不可得矣，我现在已是瞎子回光复明，比较项城闭眼长眠，尚能谈瞎不瞎乎。"予曰："谚有云，不痴不聋，不能作阿姑阿翁；不瞎不聋，不能作大总统。"黎曰：

“只要大家有饭吃，我做个瞎总统也好。”（录《后孙公园杂录》）

三七　轶闻

神剑飞时国便摧，中官难挽绣襦回。
始知天上苍龙种，赖有人间碧玉杯。

项城从吴武壮公于役朝鲜，出入宫禁，得一玉杯，极珍贵。帝制议起，诸姬妾靡不希承意旨。洪姨（即洪述祖之族女）尤慧黠，得项城欢。一日，侍婢以此杯盛燕窝汤进，偶失慎堕地，化为玉碎，婢惊泣不知所以。时项城适午睡，洪姨因密语之云：“候万岁爷起，奏言入室时，惊见金龙蟠于床上，骇极发抖，故罹此祸，求恕死罪。”婢如言，项城果色霁。又帝制议决，项城于新华宫内营造宗庙，于民国四年冬至，举尝祭之礼。时各省文武大吏，均侈陈祥瑞。袁乃宽辈乃怂恿克定以重金购一长蛇，身大如杯，涂以金黄色彩如龙状。先期潜令人梯而置于梁上。蛇畏寒，俯首不动。及祭祀时，项城刚入庙，瞥见灵物蜿蜒，心甚喜，以为果应龙飞之兆也。又项城尝得明太祖画像一幅，悬之密室，朔望顶礼，并私祝太祖在天之灵，祐其平定天下，复兴汉业，意至诚恳。一日，方在膜拜祷祝之际，忽见画像两眼珠微微闪动，项城私喜灵爽果可征，如是称帝之念益决。（以上见民国六年长沙《大公报》所载《洪宪轶事》，长沙王祖柱附注。）

三八　皇室规范

屐齿笠衫出禁林，皇规一册外臣心。
生徒宴罢迎宾馆，宣告东瀛有好音。

日本法学博士有贺长雄与元老伯爵大隈重信同组进步党，创立早稻田大学，任教授，为日本外交学者泰斗。洪宪在朝要人，如陆宗舆、曹汝霖、汪荣宝等皆游其门，大隈出任大日本内阁。袁时欲解散国会，自订法律，乃延美国法学博士古德罗、法国法学博士韦布尔、日本法学博士有贺长雄为最高法律顾问。尤以延聘有贺博士为重，藉通款于大隈内阁也。时美、日两国留学生推奉古德罗、有贺长雄，见重于项城，英国老留学生则奉英使朱尔典，直达老袁，无需别觅途径也。

有贺入觐，自称外臣有贺长雄，恭顺有过于欧美人士。外人称臣，只有有贺一人，故项城垂询有加。初达大隈意旨，谓项城若称帝，与日本天皇一系，两国呼应，同为东亚之福，如日使日置益之言论。然帝制之议，发于德、英，未商日本。故大隈有《二十一条》之要求。有贺居中，大形活动，其早稻田门徒，每夜会商于迎宾馆。迎宾馆者，外交部招待外宾处也，有贺则为祭酒，项城亦由若辈传递东京消息。有贺以外臣资格，上书项城，进呈

《皇室规范》。大端如《日本皇室典范》。全书重要条款：(一) 中华帝国大皇帝传统子孙，万世延绵。(二) 大皇帝位传统嫡长子为皇太子，皇太子有故，则传统嫡皇太孙。嫡皇太孙有故，则立皇二子为太子，立太子以嫡不以长。(三) 中华帝国大皇帝，为汉满蒙回藏五族大皇帝，公主郡主得下嫁于五族臣民。(四) 皇室自亲王以下，至于宗室，犯法治罪，与庶民同一法律。(五) 亲王郡王得为海陆军官，不得组织政党，及为重要政治官吏。(六) 永远废除太监制度。(七) 宫中设立女官。永远废除采选宫女制度。(八) 永远废除各方进呈贡品制度。(除满蒙藏回各王公世爵年班朝觐贡品，仍准照常办理外。) (九) 皇室典礼事务，设宫内大臣掌领之。(十) 凡皇室亲属，不得经商营业，与庶民争利。以上十条，京中颇为传诵，谓可力矫满清新贵之弊。

曹汝霖在天津寓庐闲谈曰："有贺博士来京，初不过解释法律，另造约法，奉为大师，非专为帝制制度而来也。及德、英两国，怂恿项城称帝，密秘计划，不让日本得其消息。有贺曾告予曰：'项城欲在东亚称帝，而不谋及日本，试问英、德两国，能主持东大陆之政治变迁乎？'故日本提出《二十一条》，专对德、英，实则以中国为磨心，我则因《二十一条》以次长而加仪同特任办理此项交涉。"润田述有贺之言如此。(《后孙公园杂录》)

三九　称帝前各国态度

西洋谋主两朝多，马克波罗古德罗，
斜上翻行君主论，贞元朝士有先河。

张仲仁先生曰："帝制创议，始于德，而阴嗾于英。"当时英、德争中国外交上之活动，日本愤妒，乃以《二十一条》提出，为独揽东亚之外交。东西洋君主国家，咸来赞中国由共和而回复帝制，只民主制度之美国，在国际密谋外耳。蔡廷干与英莫理逊最善，莫理逊为伦敦《泰晤士报》驻中国之外交权威者殆数十年。项城又与莫理逊最善，凡与英使朱尔典密谋，皆由莫、蔡二人交往，朱尔典又袁之至友也。莫、蔡二人私议，谓项城称帝，欧洲各国，并无间言，日本不过从中吃醋，气小易盈，容易打发。美国为共和国家，不可漠视。其人民有能发表共和制度不宜于中国者，持为理论，必成事实，用为帝制发轫之根据，此上策也。蔡廷干与周子廙谋之。周名自齐，山东人，由同文馆出身。在驻美使馆任参赞殆二十年，民国为内务总长，与古德罗博士最善，洪宪主角也。乃以言餂古著《共和与君主论》，谓共和制度不适宜于中国，于是主张变更国体者，均引古德罗之名言，为若辈希荣固宠之泰斗，议论骚然矣。周子廙居美久，深悉美学说及舆论，多主张四年选举大总统一次，全国掀动，使费过大，反不如英国制度之安静，不能令大豪富在政党背后操纵大权，古德罗亦向持此种议论。周子廙知之，故一言而古德罗《共和与君主论》提出世界矣。后古德罗深为悔惧，故向蔡廷干言，有归国将受法庭审讯之语。（张一麐谈事汇记）

伍光建先生曰："西洋人主谋变更中国政治者，有两人。一为元世祖时代，用罗马古帝国制度设行中书省、大中央集权之意大利人马克波罗；一为提创中国变共和为帝制之美合众国人古德罗。予最知英人底蕴，与朱尔典、莫理逊最善。英人沉挚，不露声色，甚不愿中国共和制度。莫理逊曾对予言，中国幸有袁世凯，能当国，主持大计，英国必玉成之。无袁氏，则中国乱无已时。仲仁谓帝制之议，发于德、英，予早烛知其谋，美人真幼稚耳。"

共和与君主论（宪法顾问美博士古德罗）

一国必有其国体，其所以立此国体之故，类非出于其国民之有所选择也，虽其国民之最优秀者，亦无所容心焉。盖无论其为君主，或为共和，往往非由于人力，其于本国之历史习惯与夫社会经济之情状，必有相宜者，而国体乃定。假其不宜，则虽定于一时，而不久必复以其他之相宜之国体代之，此必然之理也。约而言之，一国所用之国体，往往由于事实上有不得不然之故，其原因初非一端，而最为重要者则威力是已。

凡君主之国，推究其所以然，大抵出于一人之奋往进行。其人必能握一国之实力，而他人出而与角者，其力常足以倾踣之，使其人善于治国，其子姓有不世出之才，而其国情复与君主相合，则其人往往能建一朝号，继继承承，常抚此国焉。果能如是，则国家有一困难之问题，以共和解决之，固无宁以君主解决之也。盖君主崩殂之日，政权之所属，已无疑义，凡选举及其他手续，举无所用之。英人有恒言："吾王崩矣，吾王万岁！"盖即斯义矣。虽然，欲达此目的，必其继承之法，业已明白规定，而公同承认者乃可，否则君主晏驾之日，觊觎大宝者，将不乏人。权利之竞争，无从审判，其势将不肇内乱不止也。以历史证之，君主国承继问题，能为永远满意之解决者，莫如欧洲各国。欧洲国制，君位之继承，属在长子，无子则以近支男丁之最亲最长者充之。惟继承之权利，许其让弃，故如有长子不愿嗣位者，即以次子承其乏。此继承法之大要也。如不定继承之法，或以君位之所归，由君主于诸子及亲支中选举择之。而初无立长之规定，则祸乱之萌，将不可免；奸人之窥窃神器者，实繁有徒，必将于宫闱之间，施以密计。人生垂暮之年，徒足以增长其疾痛，而其结果所至，虽或幸免兵祸，亦以大宝不定，致费周章，盖事之至危者也。历史之诏我者如此，是故就政权移转问题观之，君主制所以较共和为胜者，必以继承法为最要之条件。即所谓以天潢之最长者为君主是已。

近古以前，非论其在亚洲或在欧洲，大抵以君主制为国体，间亦有例外者，若温尼斯，若瑞士，皆用共和制。然其数较少，且皆小国为然。其在重要之国，则世界中大抵皆采用君主制也。近一百五十年，欧洲举动，忽为一变，大有舍君主而取共和之趋势。欧洲大国第一次为共和制之尝试者，厥惟英国。十七世纪中，英国革命军起，英王查理第一经国会审判，定为叛逆之罪，处以死刑。其时乃建立共和制，号民主政治，以克林威尔为监国，盖即大总统也。克林威尔统率革命军，战胜英王，故能独操政柄。然英国共和之制，仅行数年，终归失败。盖克林威尔故后，监国继承问题，极难决定。克林威尔颇思以其子力次尔自代，然卒以英国当日人民，不适宜于共和，而力次尔又无行政首长之才，故英国之共和忽然消灭。英人于是舍共和制，复用君主制，而查理第一之子查理第二，乃立为君。盖不独为军队所拥戴，而当时舆论亦皆赞成云。

欧洲民族为第二次共和之尝试者，实为美国。十八世纪时，美洲革命既成，而合众国之共和制立焉。夫美国之革命，初非欲推翻君主也，其目的但欲脱英国而独立耳。乃革命成功而后，其势有不能不用共和制者，盖其地本无天家皇族足以肩政务之重，且前世纪在英国赞助共和之人，多移居美洲，以共和学说灌输，渐渍入于人心。虽其人已往，而影响甚远，故共和国体，实为当时共同之心理。然当日统率革命军为华盛顿，使其人有帝国自为之心，亦未始不可自立为君主。乃华盛顿宗旨尊共和而不喜君主，而又无子足以继其后，故当合众国独立告成之日，即毅然采用共和制，百余年以来，未之或替焉。夫美国之共和，自成立以至今日，其结果之良好，不问可知。共和制所有之声誉，实美国有以致之。然美国未成共和以前，久承英国之良法美意，而英国之宪法及其议院政制之行于美国，已逾百年，故一千七百八十九年，美国之由藩属政府变为共和者，初非由专制而跃为民政也。政体未易以前，其备之已豫，而自治之精神，亦已训练有素也。不特此也，当日美国之民智已臻高度，盖自美洲历史开始以来，已注意于普通学校，五尺之童，无有不知书识字者。其教育之普及，盖可想见矣。

美国共和之制成立未久，闻风而起者，又有法国之共和国焉。顾法国未宣告共和以前，本为专制之政体，一切政务，操于君主，百姓未能与闻。其人民于自治政制，绝少经验，故虽率行共和之制，而不能有良好之结果。骚扰频年，末由底定。而军政府之专横，相继代兴，至拿破仑失败后，重以外人之干涉，帝制复活。一千八百三十年，经二次革命，虽仍帝制，而民权稍张。迨一千八百四十八年，帝制再被推翻，复行共和制，以拿破仑之侄为大总统，不意彼乃推翻共和，复称帝号。直至一千八百七十年，普法战后，拿破仑第三被废，最后之共和制，乃复发生。今此制之立，近半百年，以势度之，大抵可望行之久远也。虽然，法国今日之共和制，固可望永久，而其所以致此之故，实由于百年之政治改革而来，此百年中既厉行教育，增进国民政治之知识，以立其基础，复使国民与闻政事，有自治政制之练习，故共和制可得而行也。且法、美两国，于国家困难问题，颇有解决之法，盖即所谓政权继承问题是也。法国之大总统，由议院选举，美国之大总统，则由人民选举。此二国者，其国民皆因与闻政事，有自治政制之经验，而近今五十年间，两国皆注重普通教育，广立学校，由政府补助之，故两国之民智，皆颇高尚也。

十八世纪之末，美、法两国，既立共和制之模范，于是南美、中美各国，旧为西班牙属地，皆宣告独立，相率效之。以诸国当日之情形而言，亦略与美国相类，盖当独立告成之时，共和制似最合于事实。既无其他皇族，足以指挥人民，而北美之共和，适足为之先例，舆论一致，群以共和为政治之极轨。无论何种国家，何等人民，均可适用此制。故一时翕然从风，几无国不行共和制焉。然各国之独立，系由竭力争竞而来，乱机既萌，未能遽定，而教育未遍，民智卑下，其所素习者，专制之政体而已，夫民智卑下之国，最难于建立共和。故各国勉强奉行，终无善果，虽独立久庆成功，而南美、中美诸邦，竟长演混乱不宁之活剧。军界巨子，相率而夺取政权，即有时幸值太平，亦只因一二伟人，手握大权者，出其力以镇压之，故可收一时之效。然此手握大权之人，绝不注意教育，学校之设立，阒然无闻，人民亦无参预政事之机会，以养成其政治之经验。其卒也，此伟人老病殂谢之时压制之力弛，攘夺大柄之徒，乃纷纷并起，诚以政权继承问题，无美满之解决也。于是前此太平时间所有进行之事业，至是乃扫荡而无余，甚且祸乱频仍，竟陷于无政府之地位，而全国社会经济情形，无不尽受其蹂躏矣。墨西哥近年之事，在南美、中美各国，业已数见不鲜。盖共和制不合于其国经济政治之状况者，必有如是之结果也。爹亚士为军界领袖，独握政权，当其为大总统时，政治问题，似已解决，然爹亚士既未厉行教育，且禁压人民，不使参预政事，及年将衰迈，权力渐杀，革命之旗帜既张，爹亚士遂尽失其政柄。自爹亚士失政后，军队首长纷纷构兵，国内骚扰，至今未艾，以今日墨西哥情势观之，除外人干涉外，盖别无他术足以为政权问题之解决矣。

南美各国中，亦有数国用共和制，而颇有进步者，其尤著者，则阿根廷、智利、巴西三国是已。阿根廷及智利两国初建共和时，骚扰纷纷，久未平定，其后乃渐见安宁，颇享太平岁月之福。至巴西则自二十五年前建立共和制以来，虽略有骚动，而共和之命运，实属安平。然此三国于立宪政体，皆能极力进行。十九世纪之初，阿根廷及智利两国，久已力争进步，而巴西则未立共和之前，在帝国时代，业能鼓励人民，使之与闻国政，故三国之得此结果者，非偶然也。就南美、中美各国之已事，并合法国及合众国之历史观之，其足供吾人研究之点如左：第一，行共和制者，求其能于政权继承之问题有解决之善法，必其国广设学校，其人民沐浴于普通之教育，有以养成其高尚之智识，而又使之与闻国政，有政治之练习，而后乃可行之而无弊。第二，民智低下之国，其人民平日未尝与知政事，绝无政治之智慧，则率行共和制，断无善果。盖元首既非世袭，大总统承继之问题，必不能善为解决，其结果必流于军政府之专横。用此制者，虽或有平静之一时，然太平之日月，实与纷乱之时期，相为终始。妄冀非分之徒，互相抵抗，以竞夺政柄，而祸乱将不可收拾矣。不宁惟是，以今日现状而言，欧西列强将不容世界各国中有军政府之发生。盖征诸已事，军政府之结果必召大乱，此诚与欧西各强国利害相关。盖其经济势力，久已膨胀，欧人之资本及其商务实业之别派分枝者，所在皆是。故虽其与国政府所采用之制度，本无干涉之必要，然其权所及，必将有所主张，俾其所用之制度，不至扰乱治安，盖必如是而后彼辈所投之资本，乃可得相当之利益也。极其主张之所至，势将破坏他国政治之独立，或且取其国之政府而代之，盖苟必如是，而后可达其目的，则列强亦将毅然为之，而有所不恤也。故自今以往，一国之制度，将不容其妄自建设，致召革命之纷乱，再蹈南美洲前世纪之覆辙。今后之国家，当详慎定制，维持治安，否则外人之监督，恐将不免也。

以上之研究，于今日中国政治之情形，有何种关系，此盖应有之问题矣。中国数千年以来，狃于君主独裁之政治，学校阙如，大多数之人民智识不甚高尚，而政府之动作，彼辈绝不与闻，故无研究政治之能力。四年以前，由专制一变而为共和，此诚太骤之举动，难望有良好之结果者也。向使满清非异族之君主，为人民所久欲推翻者，则当日最善之策，莫如保存君位，而渐引之于立宪政治。凡其时考察宪政大臣之所计划者，皆可次第举行，冀臻上理。不幸异族政制，百姓痛心，于是君位之保存，为绝对不可能之事。而君主推翻而后，舍共和制遂别无他法矣。由是言之，中国数年以来，固已渐进于立宪政治，惟开始之基，期尽完善，使当日有天潢贵族，为人民所敬礼，而愿效忠荩者，其效当不止此也。就现制而论，总统继承问题，尚未解决。目前之规定原非美满，一旦总统解除职务，则各国所历困难之情形行将再见于中国。盖各国状况，本与中国相似，故其险象亦同，但他日或因此种问题，酿成祸乱，如一时不即扑灭，或驯至败坏中国之独立，亦意中事也。然则以中国之福利为心者，处此情势，将持何种之态度乎？将主张继续共和制欤？抑将提议改建君主制欤？此种疑问，颇难答复。然中国如用君主制，较共和制为宜，此殆无可疑者也。盖中国如欲保存独立，不得不用立宪政治，而从其国之历史习惯、社会经济之状况，与夫列强之关系观之，则中国之立宪，以君主制行之为易，以共和制行之则较难也。虽然，由共和改为君主，而欲得良好之结果者，则下列之要件，缺一不可。一，此种改革，不可引起国民及列强反对，以致近日共和政府所极力扑灭之乱祸，再见于国中。盖目前太平之景象，宜竭力维持，不可使生危险也。二，君主继承之法律，如不明白确定，使嗣位之问题绝无疑义，则由共和而改为君主，实无利益之可言。至君位之继承，不可听君主之自择，吾已详言之。虽君主之威权，较尊于大总统。中国百姓，习于君主，鲜有知大总统者。故君主恒为人所尊敬，然仅以增加元首之威权，为此改革，而于继承之问题，未能确无疑问，则此等改革似无充分之理由。盖继承确定一节，实为君主制较之共和制最大优胜之点也。三，如政府不预为计划，以求立宪政治之发达，则虽由共和变为君主，亦未能有永久之利益。盖中国如欲于列国之间，处其相当之地位，必其人民爱国之心日渐发达。而后政府日渐强固，有以抗外侮而有余，然苟非中国人民得与闻政事，则爱国心必无从发达，政府无人民热诚之赞助，亦必无强固之力量。而人民所以能赞助政府者，必先自觉于政治中占一部分，而后乃尽其能力。故为政府者，必使人民知政府为造福人民之机关，使人民知其得监督政府之动作，而后能大有为也。以上所述三种条件，皆为改用君主制所必不可少，至此种条件，今日中国是否完备，则在乎周知中国情形，并以中国之进步为己任者之自决耳。如此数条件者，均皆完备，则国体改革之有利于中国，殆无可疑也。

四〇　政事堂令

拖雷介弟旧来王，九译册封纪大章。
畏兀儿书兼蒙古，莫将点画错双行。

洪宪劝进，满蒙回藏王公驻京者，清室总代表则贝子溥伦，道光之嫡长孙也。国民总代表则阿蒙尔灵圭，清室外甥，内蒙亲王也。回民总代表则才棍旺，新疆回旗之郡王也。而以镶黄旗满洲都统亲王那彦图，为蒙古、西藏、青海回部国民总代表。那彦图者，元世祖传长嫡系阿尔泰铁帽子王，清室之驸马都尉也。大典筹备处，以在京王公全体署名，对于藩属本部，未能沆瀣无遗。于是由蒙古王公，联电西二盟、热河、绥远、察哈尔及内外蒙古各旗，一致上劝进推戴书。时都护使陈箓在库伦，召集外蒙〔古〕各旗会议。内蒙王公，多未习汉文，由蒙古文缮就，再译汉文。蒙文“洪宪”训“大章”。故外蒙〔古〕劝进，多书“大章”元年，蒙文汉文，双行并写，有书“大章”者，有书“太章”者，有书“天章”者，有书“夫章”者。大典筹备处，案书加改，洪朝诸臣，乃以内外蒙古全体一致入奏矣。政事堂四年十二月十八日令云：“政事堂呈：前据蒙古、西藏、青海回部国民代表，镶黄旗都统亲王那彦图等呈称，共和不适国情，全国同意，咸以改定君宪，为救国大计。现在国民代表大会、满蒙回藏国民代表，投票决定国体，一致主张君主立宪。具见薄海人民，心理大同。惟是国体既定为帝国，帝位必归圣人，四年以来，国家多故，拯民水火，登之衽席，我四万万蒸黎，身家子姓，实托我大总统一人覆帱。我国民为人民谋长治久安之厚福，为国家图创业垂统之洪规，亿万一心，归于圣德。代表等谨以满蒙回藏国民公意，恭戴我大总统为中华帝国皇帝。并以国家最上完全主权，奉之皇帝，承天建极，传之万世。伏愿应顺天人，践登大位，皇建有极，民悦无疆。一统定基，保四千年神明之胄；奕叶蒙福，遂亿万姓归往之诚。代表等不胜欢忭跂望之至等情。现在国体业经全国国民代表大会总代表代行立法院决定君主立宪，所有满蒙回藏待遇条件，载在《约法》，将来制定《宪法》时，自应一并列入《宪法》，继续有效。此令！”

四一　汪荃台

广雅南衙旧隐居，能传吴下未归书。
君家茧栗青毛犊，第二名流总不如。

苏州汪凤瀛荃台先生，驻日本公使凤藻、翰林凤梁三弟，荣宝父也。以知府分发湖北，文章学望，名重一时。南皮延入幕府，任机要文案，名折多出其手。总督署南园有五桂堂，荃台居之，自号南衙居士。南皮广延名流，礼遇有差，往来鄂渚不入幕者，当时目为第一名流，如王闿运、文廷式之属，经心、江汉山长谭献、张裕钊、吴兆泰之属，宴会首座，时谚呼为分缺先。幕府诸贤，如汪凤瀛、王秉恩、钱恂、许珏、梁敦彦、郑孝胥、程颂万之属，两湖、经心监督分校，余肇康、姚晋圻、杨守敬、杨锐、屠寄、杨裕芬、邓绎、华蘅芳、纪钜维之属，宴会皆列三四座以下，当时皆目为第二名流，时谚呼为坐补实缺，总督僚属分司也。而梁鼎芬、蒯光典、陈三立、易顺鼎位在第一、二名流之间，名曰宾僚，时谚呼为分缺间。

他如陈庆年、陈衍、张世准之属，不过领官书局月费，时谚呼为未入流。京官在籍如周树模、周锡恩之属，礼遇有加，时谚呼为京流子。此南皮在鄂人才之九品宗正也。至若王先谦断绝往来，孙诒让礼聘不答，时谚呼为上流人物。

革命后，荃台先生离鄂入京，筹安议起，慨然曰："是以国家为儿戏也。"乃撰《致筹安会与杨度论国体书》，先携此文，托张仲仁转呈项城。张笑曰："翁不畏祸耶?"荃台曰："余作此文，即预备至军政执法处。"张乃代呈，揖汪而言曰："老辈正言可敬，吾辈愧死矣。"此文遍传南北，为反对改变国体二大至文之一，民国史案必读之文也。荃台先生长公子荣宝字衮父，颇负时名。为日本、比国公使，服膺乃父主张。曾电谏项城，劝其勿变更国体，万不得已，只宜行终身大总统制，并陈勿行总统制，以内阁代大总统负责。荣宝虽身任要职，未参与洪宪各方重要秘密组织，卓有父风。荃台先生全文列后。

汪凤瀛《致筹安会与杨度论国体书》

读报载，我公发起筹安会，宣言以鉴于欧美共和国之易致扰乱，又急中国人民自治能力之不足，深知共和政体，断不适用于中国，因发起斯会，期与国中贤达，共筹所以长治久安之策，并进而研究帝制之在我国，是否适用于今时，是否有利而无害。宏谋远虑，卓越恒情，令人钦仰不已。论者谓公于改革之际，翊赞共和，表示同意，今忽以民国宪法起草委员资格，而复有变更国体之商榷，至有疑公为揣摩迎合反复无常者，不佞则确信公之真爱国。惟真爱国，故凡可以巩固国基，奠安民族者，务求其至当，不惜牺牲一生之名誉，于恒人之所期期以为不可者，敢于昌言而不讳，此真豪杰之作用，非陋儒瞻顾嗫嚅之所能及者也。

不佞自辛亥以来，每与知交窃议，以为治今日之中国，非开明专制不可，共和政体，断非所宜。及见民国元二年各省大吏之骄蹇，国会议员之纷呶，益觉出言之不谬。然就目前事势论之，断不可于国体再议更张，以动摇国脉，其理至显，敢为执事缕晰陈之。上年改订新约法，采用总统制，已将无限主权，尽奉诸大总统。凡旧约法足以掣大总统之肘，使行政不能敏活之条款，悉数铲除，不复稍留抵触之余地。是中国今日“共和”二字，仅存国体上之虚名，实际固已极端用开明专制之例矣。夫谓共和之不宜于中国者，以政体言也，今之新约法，总统有广漠无限之统治权，虽世界各君主立宪国之政体，罕与伦比，谈欧化者岂无矫枉过正之嫌！顾自此实行后，中央之威信日彰，政治之进行较利，财政渐归统一，各省皆极其服从。循而行之，苟无特别外患，中国犹可维持于不敝。兹贵会讨论之结果，将仍采用新约法之开明专制乎，则今大总统已厉行之，天下并无非难，何必君主？如虑总统之权过重，欲更设内阁以对国会，使元首不负责任乎，则有法国之先例在，亦何必君主？然则今之汲汲然主张君主立宪而以共和为危险者，特一继承问题而已。顾新约法已定总统任期为十年，且得连任。今大总统之得为终身总统，已无疑义，而继任之总统，又用尧荐舜、舜荐禹之成例，由今大总统荐贤自代，自必妙选人才，允孚物望，藏名石室，则倾轧无所施。发表临时，则运动所不及，国会选举，只限此三人，则局外之希冀非望者自绝，法良意美，举凡共和国元首更迭频繁，选举纷扰之弊，已一扫而空，尚何危险之足云！若犹虑此三数人之易启竞争，不如世及之名分有定，抑知竞争与否，乃道德之关系，非法制之关系。苟无道德，法制何足以防闲之，窃恐家族之竞争，为祸尤甚于选举。

不观明太祖非采用立长制者乎？太子薨，立皇太孙，固确守立长制也，而卒构靖难之变。当日与太祖同时并起之枭雄桀黠，已芟薙无余，与太祖共定大业之宿将元勋，亦消灭殆尽。又无敌国外患出而横加干涉，故幸免于亡耳，今则迥非其比矣。而公等必主张君主立宪，果何所取义乎？公等既主张斯制，自必期其说之成立、其事之实行明矣。然而公等皆甚爱今大总统者也。君子爱人以德，不闻以姑息，今大总统于受任之初，既以遵约宣誓，且屡次宣言决不使帝制复活，其言至诚剀切，亦既播诸文告，传诸报章，为天下所共见闻矣。往者劳乃宣盛倡复辟之说，天下哗然，群起而辟之，以是为谋窃民国之大罪也。

今大总统复严申禁令，后再有议及帝制者罪无赦。诚以今大总统为民国元首，受人民委托，信誓旦旦，为民国永远保存此国体，礼也，义也。孔子曰，自古皆有死，民无信不立。果使于今大总统任期以内，而竟容君主政体之发见，致失大信于天下，悖礼伤义，动摇国本，一不可也。民国元、二年。孙文、黄兴辈之谋乱，即藉口于大总统有回复帝制之阴谋，全国人民确信今大总统之誓言，并无此意，故群目孙、黄为乱贼。今忽于大总统任期内，而见大总统亲信之人有君主政体之讨论，是为孙、黄辈实其诬言，天下皆将服孙、黄辈有先见之明，顿长其声价，增其信用，是不啻代孙、黄洗其谋乱之罪，俾死灰得以复燃，二不可也。吾国旅居各国之侨民，不下数千万，莫不醉心欧化，以独裁帝政为不然。故前清末造，孙、黄辈倡言革命，华侨倾资相助，冀其有成，迨民国成立，咸欣欣然有喜色，相率回心内向。一旦见祖国复兴帝制，是大失数千万华侨之心理，不啻推而出之，使为孙、黄之外府，隐助以无限之资财，三不可也。优待条件，许清室保存帝号，正以民国国体已更，无复嫌疑之可虑，故听其袭用尊称耳。假使民国复行帝制，则域中断不容有二帝，势必削清帝之尊号，寒满族之人心。且清皇室近居宫禁，即不免逼处之大嫌，逸出范围，虑或为奸人所利用。设有佥壬从而间之，为德不卒，势非获已，而予人口实，恐天下从此多事矣，四不可也。近来各省水旱偏灾，区域至广，哀鸿遍野，安集无资，而公家以财政奇艰，不得不厚增赋税，繁征苛敛，视清末有加，咨怨之声，已所难免。然每增一税、设一捐，地方官恒召士绅商会，告以今为民国，国所有事，责皆在民。担负虽增，譬如自出己财，以办家产。彼绅商心虽不愿，而无说以为抵拒之资，不得不俯首以从。今若回复帝政，彼习闻帝者私其国为一家之产，则观念顿易，此后再欲增重人民担负，私怨有所归矣。怨愤不平之气，郁结于中，如积薪之蕴火，遇有枭桀，鼓而煽之，则一发不可复遏，藉燎原之势，扬伐叛之名，荼毒生灵，靡知所届！明季饥民，迫为流寇，卒亡其国，可为殷鉴。即使重烦兵力，幸而得平，而以私天下之故，残杀同胞至无算数，天道好生，必有尸其咎者矣，五不可也。今日在朝诸彦，罔非清室遗臣，正以国为民国，出而为国服务，初无更事二姓之嫌，屈节称臣之病，故一经劝驾，相率来归耳。设改为君主政体，稍知自爱者，名节所关，天良难昧，势必洁身引退，相与遁荒，其留而不去者，贪荣嗜利，寡廉鲜耻之徒，必居多数，此曹心理，视仕宦为投机事业，势盛则争先推戴，势衰则出力挤排，彼且不爱其身，尚何爱于国？更何爱于君？使当国者但与此辈为缘，共图治理，不独乂安无望，抑且危险实多，六不可也。中国积弱，对外无丝毫能力，入民国后，军队增多于前，而上次日本对我破坏中立，横肆要求，我惟屏息吞声，不敢稍与抵抗。情见势绌，无可讳言，今我忽无事自扰，谋更国体，际此欧战相持，爱我者或不遑东顾，而忌我者则虎视眈眈，惟恐我国之晏安无事，不先与谋，事必无幸，苟欲求其同意，非以重大权利相酬，足厌彼欲，殆不可得，无端大损中国以厚利外人，而谓中国人民对于此等行为，果皆翕然意满乎？即不出此，彼或以国体相同之故，佯与赞成，观衅而动，但使我于国体变更之际，地方稍有不靖，彼乃藉词干涉，别有所挟，以兵力临我，人心向背，正未可知，公等当此，将何以为计乎？七不可也。以上数端，皆实行后必不可免之事实。至贵会宣言，但研究国体之何宜，不讨论主名之何属，盖本意在求继承之际，匕鬯不惊，而不知学说之祸人，有时竟甚于洪水。

前清末叶，妄人盛倡种族革命之说，竟至风靡天下，迨辛亥武昌发难，并无何等成算，何等实力，而天下遽土崩瓦解，则种族之见、革命之说，中于人心者深也。及民国政府成立，革命已告成功，而藉以作乱者，犹屡仆屡起，蹈死不悔，流毒余焰，至今未息，此说之陷人于死者，不可更仆数矣。今国基甫定，人心粗安，而公等于民主政体之下，忽倡君主立宪之异议，今大总统又有“予决不为皇帝”之表示，纲常之旧说已渝，天泽之正名未定，使斯议渐渍于人心，不独宗社党徒，幸心复炽，将不逞之徒，人人咸存一有天命、任自为之见，试问草泽奸宄，保无有妄称符命，惑众滋乱者乎？专阃将帅，保无有沉吟观望，待时而动者乎？召乱速祸，谁为厉阶，心所谓危，不敢不告。不佞之愚，以为新约法创大总统开明专制之特例，治今中国，最为适当。民国宪法谓宜一踵前规，无所更易，若公等必谓君主世及，可免非分之觊觎、竞争之剧烈，则请取干宝《晋史论》及六朝、五代之历史，博观而详究之，忧危之言，不知所择，幸垂谅焉。

四二　康梁反袁

请兵门弟入南荒，晓谕恩仇万木堂。
异代逋臣今老矣，狂书衣带话前皇。

自戊戌政变，六君子正法菜市，康有为藉李佳白以英舰援救，逃亡海外，来往于南洋、日本、美洲间。其大弟子梁启超，则创《清议报》于日本横滨，康有为自著《不忍杂志》，丑诋那拉氏，目为先帝遗妾。创保皇党，广通声气，而各地华侨筹款，以保皇学说为号召根据，谓携有光绪衣带密诏，求救海外华侨也。其对中国社会，则以维新、守旧树党；其对满清朝官，则以帝党、后党分派；其对海外，则保皇革命，旗鼓严明。

有为父国器，为云南布政使，以荫监中式举人，榜名祖诒，计偕入京，与井研廖平遇于天津，大谈三日，尽得廖氏《公羊》之学。廖平，王湘绮尊经书院弟子。有为用廖平之学，皆呼为王翁再传弟子。（散见《湘绮楼笔记·说诗》）后更名有为，中进士，授工部主事。初岭南两大学派，曰陈东塾，传经训之学；曰朱九江，传性理之学。有为与简竹居同为九江先生入室大弟子。及遇廖平，主张春秋公羊改制，大有尽弃其学而学焉之概。携廖平所著《新学伪经考》《孔子改制考》等书回粤，设万木草堂讲学。梁节庵赠康诗，所谓“九流混混谁争派，万木森森一草堂”是也。入桂讲学，著《长兴学记》，自号长素，谓长于素王孔子也。其大弟子陈千秋早死，名曰超回，谓超过颜回也。其二弟子梁启超，名曰迈赐，谓迈出端木赐也。他弟子如麦孟华、徐勤、区渠甲、汤觉顿、陈仪侃等，均以孔门七十二弟子之名配合之。

当时春秋改制之说，弥漫中国。张之洞初主变法，及戊戌政变，乃著《尊王篇》，尽驳康氏公羊之说以避祸。保皇党则盛行海外矣。保皇党之大仇有二，一海外为孙文之革命党，绝端反对也；海内为袁世凯之拥戴西后，杀戮逋逐也。有为持保皇说不动，而以大弟子梁启超左右出入，图谋权利。其对孙氏，则孙、梁交欢于横滨。梁撰《新民丛报》，鼓吹民族，隐示革命，获孙信赖。介梁赴美，尽取孙所组织之致公堂华侨权利党徒，纳于保皇。有为一纸书责之，乃梦俄罗斯，而反对民族主义矣。其对袁氏，本为戊戌世仇，辛亥事变，袁出组阁欲释怨各党，以梁启超为副大臣，进步党成立，梁入京为熊希龄内阁总长，梁从康命也。康为黄梨洲，梁为万季野，又使其子弟为卿矣。梁乃挟对孙故智以祸袁，如伐孙、黄，挟副总统入京，改约法，解散国会，设参政院，倡金匮石室制，浸假而终身总统，浸假而帝制自为矣。主张帝制，多梁党徒，阴消革命党之民意，佯赞洪宪之帝业，所谓事不急不足以动众，恶不极不足以杀身。袁氏骑上虎背，康、梁乃组织讨袁军，可以报戊戌杀戮之世仇矣。发动在梁，指使则康，康与梁书曾云：“袁氏吾党世仇也，春秋复九世之仇，觍颜事仇，汝勿习与相忘。”

康、梁当时，默观世变，知全国人民尚未忘情共和，梁乃移书杨度，反对筹安，用收舆论，使其再传弟子蔡锷，出走云南，握川、滇、黔讨袁之兵，拥出保皇老将岑春煊为都司令，往肇庆领军务院。龙王济光，桂将军陆荣廷，岑旧部也。部署完备，大弟子梁启超乃出马赴肇庆，指导内外，皆康之秘密授机宜也。康、梁本意，欲握川、滇、黔、粤、桂之兵，自立面目，全国人民军将愿以副总统正位，恢复国会，恢复约法无间言。内阁总理段祺瑞，不署召集国会命令，军务院实表赞同，及海军在沪宣告独立，许世英入京，任交通总长，用快刀斩乱麻之伟论，强段副署恢复国会命令，而军务院瞠目矣。段祺瑞马厂视师，再复民国，梁启超实为谋主。先决问题，不召集国会，折去许世英总军部出入证，恐其再强段为之，所以报东门之役也。中山先生乃率国会议员，南下广州，组护法军矣。康有为劝袁世凯退位两书，袁、康关键及戊戌政变几微要领，全见行中，洵圣人之至文，附录于后。（《后孙公园记事》）

附录：《康有为衣带诏故事》

（择录旧金山《大同日报》）

戊戌政变，康有为逃往海外，对华侨宣布，谓光绪賫夜密诏入宫，亲授衣带诏。奉谕出走，向海内外臣民求救，设保皇党，奉诏敕也。诏中有“朕命康有为宣扬朕意，锡赉有勋劳者，分别赐封公、侯、伯、子、男爵五等。”南洋美洲华侨刁猾者，请其出示衣带诏。康曰：“此神翰也，出阅之时，必向北方摆香案，着朝衣朝冠，行三拜九叩首礼。汝等氓蚩，岂能污染宸笔？否则实授官爵，各分等级，自具衣冠，行礼览诏，予亦备衣冠，礼节如仪。”华侨富豪，醉心官热，大开捐纳之例，报捐公爵者一万元，捐侯爵者九千元，捐伯爵者八千元，捐子爵者七千元，捐男爵者六千元，捐轻车都尉者五千元，列名保皇党者，皆光绪佐命之臣矣。最奇特者，西人亦多纳金捐爵，投身保皇。美国罗生技埠法庭，乃发生英人康乾伯与美人活木李互控争爵、争元帅、争将军一案。加拿大人康乾伯（Comchanber）者，梁启超封为中国民军大元帅、男爵，驻屋伦（Oakland）训练华侨子弟；加省人活木李（Homer Lee）者，康有为封为中国维新皇军大将军、子爵，驻罗生技（Los Angels），组织保皇军队。两人各在驻扎地段开府，每人各献数万捐纳费于保皇党。一日康乾伯赴罗省，命令活木李曰：“我中国大元帅也，汝宜受我节制。”活木李曰：“我康有为所封大将军也，保皇军队，皆宜受我训令。”互争雄长，控于罗省美法庭。各呈元帅、将军、子、男爵册封文件，法官览毕大笑，呼法警将此两个疯子逐出法院。保皇党徒，多左袒活木李，康乾伯大愤，乃尽将册封文件及捐纳收条，交金山《大同日报》影

印登载，时予为《大同日报》主笔，亲理其事。(录《后孙公园记事》)

中山先生曰："活木李有战略天才，所著《今世战略新论》，德皇威廉第二闻之，曾延见便殿，长时坐论，甚为礼遇。予游罗省，诚意来会，盖美国豪杰之士也。愿弃保皇党，从予立功名，故予携归中国。"予进曰："昔孙膑刖两足而著《孙子兵法》，今活木李跛一足而威廉第二与先生均赏识之，可谓夔一足矣。"先生亦为之大笑。活木李随先生归就南京临时大总统职，居城北梅溪山庄，门榜"李将军行辕"长匾者，即活木李寓馆也，未几死于南京。章太炎改唐诗"少川总理谁能识，活木将军去不回"，即咏其事。(录《总理旧德录》)

康有为劝袁世凯退位书

(录《护国军事纪》第三期)

慰庭总统老弟大鉴：两年来，承公笃念故人，礼隆三聘，频电咨访，累劳存问，令仆丧毕必至京师，猥以居庐，莫酬厚意。今当大变，不忍三缄，栋析榱坏，侨将压焉。心所谓危，不敢不告，惟明公垂察焉。自筹安会发生，举国骚然，吾窃谓今之纷纷者，皆似锁国闭关之所为，皆未闻立国之根本，又未筹对外之情势者也。夫以今中国之岌岌也，苟能救国而富强之，则为共和总统可也，用帝制亦可也。吾向以为共和、立宪、帝制，皆药方也。

药方无美恶，以能愈病为良方。治体无美恶，以能强国为善治。若公能富强自立，则虽反共和而称帝，若拿破仑然，国人方望之不暇；若不能自立，则国且危殆，总统亦不能保，复何纷纷焉。

自公为总统以来，政权专制，过于帝皇。以共和之国，而可以无国会，无议员，虽德帝不能比焉。威权之盛，可谓极矣。然外蒙〔古〕、西藏万里割弃，青岛战争，山东蹂躏，及十五款之忍辱，举国震惊。至第五项之后商，共忧奴虏，中国之危至矣！人心之怨甚矣！方当欧战正酣，列强日夜所摩厉者武事也，忽闻公改行帝制，日夕所筹备者典礼也。行事太反，内外震骇，遂召五国干涉，一再警告；及遣大使东贺加冕大典，道路传闻，谓于割第五项军政、财政、警政、兵工厂外，尚割吉林全省及渤海全疆，以易帝位，未知然否？然以堂堂万里之中国元首，称帝则称帝耳，不称帝则不称帝耳，虽古詈莽、操，然力能自立，安有听命于人如臣仆者哉？且公即降辱屈身，忍弃中国，祈请外邻，求称帝号，若晋之石敬瑭之于契丹，若梁萧詧之于周，若南唐李煜之于宋，然强邻必察民意，可以义动，不可以利诱也。今既见拒大使，辱益甚矣。且名为贺使，必无拒理，今之被拒，益为鬻国以易帝之证，而国民益怒矣。假令受使结约有效，若法之待安南，若英之待埃及，或要索称臣，或名归保护，则全国军队长官，必皆派监督、顾问，或派驻防之兵，或收财政之权，至是则国实已亡矣。虚留帝号，何能自娱！然公或者以求伸于四万万人之上，而甘屈于强国之下，公能屈辱为之，而国民忧亡，必大愤怒，即诸将亦恐惧国亡而怒。不然，亦忧强国之派监军或顾问，或易而代之，彼诸将自知权位之不保，必不肯从公为降虏也。则必斩木揭竿，胜、广遍地矣。幸而见拒，中国尚得为中国耳。

然数月以来，举国之民，士农工商，贩夫竖妇，莫不含愤怀怒。党人日夕布谋，将士扼腕痛恨。顷上海镇守使郑汝成已遭剧死，海军之肇和兵舰亦已内变。广东既乱，滇、黔独立，分兵两道入川、楚，破叙攻泸，遂争重庆，全川骚然。辰、沅继失，湖南大震，武昌、长沙，兵变继告，长江将响应之，蒙古并起，而山西、归化、绥远，亦相继沦陷。陕乱日剧，则拊北京之背，他变将作，外人将承之为交战团矣，公以军队为可恃乎！昔者滇、黔，岂非赞成帝制者哉？而今何若！今闻四川之陈宧实与滇军交通，而贵州朝为助饷，夕即宣布自立，恐各省军队，皆类此耳。广西即可见矣！公自问有何德及彼，以何名分范彼，而能使彼听命尽忠耶！吾闻郑汝成告人曰："帝制事吾不以为然，但无如何耳。"郑汝成者，公所谓忠臣亲臣，赠以破格之封侯者，然乃若此，可以推全国诸将之心矣。公以封号为笼诸将之心耶？闻各省诸将受封，多不受贺，或不受称，而云南唐、任，且即起兵焉。且公在清末，亦受侯爵，何能因是感激而足救清祚哉！若军既含怒，同时倒戈，于前数年突厥摩诃末废帝见之，吾时游突厥所亲睹者矣。然突厥尚远，公未之见，辛亥之秋，武昌起兵，不两月而十四省响应，清室遂迁，夫岂无百万军队哉？而奚为土崩瓦解也！此公所躬亲其役者也。

夫以清室二百年之深根固蒂，然人心既变，不能待三月而亡。公为政仅四年耳，恩泽未能一二下逮也，适当时艰，赋税日重，聚敛搜括，刮尽民脂，有司不善，奉行苛暴，无所不至。加比款千万，二国之巨款二万万，四年之间，外债多于前清，国民负担日重，然无一兴利之事。以盐为中国大利而税之，今全归之于外；以烟为中国之大害而禁之，今反卖之于官。近者公债之新法日出，甚至名为救国储金，欺诱苦工而取之，以供加冕之用。故兵急财尽，人咸疑交通、中国两银行亏空，人争起款，不信伪币，其势将倒。国会既停，选举既废，自治局撤，私立参政院代民立法，则失共和之体，天下岂有号称共和而无议员者！士怒深矣，如水旱洊臻，盗贼满野，民无以为生。民怒甚矣，即无筹安会事，尚恐大变之来，而公之左右谄媚者，欲攀附以取富贵，蔽惑聪听。日告公者，必谓天下皆已治已安，人心莫不爱戴，密告长吏，令其妄报，伪行选举，冒称民意，令公不知民怒之极深，遂至生今日之大变。汉朱浮曰："凡举事无为亲厚者所痛，而为见仇者所快。"昔孙权为曹操劝进，操曰："是儿欲踞吾于炉火之上耳。"今诸吏之拥戴公者，十居八九，闻皆迫于不得已，畏惧暗杀，非出诚心。举朝面从心违，退有后言，或者亦踞公于炉火之上，假此令公倾覆耳。贾谊所谓寝于积薪之上而火其下，火未及燃，则谓之安。以公之明，且不察焉。且使今日仍如古者闭关之时，则公为诸将拥戴，如宋艺祖焉，然犹未可。盖古之称帝者，固由力取，不必有德，然必积久坚固而后为之。然以曹孟德手定天下之雄，司马懿、司马师、司马昭、高欢、高澄有世济其美之才，皆为政数十年，举国臣民为其卵育，然尚徘徊逡巡，不敢遽加帝号。五代诸主，旦夕称帝，即岁月不保。然此皆闭关之世，若如石敬瑭者，藉外力而立，亦即为外虏而亡矣。

夫共和非必善而宜于中国也，然公为手造共和之人，自两次即总统位，宣布约法，信誓旦旦，涣汗大号，皆曰吾力保共和，誓不为帝，于裘治平之请为帝，于宋育仁之言复辟，则皆以法严治之。中外之人，耳熟能详。至于今日，翩其反而，此外人因以大疑，而国民莫不反唇者也。遍考地球古今万国之共和国，自拿破仑叔侄外，未有总统而敢改为帝者。美洲为共和国者凡二十，日寻干戈矣，然皆争总统耳，未有欲为帝者，更未有争为帝者也。中世意大利及德国诸市府之总统，未有敢为王者，即罗马之奥古士多，威定全国，实行帝权，亦兼用诸官职号，未敢用帝王之称。后世袭用恺撒、奥古士多者，以前代总统之名，为元首之号，行之三百年，至君士但丁迁都海峡，避去元老院之议，然后恺撒之号，传于后世，今乃为王者之称，即今德、奥尊号是也。恺撒为罗马总统，有手平法国、强安罗马之大功，有人进王者之月桂冠者，恺撒试戴之，其义儿渤尼斯即手弑之。近世墨总统爹亚士手平墨乱，七任总统，置三百年之墨乱于泰山之安，饬以欧、美之治，其文治武功，欧、美人莫不推为近今第一。吾游墨时曾以殊礼待我，虽号为专制，然尚未废国会也，更未敢称帝号也。然第八任总统，迟不退让，遂使马爹罗振臂一呼，爹亚士遂夜出走，以其百战之雄，搏战之余，仅以身免。《易》曰："亢龙有悔。"知进而不知退，知得而不知丧故也。向使恺撒、爹亚士知"亢龙"之祸，识退让之机，则身名俱泰，照耀天壤。惜其聪明才武，而忍俊不禁，贪而不止，遂至身死名裂，一至于此，况才望功德，远不及恺撒、爹亚士，而所求过于爹亚士者哉！老子曰："知足不辱，知止不殆。"今已辱已殆矣，尚冒进不止，昔人所谓"钟鸣漏尽，夜行不休，日暮途远，倒行逆施"则不止辱殆而已，必如恺撒而后已，求如爹亚士之能逃出，不可得矣。以公之明，何不思之！

且今公之心腹亲旧，宰相若徐世昌、唐绍仪，大将若段祺瑞，亲旧若张謇、费树蔚，皆纷纷远引，其他黎元洪、熊希龄、赵尔巽、李经羲、周树模、孙宝琦、汪大燮、罗文干、马昶、汤化龙、梁启超、韩国钧、俞明震等，纷纷挂冠，其余群僚，尚不足计也。朝宇皆空，槐棘无人，即强留率退一二人，或畏死复来，然人心大可见矣。今所余在公左右一二谋议者，皆负罪畏死，怀抱异心，其余皆庸佞之徒，只供奔走而已。以此之人心，当承平继统之时，犹不能支，而谓可当内讧外拒、中外大变之世乎？昔公之练兵小站也，仆预推毂焉。今公用以威定天下，恃小站时心膂诸将，遍布中外也。然忠贞若王士珍，自辛亥玉步之后，即已拂衣高蹈。

今虽强率而出，闻其在陆军部上奏，于“臣”字必加涂抹，实与张勋之强劲同焉。虽受恩私室，然实心清朝者也。其沉毅若段祺瑞，以公之设模范团而夺兵柄也，乃自疑而辞去，近者频遭刺客，日欲出亡。若蔡锷兼资文武，举滇来归，而久投闲散，近且居宅无端被搜，因以恐惧，远走举兵。故公之心腹旧将，皆有自危之心，即有倒戈之志。盖以赵秉钧之忠而鸩死，以尹昌衡之壮而久囚，以黎元洪之公而久幽，若冯国璋、张勋、陈宧、汤芗铭、朱瑞、龙济光、陆荣廷，皆公之股肱，藉以坐镇南方者。乃闻宵小作间谍者，以造言生事，为希荣邀功计，谓诸将互相联合，各有异志，果遂频调重兵南下以防之，或日遣刺客以杀之，致令诸将信而被疑，忠而见谤，即今张作霖、张绍曾亦有嫌疑，则必鉴于赵秉钧、段祺瑞、尹昌衡之危迫，益生携贰耳。今各省诸将，暂为公用者，有奉、陕、豫、徽耳，然师旅之长，亦难一心，然则谁非蔡锷、唐继尧、刘显世、任可澄者？但观望待时耳！且夫各省将军师长，率多段、冯、张、王四人部下，咸受卵翼于诸帅，而未有隶于公，其与明公恩义本浅，今主帅见猜，则部将生疑，咸恐不保，令之远征，诸将即不倒戈，谁肯为公出死力者！且公戎旅有几，不以遣征西南，则以防卫西北，所余军队，不过三数千众，保卫都畿，万难他遣，则何以持久？万一有变，更以何师剿之？顷闻模范团、拱卫军有变，诛戮无数。夫模范团、拱卫军，公之心腹干城也，然犹如此，则腹心难作，防不胜防，若各省内外联合，公更何以为计！辛亥之祸，鱼烂瓦解，可为殷鉴。窃为公危之！

近有新华宫内变，益令骇耸，以明公之族人，亲臣之爱子，警长之要官，且犹如此，袁英及公二十年旧仆句克明，亦咸思剸刃于公，其他内史为公侍从近臣，亦多有同谋者，然则公之近臣亲臣若此者，正不知凡几！皆包藏祸心，旦夕伺发，互相交通，秘相容匿，公宵夕寝处何以为安？朝夕饔飧何以为食？门庭侍卫，左右仆役，何以为用？朝觐召对，引见臣僚，何以为信？天怒人怨，众叛亲离至此，公自思之，应亦为骨变心惊，毛发耸竖，无一刻为安者矣！昔王莽之末，亲若王涉，国师若刘歆，宰相若董忠，皆谋杀之。且以宋文帝之明，而死于元凶劭之亲；以明穆宗之正，而丧于韩金莲之手；他若董卓死于吕布，王世充死于宇文化及，仇雠起于闺闼，猛兽发于辇毂，枯木朽株，尽为难矣。公虽若王莽之忧不能食，李林甫之夜必移床，何以防之！昔宰相杨再思谓："一日作天子，死可无憾。"果以叛诛。昔人谓左手据天下之图，而右手以匕首揕其胸，虽愚夫不为也。

今天下汹汹，民生流血，百业停废，皆为公一人耳。南望川、楚，惨痛何极！夫公奄宅天下四年矣，至今薄海驿骚，乃欲望统一于内国愤起、外警迭来之时，平定于银行将倒、内外将变之后，必无是理矣！故欲有所望，则必无可望也。常人仕宦至出将入相，亦终有归老之时，假令公四年前汗病，不幸溘逝，已极人生之望矣。况公起布衣而更将相，身为中国数千年未有之总统，今又称制改元，衮冕御玺，而临轩百僚，奏臣陪位，已数阅月，亦足自娱矣！又过求之，恐有大患矣。公自审其才，上比曾、左、李诸公，应远逊之；而地位乃为羿、浞、王莽，势变之险如此，尚不急流勇退，择地而蹈，徘徊依恋，不早引去，是自求祸也！

《易》曰："天之所助者顺，人之所助者信。"是以自天祐之，吉无不利。今公对清室则近篡位为不顺，对民国则反共和为不信，故至天怒人怒，不助不祐，不吉不利，公之近状，必无幸免矣。然则与其为国人之兵迫而退位，何若公自行高蹈之为宜耶！以公之明，宁待再计乎？今仆为中国计，为公计，有三策焉：闻公昔有誓言，已买田宅于伦敦，若黄袍强加，则在汶上，此诚高蹈之节，远识之至也。若公禅让权位，遁迹海外，啸歌伦敦，漫游欧美，旷观天地山海之大，娱游其士女文物之美，岂徒为旷古之高蹈，肆志之奇乐，亦安中国保身名之至计也。为公子孙室家计，无以逾此。今既为左右所误，谬受大位，遂致内乱外拒，威信隳矣，然今为公计，为中国计，仍无以易此，明哲保身，当机立断，策之上也。次则大布明令，保守前盟，维持共和，严责劝进文武僚吏之相误，选举伪冒民意之相欺，引咎罪己，立除帝制，削去年号，尽解暴敛，罢兵息民，用以靖国民之怒，塞邻好之言，或可保身救亡。然大宝不可妄干，天下不能轻动。今者民心已失，外侮已深，义旅已起，不能中止，虽欲退保总统之位，或无效矣；虽欲言和，徒见笑取辱耳，必不可得矣，惟公审之。若仍逆天下之民心，拒列强之责言，忘誓背信，强行冒险，不除帝制，不革年号，聊以自娱，则诸将云起，内变飙发，虽有善者，爱莫能助；虽欲出走，无路可逃。王莽之渐台，董卓之郿坞，为公末路，此为下策，以公之明何择焉！公之安危，在于今日，决于此举，及今为之，犹可及也。过是欲为之，亦不可得矣。悔思仆一言，则无能为计矣。

往者外论有拥戴仆为总统之事，此诚有之，然仆力拒，亦与癸丑之夏同也。仆一书生耳，终日以读书为乐，懒于接客，畏览公牍，癖耽书画，雅好山水，自以为南面王之乐，无以比之，而甚畏事权也。仆自释褐入部时，未尝一到署，但忧国危，不得已而发狂言，亦如今日耳。当戊戌时，仆毗赞大政，推毂大僚者十余人，而己身未尝受一官。上意命入军机，亦未尝受，前年某大党势焰弥一国，戴吾为党魁，且欲推为总理，吾亦力拒不受，且嘱党人切勿投票相举，此皆公所知也。夫五声繁会，人之所好，而墨子非乐；疡痈秽恶，人之所畏，而刘邕嗜痂，人之性各有所近，非能强也，况今艰难之时乎？猥以虚名日被，后生捋撦，所谓元忠肉甘，徒供猎人之罗网而已，谣言无已，后必仍多，以公之明，想能洞之。故拥戴仆为将来总统者，仆视为凶危而力拒之；其推戴公以帝制者，亦为至险，望公亦力消除之。仆之不可受总统，犹公之不可受帝号、改元年一也。我惟不为总统，故敢以规公亦并谢去，运有荣悴，时有穷通，惟我与公，正可互相劝勉也。

追昔强学之会，饮酒高谈，坐以齿序，公呼吾为大哥，吾与公兄弟交也。今同会寥落，死亡殆尽，海外同志，惟吾与公及沈子培、徐菊人尚存，感旧欷歔，今诚不忍见公之危，而中国从公而亡也。《传》曰："忠言逆耳，药石也。"《书》曰："若药不瞑眩，厥疾不瘳。"仆度左右之人，明知阽危，不敢逆耳。窃恃羊裘之故人，廿余年之旧交，当中国之颠危，虑执事之倾覆，日夕私忧，颛颛愚计，敢备药笼，救公急疾。吾闻君子爱人以德，小人爱人以姑息，今推戴公者，姑息之美疢也。《传》曰："美疢不如药石。"惟智者能预见事几，惟善人能虚受善言。不胜冒昧屏营之至，惟公图之。伫闻明诲，北风多厉，春色维新，为国自爱。

康有为《再与袁世凯促退位远游书》

（录《护国军纪事》第四期）

慰庭前总统大鉴：昔以天下滔滔，生灵涂炭，中国危殆，为公一人。故妄竭款愚，奉规执事。承公俯采中策，销帝制，去年号。然广西即起，义师仍怒，公虽屈意言和，徒招辱而无成，果如仆言，于是广东之义旗同揭，江、浙之鼙鼓并兴，不日不月，义师将遍于全国。凡此诸将，皆公恃之以为腹心爪牙、拥成帝制者也，而今争先倒戈，皆如仆言。更闻拱卫军内变，诛戮至百余人，是谓腹心内变，又皆如仆言。然则公何恃而不恐乎？为公之窃帝号以自娱也。

自筹安会至今半年矣。举国商贾停贸易、农辍耕、工罢作、士废学；川、楚血战，死人如麻；兵之所处，荆棘不生，疫疠并作；兵之所过，掠劫淫虏，人民走避。死者之家，老母、寡妻、弱子无托，疾病穷饿，转死沟壑，又不知若干人也。以每日计之，全国之出产货殖，日不知失几千万也！人命之死亡，日不知几十万也！其余一切长吏、游士、人民，发信发电，阅报聚谈，费尽日力而讲求者，皆为公退位一事，其糜尽全国人日力心力于无用之地，虽巧历不能算之也。呜呼！当欧战延长之际，乃吾国内治岌岌之日，藉以立国延命者，在此时乎？若使举国四万万人，上下各用其力，明其政治，治其作业，半年以来，所值岂可胜数？不意为公一人之自娱，大乱沸腾，令中国损害无极，一至于斯也！今姑勿论，民国之有总统者，曰“伯理玺天德”，公司司事亦名之，其职同云尔，不可则去。总统为国民公仆，违于法律，则审院可以革之。然若公手两改约法，永废国会，而自置参政院、立法院，自定任期十年，专卖土地人民于强邻，卒乃自改帝制，复何法律之可言！国民之挟共和法律以责公者，太迂愚不解事，早为公之所大笑，公岂不曰予岂有法理！辛亥之季，不过我自欲为帝耳，故特借革命以去清室，假共和以取天下。汝等滔滔，在我裈中，共和吾造之，吾废之，如戏法者之反覆手，而指挥白黑蚁队云尔，岂能有分毫动公之中哉？故使公之人心、兵力、财力，犹有一线之希望，可以保全权位，公亦勿退位可也。

闻美款借到，公议大募兵、赶制械，以背城借一，惟今美款不成，既全国人士，皆将陈兵仗义，大声疾呼，以逐戮公。闻公亦有退位之议，则公亦知难而退矣。然又闻别有奇谋，公将复立虚名，而自为总理大臣，则可骇矣！昔在辛亥之冬，公为总理大臣时，清室允行十九条宪法，君主已无分毫之权。（中略）公若于此时奉行十九条宪法，然后理财练兵，兴物质，励教育，至于今日之欧战之时，中国已国富兵强，民安物阜，奠国基于磐石矣，虽进规外略，龙骧虎步，无不可矣。则公之功业，光昭日月，公之相位，亦可久长，如英之小彼得，十九年可也；如格兰司顿之为相，三十年可也，其权与帝王等，其尊与总统等，而又无任期，岂不美哉！无如公有妄窃帝号之心，遂乃伪行共和之体，而阴厉专制之政，于是得天下而失之，夫公既由总理而总统，由总统而皇帝，大典筹备，亦既举国称臣，尊无二上矣。今乃由皇帝而自降为总统，又由总统欲自降为总理大臣，得毋辱乎？公在辛亥之至安时而不为总统，在今日之至危而不惮屈辱，乃为总理乎？外托虚君共和之名，内握全国大权之实，假偶神而为庙祝，挟天子以令诸侯，公之推拍烧断，与时宛转，计岂不善，无如公之诡谋，司马昭之心，路人皆知之。

公居高丽时，欲与日战，则伪托俄使意，以诳中朝。公为总理，将禅位矣，乃日日口言君宪，以欺清室。公为总统，则日言誓守共和，以欺国民。公将为帝制，则日伪托民意推戴，以欺天下。公愚天下之惯技，既无一不售，以至为帝矣，今又日言开国会，复省议局，设责任内阁，人皆目笑之。盖今则败德无信，暴露天下，无论亲疏，必不见售。不特南军含愤积怒，义师必不容公之在位，即北方旧部，亦恧然有耻，岂复能戴公为执政乎？公今毋事多用权术，无论如何，徒召天下之兵，促举国之急进攻耳。

仆创虚君共和之说，乃专以防总统之专制如公者，假使当时国民不激于感情，而采用吾言，则安有今者天下血战之惨哉！今公犹假托于美名高义以自揽之，以退为进，冀将来之渐复大权，则仆之创说，决不愿为公假借也。方今天怒人怨、众叛亲离之秋，药线四伏，祸发眉睫，切身之灾，间不容发。前两月之书，请公退位远游，而公不用仆言，及今欲逃匿海外，亦已难矣。事势大变，迥非昔比，今乃不为身命之忧，而尚欲退为总理大臣之异想，自古几见曾为皇帝举国称臣者，而能退为宰相者乎？张邦昌曾行之，然卒伏其辜矣，公何不鉴焉？且又闻公至不得已，必须退位，犹欲引清室之例，立条约为保身命、财产、子孙、坟墓计，嗟夫！公岂不知天下怨讟之深乎？公四年之移国大盗，岂能比有清三百年之天子乎！公以条约为可恃乎，试闻条约所藉为何而信之乎？公许清室之岁供四百万，公何尝能践约？且年来事事欲悖约而削之，国人皆欲食君之肉。一时即有条约，其后他党为政，终亦毁之耳，公岂可信条约而托以身命、财产、子孙、坟墓乎？

且夫天下古今，为帝不成，舍出奔外，岂有退步者？以吾所闻欧、美之事，凡帝王总统以革命败者，莫不奔逃外国，古事繁多，不克具引。今之葡萄牙废王，尚居英国；墨之总统爹亚士，居于法国；波之总统居汝牙，败后亦居法国；德之汉那话王居于奥国；巴西之废王革命后居于葡萄牙，此皆至近易者也。公速携眷属子孙，游于海外，睹其风物之美，士女之娱，其乐尚胜于皇帝总统万万。刘禅曰："此间乐不思蜀。"于今乃是实情。吾奔亡海外十余年，亦复乐其风土，徒以忧故国，念老亲，乃为归计耳。若欲行乐，则岂如瑞士、巴黎者乎？（中略）嗟夫慰庭，行矣！毋及后事。《诗》曰："毋逝我梁，毋发我笱，我躬不阅，遑恤我后。"从此中国之事，与公无与，亦与袁氏无与。依照约法，共和国制设副总统者，如总统有故，则以副总统代之，则自有黎宋卿在，无劳公托。若仆昔之言虚君共和者，不过忧总统之必复专制；既专制也，将复生乱。如今姑备陈英、意、比之法，以告国民，为中国之保险公司云尔，聊以广备空言一说，以听国民采用，未谓其必行也，皆与公无与也。幸毋假藉吾民，损改吾说，吾不任受也。

嗟夫！公以顾命之大臣而篡位，以共和之总统而僭帝，以中华之民主而专卖中华之国土，荼毒无限之生灵，国人科公之罪，谓虽三家磔蚩尤，千刀剸王莽，尚谓不足蔽辜！但吾以为文明之法，罪人不孥，枯骨不毁耳。公早行一日，国民早安一日，时日曷丧，及汝偕亡！公若行也，以子孙坟墓为念，公有托于仆，仆亦可与南方义师商而力任之。公之旧人唐少川布告天下，言庚子拳匪之祸，乃发诸于公；壬子兵变之祸，亦主持于公，外论纷纷，为谓公将行而弃其毒，至今京师生非常之惨变，遂至迁徙纷纭，京津扰扰，以公之智，岂为此乎？望念子孙坟墓，稍留去思。毋多事，毋多言，束行装，苦自爱。

四三　为袁世凯写书

俸钱三百半师恩，译著丹铅日闭门。
冠冕东西书本纪，德皇雄武日皇尊。

民国二年梁启超入京，以改组进步党为号召，养成项城帝制自为之尊严。如门徒张某之提议金匮石室，门人徐某之主张终身总统，保皇党议员建议大总统有解散国会之权、修改约法等等，袁之称帝，无异康、梁党徒导之。欲取之，姑与之，大有郑庄公处置太叔段之风，本师训复旧仇也。

最奇者德国陆军大胜，项城一日宴梁卓如，谈德国威廉第二雄视全欧之由，及日本天皇明治睦仁维新之功，大有泱泱雄图未能并美当世，咨嗟叹赏不已。梁卓如进曰："予门徒有江苏蓝生、江西李生者，深通德、日历史，可令两人分担译著德皇威廉第二、日本明治天皇《本纪》，日成数纸，附《居仁日览》，按日呈进，足资考镜。”项城批示，每人著书费月三百金。蓝为国会议员，李亦国会议员，洪宪时任政事堂参事。《居仁日览》为内史恭书中国历代帝王政治言行，每日进呈一纸。书者皆鼎甲翰林。讥之者曰：“蓝、李二人，集于翰林，月啖桑葚三百颗，定怀我好音也。”（录《后孙公园杂录》）

四四　金匮秘密

先生大梦已无伦，谏草流传更绝尘。
石室近藏金匮否？有徒不愧饮冰人！

梁迈赐先生，善变人也，鉴于革命党美华侨势力雄富，乃服膺中山先生民族主义。佯借《新民丛报》大事鼓吹，保党吸收会党功成，一变而发布《梦俄罗斯专制》一文。民国成立，应诏入京，初赞共和，再变而主张改《约法》，改终身总统各制，以长袁氏君主独裁之欲。帝制议起，三变而著与杨度书《异哉所谓国体问题者》，且呈函袁氏，劝其罢行帝制。四变而以再造共和自命，门徒党羽，连兵西南各省。梁先生亲自出马，赴肇庆军务院都司令部矣。彼盖默观全国人向共和，故又主张恢复共和，乘此号召权位也。五变而为段祺瑞谋主，马厂视师，讨张勋，倒宣统复辟，并清室之皇亦不保矣。人有问先生曰：

“保皇党主义在保皇，今何以反对满清皇帝复辟？”曰：“予所保者，光绪之皇。唐才常在汉口富有票案，曾声明保中国不保大清，汝知之乎！”

袁氏终身总统，传子传贤，设石室金匮秘藏，远绍成周姬旦金縢之书，近师清代正殿梁上传位之诏，此议倡于梁先生之大弟子张某，条陈项城行之，著为国典，令曰：“中华民国大总统承继人，由大总统亲书承继者三人姓名，秘藏石室金匮，大总统因故，由国务卿率领百官宣誓开匮，照大总统所亲书三人，按先后次序承继，特设石室金匮之制。此令。”石室位于居仁堂右，过丰泽园转卍字廊小阜上。室建四方形，全叠青白石门，用混金锁键坚牢，门扇单制，匮藏室内正中，匮色金黄，启匮内有镂龙金盒，中藏承继书一册。袁氏既殁，黄陂继任，外传黄陂已启石室金匮，但不肯告人袁氏所书承继三人究为何人，举国无从得知。会予来北京，同人谓汝可与黄陂密谈，必获真相。予问黎曰：“总统已启石室金匮否？”黎曰：“启矣。”“其中藏何物？”黎曰：“大总统承继人，项城亲书人名册子也。”“书为何种格式？”黎曰：“全用中国线装书装订，式长一尺，宽六七寸，书凡十页，用最名贵白夹宣，书边用黄丝线装订，书面用黄绫，书头用红绫包角，书签系项城亲书四大字‘万民攸赖’。翻开绫面，又亲书四大字‘中华民国’，再翻开一页，则画三长红格线，亲书三人姓名，顶格写每人姓名一行。”予进曰：“总统姓名，项城必亲书在第一长格。”黎笑曰：“我做总统。乃中华民国约法上合法总统，全国公认，岂借袁项城一笔写出耶！我做总统与袁何关？倒是经你们一笔写出。”予又进曰：“袁项城亲书三人姓名，总统而外，其他两人为何人？”黎笑曰：“我不需袁项城，他两人我何必管他。”予更进曰：“他两人总统何不说出，一供谈助。”黎笑曰：“不能，不能，忘记了，忘记了。你的来意，我已明白，我若告你，天下皆知，岂不多生枝节耶？今日共和勉强恢复，处置政事，宁静为主，可密则密，否则画蛇添足，多生事端，天下从此多故也。汝勿问我，我开匮锁时，同行秘书，已令其先宣誓而后开匮，勿泄漏机密矣。岂能语汝？”查随行秘书为黎劭平先生澍。黎逝后，劭平乃言之，盖当时府院交恶，恐说出三人姓名，反使院派左右故生波澜也。(《后孙公园杂录》)

黄陂黎劭平先生澍曰，民国五年农历五月初七日，黎副总统正位中华民国大总统。农历五月初九日，赴南海开金匮石室。石室牡钥由三海指挥官徐邦杰管理，予为总统秘书，随大总统同往开匮，徐邦杰献钥于总统。总统亲手拆去封条，开锁启门。徐邦杰再献匮钥，总统拆去封条，开键启匮。再启匮中金函，取出黄绫面线装书一册。总统令随行人等一概退立门首，自展册阅之。阅毕合卷，纳册衣中，闭室回府，随行人等皆不知书中所言何事，所题何人，只知为大总统继承人而已。予后至春藕斋，一日陪黎闲话，黎无意中说出金匮石室所藏，黎为第一人，徐世昌为第二人，段祺瑞为第三人。予对黎宣誓誓不外泄。予询及府中徐邦杰诸人，谓取消帝制后，又将金匮中名册，更换一次，盖原本为袁克定第一，徐世昌第二，段祺瑞第三，后来二次更换，乃易袁克定为黎元洪。始意传子，后乃依照约法，首列黎元洪，藉掩天下人耳目而已。

四五　设女官

龙髻鸾环教六宫，黼衣垂缕感玄红。
仪同仆射标双贵，称拜山妻女侍中。

自洪宪诏令颁布女官制度，议设宫中女官长，宜以世家命妇德望可领袖宫仪者任之。当时筹备大典诸臣，有推举现国务卿孙宝琦夫人，尊称为亲家太太者；有推举前内阁总理熊希龄夫人朱其慧太太者。群议熊太太名门淑女，法度容止，可教六宫。熊秉老少年在凤凰厅，应府县考时，朱夫人兄叔彝公为沅州府知府，得秉老卷，即以令妹朱夫人妻之。曰："吾妹将来，必为一品国夫人，秉三前程远大，岂但玉堂之选，必为开国重臣，名满天下。"此老实高具人伦赏鉴。朱夫人一生致力教育慈善事业，泽惠群民。妇德、妇言、妇容、妇功，四者咸备，足膺女官长之选。先商之朱夫人，夫人曰可，乃入奏项城。诏曰："盖闻母后宫中，翟服九御，昭容户外，紫袖双垂。宫廷尊阃范之师，妃嫔明家人之礼，是以开国典制，定叔孙通之朝仪；内殿规模，奉曹大家之礼教。洪宪开基，更新涤旧，罢除宫妃采女，永禁内监供奉。特设女官，掌理宫政，领以女官长，冠冕宫闱。兹特任中卿前内阁总理熊希龄贤配命妇本朱氏，为宫中女长官，仪同特任，位视宫内大臣。赞襄后德，掌领宫规。诸葛家之女，礼法异于常人；富郑公之妻，进退式为国妇。此令。”按：女官与女官长朝服之别：十二女官，着金红缎衣，绣服长裙。女官长背辅锦绶，佩玉章，长服下缘四围，缕缅下垂。衣色玄红，缕缀黄丝。女官绾鸾环，女官长绾龙凤环，女官长侍立后侧，女官则行列妃嫔左右而已。诏至，京中亲友，视为异数，贺者盈门，誉之者称为一门双贵。谓熊秉老位授上卿，朱夫人仪同特任，位视宫内大臣也。熊秉老对贺者曰：“内人是一个乡里人，当今任以宫廷职掌，如何能谙新国礼节?”某进曰：“古史有女侍中，朱夫人则开府仪同三司，可名女仆射矣。”朱夫人在西山创办儿童教育，最有声誉。累疾长逝，熊秉老乃有再娶江山毛女士彦文之趣事。(《金台遗事汇编》)

附录：熊希龄娶毛彦文遗事

前内阁总理熊秉三（希龄），年六十六，与江山毛彦文女士结婚，年三十三。熊须长尺余，毛以割须结婚为条件。定情之夕，秉三为定情曲曰：“世事嗟回首。觉年年，饱经忧患，病容消瘦。我欲寻求新生命，惟有精神奋斗。渐运转，春回枯柳。楼外江山如此好，有针神细把鸳鸯绣。黄歇浦，共携手。　求凰乐谱新声奏。敢夸云，老莱北郭，隐耕箕帚。教育生涯同偕老，幼吾及人之幼。更不止，家庭浓厚。五百婴儿勤护念，众摇篮在在需慈母。天作合，得佳偶。”秉三既婚，携度蜜月，自画墨荷，题曰《莲湖丽影图》，遍示旧都友好，其辞曰：“绿衣摇曳，碧波中、不受些儿尘垢。玉立亭亭摇白羽，同占人间未有。两小无猜，双飞不倦，好是忘年友。纷靥铅腮，天然生就佳偶。　偶觉万种柔情，一般纯洁，清福容消受。软语娇颦沉酒里，甜蜜光阴何骤！纵与长期，年年如此，也觉时非久。一生花下，朝朝暮暮相守。右词为乙亥二月九日蜜月纪念题写此图以赠彦，今并录之，为慈范堂补壁也。乙亥立秋前一日。凤凰熊希龄记。”予与秉三十年不见，不知其姜桂之性，老而弥香也。

四六　貤封熊希龄

殊代貤封感旧书，买欢平勃意何如。
姑山鸾子丹山凤，博得兴王寿起居。

民国二年七月下旬，熊希龄继段祺瑞组阁，首欲划清总统与国务院权限，造成法治国，以人才内阁相号召。组阁总长，梁启超、汪大燮之流与焉，名曰进步党内阁，实则保皇党与研究系内阁也。时南中有变，国会各党派，自然拥护之。会孙、黄出走，袁取消国民党议员，设政治会议，事与愿违，遂于三年二月十三日辞职而就全国煤油督办，此帝制萌芽时事也。筹安议起，诸要人如李经羲、张謇、赵尔巽等，皆遇以隆重之礼。熊秉老既非参政，未与机要。袁氏乃忆及熊秉三亦难漠视，首从大典筹备处之请，特任朱夫人为女官长。会秉老生辰，袁氏乃颁赉厚仪，寿辞典重。特授秉三为中卿，加上卿衔。覃恩貤封，追暨祖父母。寿辞外，别修秘函，述及民国元年来，开创功业，交情挚厚，文章皆美，或曰内史夏寿田笔也。秉三笑曰："予夫妇蛰居山林，不闻朝事，今日所获，天外飞来。当日任国务院，讥之者谓凤凰集于灵囿，今真凤凰齐飞入上林矣。"某曰："凤凰鸾子，此貤封及于先德也。"按：集灵囿在三海，国务院设内阁衙门于此。秉老湖南凤皇厅人，熊出组阁，人皆谓凤凰集于灵囿。任总理时，与陆军总长段祺瑞积不相能，故内阁辞职书中有"心力竭尽，难买平、勃之欢；去就忠贞，有负唐、虞之盛"等语云。（《后孙公园杂录》）

四七　汤化龙辞教育长

尧天法曲旧云和，新乐传声改正多。
帐殿灵风洹水上，百年犹按盛唐歌。

汤化龙之为教育总长也，值袁氏议称帝，化龙欲离职出京，苦无词可藉。会教育部有议新乐之举，当时政府要人，以国歌未定，不足宣扬民族精神，树立国民教育，实则为他日天子登极，清庙明堂之歌章也。化龙以教育总长为议乐主任，首先发言曰："中华民国乐歌，南通张季直已手订三章，世多采用，今弃而不录，诸公乃自撰新国歌，无一句通者。言之不文，行之不远，况以如此不通之言，而天下人歌诵之，化龙虽不学，不敢附和此种不通之语。今将所撰新国歌逐句言之，如第一句'中华五族开尧天，亿万年'，今日中华民国，五族共和，宜综合五族立言，尧天只能代表汉族，有尧无舜，谁为揖让？况'亿万年'字样，为五族亿万年乎？为尧天亿万年乎？不过本天子万年语意而已，此一不通。如第二句'民国雄立宇宙间，山连绵'，立国地上，未有立国天上者，有之则为空中楼阁，或无地起楼台，今不曰雄立世界，雄立东亚，而曰雄立宇宙，有天无地，何以立国？不通。世界各国，有山有水，古人所谓带砺山河，大好江山。今只山连绵，则江淮河汉，不足为中华立国之基矣！有山无水，更不通。"逐句批评不通毕，全会大怒，互相讥骂。而汤化龙提出辞呈，竟开去教育总长一职矣。初教部颁行中华民国五年历书，应于四年冬初颁发，化龙竟提前三个月颁行，有意防碍洪宪元年新历。咸谓化龙有意捣乱。又不欲张仲仁参与新华机要，无地安插，化龙辞职。张仲仁继授教长，适合帝制重臣所愿。后洪宪颁布新撰国歌，仍就原有国歌改正，其辞曰："帝国五族开尧天，亿万年。中华雄立宇宙间，山连绵……"云云。项城死后，运梓宫回彰德安葬，仍用洪宪国歌。葬毕大祭，则用洪宪时祀郊庙《云和》之

歌。《云和》歌者，太庙大祭之乐章也。（《后孙公园杂录》）

附录：南通张季直先生蹇国歌

张季直所撰国歌三章，其一云：

仰配天之高高兮，首昆仑祖峰。
俛江河以经纬地舆兮，环四海而会同。
前万国而开化兮，帝包羲与黄农。
巍巍兮尧舜，天下兮为公。
贵胄兮君位，揖让兮民从。
乌呼尧舜兮，天下为公。

其二云：

天下为公兮，有而不与。
尧唯舜求兮，舜唯禹顾。
莫或迫之兮，亦莫有侮。
孔述所祖兮，孟称尤著。
重民兮轻君，世进兮民主。
民今合兮族五，合五族兮固吾圉。
吾有圉兮国谁侮，乌呼合五族兮固吾圉。

其三云：

吾圉固，吾国昌，民气大和兮敦农桑。
民生厚兮，勤工通商。
尧勋舜华兮，民燮德章。
牖民兮在昔，孔孟兮无忘。
民庶几兮有方。昆仑有荣兮，江河有光。
乌呼昆仑其有荣兮，江河其有光。

（见《孔教会杂志》一卷四号）

卷二

一　郑汝成遇刺身亡

悲风江上暮萧萧，壮士椎秦气未消，
袭爵怒封侯一位，开基功狗冠袁朝。

自国民党分为中华革命党、欧事研究会两派，前者主暗杀、起兵，恢复民政，以上海为出入指挥重地。项城计议设上海镇守使镇摄之。上海为海陆华洋冲要之区，镇守使必握有海陆交涉大权，权视将军，单独入奏，办事乃能统一，人选甚难。有天津人郑汝成，北洋水师出身，统小站陆军多年，曾附名同盟会，颇识党人途径，特任为上海镇守使。汝成陛辞时，有“拼命报答主知”之语。

同年，肇和兵舰举事无功。陈英士家开党部主脑会议，现代巨人首参策划，谋翻沪局。以汝成为巨憝，密令鲁人孙祥夫等执行暗杀。民国四年十一月十日，上海日本领事馆本日举行日皇大正加冕礼，上海镇守使郑汝成前往道贺。祥夫等侦知之，汝成汽车路出白渡桥。祥夫指挥多人，以十八辆兜击桥上，汝成中弹死之。吉林人王晓峰等被擒。

电报达北京，世凯大为伤感，辍食终日。次日，奉大总统申令，追封汝成为一等彰威侯，加优恤世袭罔替，并赐小站练兵营田百顷给其家属。以大总统令封侯，为世界创举，其盛怒可想见。同月十六日，政事堂交令曰："已故上海镇守使郑汝成，于十一月十日奉大总统策令，追封为一等彰威侯。"铨叙局以封爵条例未经颁布，无所遵循，应否饬法制局迅速编订此项封爵条例，公布施行，抑或比照前清各项世爵办理，详由国务卿转呈。奉批令应暂比照前清各项世爵办理。十八日令裁撤上海松江镇守使两员缺，改任命杨善德为松沪护军使。盖项城痛汝成死事最惨，永不再设原官，昭示朝廷笃念重臣之意。

杨度挽汝成有"出师未捷身先死，圣主开基第一功"之语。项城亲书挽联云："出师竟丧岑彭，衔悲千古；愿天再生吉甫，佐治四方。"有陆哀者，在天津《益世报》登载反项城挽联云："时无光武，安有岑彭？其曹孟德之典韦乎！刺客亦英雄，舍命前来盗画戟；君非周宣，何生吉甫？直赵匡胤之郑恩耳！孤王休痛哭，杀身宁异斩黄袍。"洪宪诸臣阅之，皆为唏嘘。刺杀汝成案，只当场捕获王晓峰一人，执行枪毙。始末详祥夫自述。（《后孙公园杂录》）

附录：昌邑孙祥夫自述击毙郑汝成情形始末

中华革命党沪干部陈其美、杨虎、孙祥夫等会议，谓不去郑汝成，沪事无望。探知十一月十日日皇加冕，汝成必往日领署致贺。陈、杨、孙三人同月九日，会议于法租界萨坡赛路十四号陈英士家。狙击方略：（一）择地点分五卡，皆汝成必经之路。十六铺为第一卡，吴忠信领安徽同志当之。跑马厅为第二卡，江浙同志当之。黄浦滩为第三卡，谢宝轩等当之。海军码头为第四卡，广东同志马伯麟、徐立福当之，防其乘小兵轮抵日领署前登岸也。而白渡桥近日署最要，各车须转湾（弯）慢行，孙祥夫自当之，领吉林人王晓峰、山东人王铭三、奉天人尹神武等，并指挥海军码头。人授炸弹一，拨壳枪一，弹百五十粒。十日晨十一时半出发。得报汝成需一时达日署也。（二）验正身。届时望汝成车来，车身全黑，双头高马，着最高级大礼服，相貌与汝成无异。护卫皆镇守使官弁，党人严阵以待。予（祥夫）觉情形可疑，汝成为海军上将、陆军中将，当日皇加冕庆贺大典，汝成又为地方军政长官，决着军礼服、佩勋章，万无服文官大礼燕尾服之理。下令阻部下执行。汝成副车既过，迟二十分钟，远见大汽车来势甚猛。车前坐镖卫三人，郑右坐，左坐总务处长舒锦绣，白羽金帽，章绶辉煌，两须下垂，确系正身。汽车缓转，将上桥脊，急发暗令执行。王晓峰首掷炸弹，用力过猛，弹落车后，毁其后轮。王铭三对放自来德，汝成自开右车门逃。王晓峰掣其衣肘，近身连击九枪，心脏俱落，死之。汝成卫士开枪还击，均为铭三击走。铭三以一足蹲车沿，向车内横击，舒锦绣亦毙。当时白渡桥有电车南来，车停阻进，车中跃下西探二人执铁棍来，二王以枪向之。西探走后，王等装第二次弹盒，西探潜出王后，铁棍击其臂，枪落被擒，尹神武则逃回宝康里机关部。王晓峰击毙郑后，本可逃避，乃立桥头演说一分钟，可谓从容就义者矣。

予往英士家报告成功，抵门，日人山田纯次郎与英士各执酒一杯，鹄立门外，饮予而后入，急设法迁移总机关部。予返宝康里，遥见大队中西探目镣械王晓峰蜂拥而来，予即由后门走避。后延法国律师罗尼办理此案。一年后，因予十五万元赏格未注消，捕房误执尹神武，硬目为予，神武代予死之。至今予对死友尚无表彰，自愧何以为人！民国二十五年四月三十日昌邑孙祥夫自述于首都安乐酒店。(成禺润辞)

光绪中叶，顺德李文诚公文田，以礼部右侍郎提督顺天学政。静海郑子静汝成方应童生试，李固善相术，奇其貌，谓此人后来必以功名显，惟不得令终，为青其衿。项城练兵小站，郑与冯国璋同以秀才受知。冯挽郑联，有“南来成不世勋名，溯推毂殷勤，一痛伯仁由我死”语，可知郑持节镇沪，冯与有推毂之力，不尽出项城特简也。(长沙王祖柱补注)

二　蔡锷设计离京赴滇

当关油壁掩罗裙，女侠谁知小凤云。
缇骑九门搜索遍，美人挟走蔡将军。

蔡锷由滇入京，授以将军府威字将军各职，从陈宧策也。锷统兵反清，为滇都督，势必让权滇人。宧知之，府派鄂人中将范熙绩往说迎之，世凯将收为己用，梁任公实主张之。锷，任公及门弟子，锷来则进步派势力益固。蔡锷沉毅坚定，见大有为，筹安议起，滇息日非，项城疑之。锷住演乐胡同，与皇四子岳家天津盐商徐姓为比邻，军政执法处假搜查徐家某事为由，误入锷家，翻寻无遗，一无所获。陆建章亲往谢罪，谓实系门牌之误，锷愈恭顺。世凯授以将军府赞成名单，御赐朱笺将略各项，窥其意向。锷佯受之，然侦察者仍无一日疏也。锷与小凤仙佳话及出走真相，见各记载。世凯死，黎元洪任总统，欲以锷为内阁总理，曾派湘人袁华选往征意旨。握权者不让，故锷以恢复民国首功出川，循江赴日养疴，不便来京，病死海外。中央公园开黄（兴）、蔡追悼会，小凤仙伏灵前痛哭，亲挂一联云："不幸周郎竟短命，早知李靖是英雄。"当时皆传为某髯手笔。（《后孙公园杂录》）

四年十一月十日，为予祖母八十寿辰，宴客北京钱粮胡同聚寿堂。谭鑫培以同乡交谊，串名角奏剧。蔡松坡同学往还素密，是日早至，谓予曰：“今日大雪，可在此打长夜之牌。”予知松坡有用意，即托刘禺生代为召集。松坡前执刘手曰：“我与你同案三年，今日要畅聚一夜，你要慎择选手。”刘曰：“张绍曾颠，丁槐笨，二人如何？”松坡曰：“可。宜到隔壁云裳家中，稍迟重要人物来，捧小叫天者必多，听戏开席，皆不必来请。”予应之，明知袁之侦探亦将随往也。蔡、刘、张、丁聚博终夜。天未明，松坡踌躇曰：“请主人来，我要走。”绍曾曰：“再打四圈，上总统府不迟。”松坡曰：“可。”七时，松坡由予宅马号侧门出，直入新华门。门卫异之，意以为受极峰所传。侦探抵府门，亦即星散，未甚置意。松坡抵总统办事处，侍者曰：“将军今日来此过早。”松坡曰：“我表快两小时矣。”随以电话告小凤仙，（沪妓凤云在京张帜，易名小凤仙，名噪甚，松坡昵之。）午后十二点半到某处同吃饭，故示闲暇。徜徉办事处中，若无事者，人亦不察。乃密由政事堂出西苑门，乘三等车赴津，绕道日本返滇。义旗一举，洪宪乃覆。松坡之沉着机警，于此可见。松坡走后，予受嫌疑最重，从此宅门以外，逻者不绝。刘成禺、张绍曾次之，丁槐笨则佯无所谓。小凤仙因有邀饭之举，侦探盘诘终日，不得要领。乃以小凤仙坐骡车赴丰台，车内掩藏松坡上闻。予等亦宣扬小凤仙之侠义，掩人耳目。明日，小凤仙挟走蔡将军之美谈，传播全城矣。（汉阳哈汉章《春耦笔录》）

蔡锷运用起义及出京入滇之情形

云南为偏狭之域，独能首倡义师，为天下先。虽系唐氏公忠仗义之功，实亦蔡氏运用神奇之力也。先是，辛亥光复，蔡氏独立于滇，被推为云南都督。癸丑二次革命，蔡氏中立不偏，主张两方休兵，凭法理解决。袁氏忌之，召使入京，故加优礼，并以磋商要政为名，每日召入公府。蔡氏知袁欲察其主动，益自含蕴，伪作钝痴之态。袁终知之，每谓所亲曰："松坡效大智若愚故智，欲以欺我，乌能逃乃公洞鉴耶?"由是益重视之，欲收为心腹，任以高等军事顾问、政治会议议员、约法会议议员、将军府将军及统率办事处办事员、全国经界局督办诸要职。蔡亦虚领职务，日惟狎妓饮酒而已。筹安会成立，袁以帝制事探蔡意，蔡故重容附之，并允首先表示赞同。袁以为喜，嘱诸子与蔡周旋，蔡亦故折节下交袁氏之诸子，日以醇酒妇人为事也。有以此谮蔡者，袁氏叹曰："使彼诚乐此不倦，吾始高枕无忧，特恐醉翁之意不在酒耳。"因更密布侦探，日伺蔡侧。

时蔡氏狎一侠妓曰小凤仙，明达有丈夫志，深知蔡之私隐，时为赞助筹画之。自帝制发生以后，蔡、唐密使往还不已，唐促蔡氏入滇，宣布独立。袁探侦悉，乃有军警搜查蔡宅之事。益知京中不能久居，伪与夫人反目离异，夫人出京，先脱家室之累。又得小凤仙之助，乘间出京，由津赴日本东京。函致袁氏，述明在医院就医，并假述革命党人困苦不堪，无力反对帝制。及其由日本入滇，仍预贻致袁函十数件，交其契友间日一发。比及入滇起义，袁氏尚谓蔡仍在东京也。其后知也，乃顿足自恨，谓一生卖人，不期今乃为人所卖。当蔡氏入滇起义以后，唐氏为蔡氏旧部，即以都督一职让之。蔡氏坚辞，当众宣誓，承任（认）与李烈钧共负出征之责，故自任护国第一军总司令，而推李为护国第二军总司令。蔡氏智勇神奇，冠绝一世，此为云南起义原始，故补记之。（录长沙黄毅《袁氏盗国记》）

附：蔡锷告滇父老文

锷去滇二年于兹矣。忆辛亥起义，仓卒为众所推，式饮式食于兹土者，亦既有年。自维德薄能鲜，无补于父老，而父老顾不以其不职而莫我肯觳焉。则父老之所遇我者良厚。属以内迁，不获久与父老游，卒卒北行，伴食权门，郁郁谁语。睹此国难之方兴，计好义急公、堪共忧患、誓生死者，茫茫宇内，盖莫我滇父老若！

今锷之所以来，盖诚有为国请命于父老之前者，愿父老之垂听焉。民国成立以还，袁逆世凯因缘事会，遂取魁柄，凭权藉势，失政乱国。内则佥壬竞进，苛政繁兴，盗贼满山，人民憔悴。外则强邻侵逼，藩服携贰，主权丧失，疆土日蹙。乃袁逆曾不悔祸，犹复妄肆威权，排斥异己，挥金如土，杀人如麻，等法制于弁髦，玩国民于股掌。伊古昏暴之祸，盖未有若袁逆世凯之甚者！顾中国志士仁人，所以忍痛斯须，虚与委蛇者，诚念飘摇风雨，国步方艰，冀民国国体不变，元首更替有期，犹可补救徐图耳。乃袁逆一身祸国，犹虞不足，又复帝制自为，俾兹祸种贻我新邑，袁逆之帝制成，吾民之希望绝矣。比者胙土分封，绵蕞习礼，袁逆急急顾景，若不克待，而起视四境，则弥天忿叹，群发曷丧偕亡之恶声，武夫健士，则磨刀霍霍，莫不欲剸刃贼腹。袁逆日暮途穷，谋逆愈亟，惧人心之不附，则又援外力以自固，参加欧战之危局，哀乞东邻之援助，以若所为，不惜以国家为孤注，以求彼一人之大欲。呜呼！袁逆冢中枯骨耳，石敬瑭、张邦昌之故事，彼固可聊以自娱。顾我神明华胄，共偷视息于小朝廷之下，嗟我父老，其又安能忍而与此终古耶？诸葛武侯有言，汉贼不并立，王业不偏安，今日之势，民国与袁逆义不共戴。

三户亡秦，一旅兴夏，有志者事竟成，此匹夫之通责，而亦天下之公言。虽然，积威约之渐，举国若喑，相视莫敢发难，独以西南一隅，先天下而声叛国之罪，是则我父老之提议诱导，其义闻英声，夫固足以大暴于天下后世矣。锷远道南来，幸获从父老之后，以遘兹嘉会，而有过辱宠信，扫境内之甲兵以属之，俾锷得与逆贼从事。锷感激驰驱，竭股肱之力，济之以忠贞，以求勿负我父老之厚望而已。抑全功未必一蹴之可企，而有志岂容一息之或懈？锷行矣，其所贾余勇而策后劲，以期肤功迅奏而集民国再造之大勋者，伊谁之责。愿我父老之一鼓作气，再接而再厉之，以期底于成。斯国家无疆之庥，而亦吾滇父老不朽之盛业也。

附：蔡锷致黎副总统等电

北京黎副总统、徐国务卿、段总长鉴：华密。奉勘电敬谂起居无恙，良慰远系。迩者国家不幸，至肇兵戎，门庭喋血，言之痛心。比闻项城悔祸，撤消帝制，足副喁望，逖听下风，曷胜钦感！惟国是飘摇，人心罔定，祸源不清，乱终靡已。默察全国形势，人民心理，尚未能为项城曲谅，凛已往之玄黄乍变，虑日后之覆雨翻云。已失之人心难复，既堕之威信难挽，若项城本悲天悯人之怀，为洁身引退之计，国人轸念前劳，感怀大德，馨香崇奉，岂有涯量！公等为国柱石，系海内人望，知必有以奠定国家造福生民也。临电无任惶悚景企之至。锷叩冬印。

附：护国第一军蔡总司令讨逆之通电

各省都督、将军、巡按使、镇守使、师旅长、道尹、各商会、报馆钧鉴：前会滇、黔两省，劝阻帝制，良念风雨飘摇，不堪再经扰乱。如果袁逆悔祸，则吾言见用，弭患无形。我辈惟以言见嫉，终身蹙頞，尤所甘心。不图彼昏不悟，置若罔闻，尤复日肆狡谋。内则辇金四出，羽檄纷飞，挥国帑若泥沙，驱国军若犬马。外则输诚通款，乞怜外人，以国家为牺牲，引虎狼以自卫。迹其愦乱昏暴，直熔王莽、董卓、石敬瑭、张邦昌于一炉。似此遗臭心甘，迁善路绝，更无委蛇迁就之余地。故万不得已，会商滇、黔，与袁告绝。滇督唐公、黔督刘公，皆忠潮奋发，各以所部编成护国军，以属之锷。负弩之责既专，绝缨之志已决，是用整队北行，直取蜀汉，誓清中原。夫乱贼人得而诛，好善谁不如我？引领中原豪杰，各有深算老谋。尚望排除万难，早建大义，勿使曹瞒拊手，笑天下之易定。遂令伊川披发，决百年之为戎。国家幸甚！中华民国滇黔护国第一军总司令蔡锷叩印。

三　章太炎入京

草诏罢除方孝孺，传经移让郑康成。
清明一片龙泉水，皂帽青袍发古情。

章太炎先生在莒录（南丰吴宗慈、武昌刘成禺同著录）

丙辰六月，洪宪败亡，元洪继任。太炎先生出厄回沪，予送之车站曰：“愿先生勿忘在莒。”先生曰：“盍综两年来情形，纂《在莒录》备不忘乎。”天丧斯文，学统废坠，《制言》诸友，移书白下，谓将刊大号，为先生年谱长篇之备录。予与吴君宗慈，自癸丑至丙辰，追随先生，始终其事。各举所见所闻所传闻者，抉择记事，汇抄成篇，曰《在莒录》，纪先生语也。丙子六月刘成禺记。

癸丙之间太炎言行轶录（吴宗慈手记）

（一）民三入京寓共和党之原因

共和党者，武汉革命团体民社中人。民二时，反对三党合并之进步党，宣告独立，推黎元洪为理事长，太炎先生副之。癸丑后，袁令逮捕国民党籍议员，借口宪法问题。民国三年春，令国会停职。元洪入京，居瀛台，共和党亦被监视。太炎先生居沪，常发表反袁文字，报章轰载，袁恨而畏之。鄂人陈某献策，谓彼有法致太炎于北京，袁颔之。陈商之共和党郑某、胡某，于党中集会，谓党势孤危，不如请太炎先生来京，主持党事，党议韪之。未一月，先生来京，寓化石桥共和党本部。抵京后，一往晤元洪，袁遣人招之往见，弗应也。未几，共和党发现郑、胡二人，以太炎先生为饵，得袁巨款。开大会登报，除郑、胡二人党籍，绝陈往来。初先生语黎公，谓陈某心险叵，将来误民国必此人，黎不信。挟黎入京，陈实主谋者，其言遂验。太炎先生既居于共和党，袁命陆军执法处长陆建章派宪兵四名驻党监视，名为保护，意在禁其出京，并监察其言论。凡共和党来往函件，均须检验，行动言论通信自由之权，均被剥夺。先生寓共和党时言行事实，暗由日记录出。

（二）居共和党起居言行实录

某日应黎堃甫（宗岳）君晚宴，乘马车（时北京汽车极少）出门，宪兵跃登车前后夹卫之。初未注意，宴毕回寓，夹卫如故。先生疑，询慈及张亚农，未便实告。次日再询鄂人胡培德，胡笑曰："此为袁世凯派来保护者。"先生乃大怒，操杖逐之，宪兵逃。先生谓慈曰："袁狗被吾逐去矣。"慈应曰："诺。"宪兵既被逐，易便服来，与宗慈、亚农谈判（慈与亚农任党干事），谓奉上命来，保护章先生，虽触怒不敢怠。请易便服，居司阍室中。不能拒，但不令先生知耳。先生居党部右院斗室中，朋辈过从极少，日共谈话者为宗慈与亚农、张真吾三数人耳。上天下地，无所不谈。谈话既穷，继以狂饮，醉则怒骂，甚或于窗壁遍书"袁贼"字以泄愤。或掘树书袁贼，埋而焚之。大呼："袁贼烧死矣。"骂倦则作书自遣，大篆小楷行草，堆置案头，日若干纸。党中侪辈欲得其书者，则令购宣纸易之，派小奚一人主其事。

某日陆建章派秘书长秦某（前清翰林）来晤宗慈，谓奉敝总长命（建章部下均称陆为总长），欲谒章先生，请先容。询何事，则曰敝总长奉大总统命，谓章先生居此，虑诸君供亿有乏，将有所赠。慈入告先生，导与相见。秦入致词毕，探怀出钞币五百元置书案。先生初默无一语，至此遽起立持币掷秦面，张目叱曰："袁奴速去！"秦乃狼狈而遁。黎公念先生抑郁，召慈等至瀛台，商所以安慰之策。嘱询先生在京愿为何事，经费可负责，并言袁对之尚具善意，但不欲其出京及发表任何文字耳。慈等归商先生，先生表示愿组考文苑事，复黎公命。黎往商袁，年拨经费十五万元，先生并列预算，坚持非七十五万元不可。

袁允经费可酌增，但不必如预算所列设机关办事，约言之，即予以一种名义及金钱，示羁縻而已。先生最终表示，经费可略减，但必须设机关办实事。先生且调慈等曰："尔辈穷鬼，得此既足资党费，又可以集同志，宁不佳耶！"双方谈判，终告决裂。黎公徒为扼腕。余等亦终为穷鬼，至今思之，殊堪失笑。当时预算中，所拟办事人才，其高足弟子黄季刚，赫然首选焉。

（三）在北京讲学情形

穷愁抑郁既以伤生，纵酒谩骂尤非长局。党中同人，商允先生讲学，国学讲习所遂克期成立。讲室设于党部会议厅之大楼，报名者沓至，袁氏私人受命来监察者，亦厕讲筵。讲授科目为经学、史学、玄学、子学，每科编讲义。党中此类书籍无多，先生亦不令向外间购借，便便腹笥，取之有余。讲授时源源本本，如数家珍，贯串经史，融和新旧，阐明义理，剖晰精要，多独到创见之处。讲学时绝无政治上感情，不惟专诚学子听之忘倦，即袁氏之私人，无不心服，忘其来意矣。

讲学不及二月，听者得意，而先生倦矣。一日，召慈等数人，商出京归沪事。时侦骑四布，安能独行，设词阻之。先生怒曰："吾知君等穷措大，虑无行资。吾早有所备，只需一人送吾至天津，登日本轮可也。"因询先生所备行资几何。先生启衣簏，出束纸，则现币八十元。慈等语塞。于是出京之议决，先生握管亲拟电稿，致夫人汤国梨女士。初先生到京被监视，夫人来函，阅竟投火炉中，不作复，渐并不阅。于是夫人书外封致共和党总务部，另有内封，不缄。函到，慈即持奉先生面拆。先生命代阅要事以告，否则不愿闻。某次，夫人函述黎公有函致袁，命嘱其来京，夫人谓此以君为饵，吾决不来，望君坚其志节，无以家室为念，语恳要。先生默然久之，然终不作复，至是始亲笔拟电稿致夫人。

（四）大闹总统府实记

决议出京之翌日，党部同人，设筵为饯。逆知出京必被阻，约纵酒狂欢以误车表。尹硕权（昌衡）豪于饮，倡议以骂袁为酒令，一人骂则众人饮，不骂者罚，先生大乐。轰饮至下午五时，先生矍然起曰："时晏矣。"遂匆促赴车站，车站寂无人，京奉车早开矣。先生命移行箧六国饭店，由哈达门登车良便。慈等不可，谓价昂，旅资将不敷，不如仍回党部。先生不可曰："无形监狱不再入，盍移扶桑馆（东单牌楼之日本旅舍）。"从之。派庶务员同往照料，翌晨七时许，庶务员电话告慈，谓太炎先生一人赴总统府矣。即约亚农往扶桑馆询究竟（因送先生赴津者为吾二人也），悉先生一人，服蓝布长衫，手羽扇，悬勋位章，雇街车前往，因追踪至，见先生兀坐招待室，候电话（凡谒袁者先入新华门外之招待室，招待员电话请示于秘书处，然后候袁传见）。顷之，梁士诒来招待，方致词，先生曰："吾见袁世凯，宁见汝耶！"梁默然去。旋又一秘书来，谓总统适事冗，请稍待。久之无耗。先生怒，击毁招待室器物几尽，至下午五时许，陆建章昂然入，鞠躬向先生曰："总统有要公，劳久候，殊歉。今遣某迎先生入见。"先生熟视有顷，随陆出，登马车。车出东辕门，先生啃曰："见总统胡不入新华门？"陆笑对曰："总统憩居仁堂，出东辕门，经后门，进福泽门，车可直达，免步行耳。"先生颔之。噫！先生受欺矣！盖陆已奉袁命，幽先生于龙泉寺。

（五）安置龙泉寺始末

龙泉寺偏院，屋五间，整而丽。袁谕建章，特殊优待，不得非礼，但不许越雷池一步。建章奉命惟谨。慈等偶候起居，但得建章许可证则直入无阻。先生焦怒异常，以杖扫击器物，并欲焚其屋，建章饬监守者慎防而已。先生无奈，宣言绝食。绝食既数日，袁询左右，孰能劝进食者。王揖唐曰："能。"揖唐本先生门下士，在沪同办统一党。趋龙泉寺，先生命进见，见即斥之曰："汝来为袁世凯作说客耶？"揖唐曰："是何敢？"与道家常及他琐事甚久，先生色少霁。揖唐漫然曰："闻先生将绝食死，有诸？"曰："然。"曰："其义何取？"曰："吾不待袁贼来杀，宁自饿死耳。"曰："先生如此，袁世凯喜而不寐矣。"曰："何故？"曰："先生试思之，袁世凯果杀先生，易耳。今若此，可知其非不欲杀，乃不敢杀也。袁氏之奸，等于阿瞒，先生之名，过于正平，所以不敢者，不愿千秋万世后蒙杀士之名。先生自愿饿死，袁既无杀士名，又除腹心患，先生为袁谋甚善，其自谋何疏！"先生矍然起曰："然耶？"趣以食进。

（六）移寓徐医生家状况（此条徐彬彬先生来函补误，函失，待补录。）

徐医生寓钱粮胡同，偶为先生诊疾，因互论中国旧医学，语甚洽。先生虽不能悬壶为良医，然医理通博，如《黄帝内经》《修园》《灵胎》诸书，能述其精要。记忆之强，徐极佩服。先生亦赞徐能明医理，故相得益彰。徐居近龙泉寺，每先生怒不可遏，监守者辄急请徐至，片言商兑，意气胥平。居数日，建章苦之，说袁将宽其禁。时元洪亦属为调解，乃得由龙泉寺移住徐宅。

先生长女嫁龚未生者，因家庭琐事口角，赴徐宅，诉于先生。先生曰："胡不死！"女果自经，先生大恸。或谓先生："君女之死，乃遵父命，既命之矣，何恸之深？"先生呜咽曰："讵料其真死耶！"先生性简，于一切事物，独往独来，无适无莫，谥之曰"疯"，殆由于此。虽然，先生终为千古朴学大师，而不为民国之政治家，亦由此耳。此民三在北京时代言行之轶录也。

癸丙之间太炎先生记事（刘成禺手记）

癸丑冬，太炎先生有入京主持共和党之议。予谒先生于沪庐，力阻其行，谓党员志趣复杂，保无有以先生为饵者。先生虽笃信鄂人，鄂人亦未尽可信。先生曰："不入虎穴，焉得虎子？徒乱人意，行计决矣。"甲寅春入京，先生困坐化石桥共和党，见予曰："你湖北人设计卖我。"予曰："在沪曾劝先生，谓鄂人未可尽信。"先生持竿大拍曰："你不卖我！"予返沪，赴先生沪庐，谒汤夫人，报告先生起居。汤夫人曰："祈转语太炎先生，勿以室家为念，予居此奉母甚佳，入京转累先生。"先生移居龙泉寺之翌日，袁抱存亲送锦锻被褥，未面先生。先生觉窗隙有人窥探，牵帷视之，抱存也。入室燃香烟，尽洞其被褥遥掷户外曰："将去！"一日赴军政执法处，取许可证往谒先生，遇陆朗斋曰："闻执事遇太炎先生甚表敬意，护卫极周。都人皆云，先生乘车入龙泉寺，执事骑马前行确乎？"朗斋曰："太炎先生，不可得罪，用处甚大，他日太炎一篇文章，可少用数师兵马也。"朗斋又曰："项城曾手示本人八条保护太炎先生：（一）饮食起居用款多少不计。（二）说经讲学文字，不禁传抄。关于时局文字，不得外传，设法销毁。（三）毁物骂人，听其自便，毁后再购，骂则听之。（四）出入人等，严禁挑拨之徒。（五）何人与彼最善而不防碍政府者，任其来往。（六）早晚必派人巡视，恐出意外。（七）求见者必持许可证。（八）保护全权完全交汝云云。"洪宪元旦草诏，有人谓非太炎先生莫属者，项城曰："何必苦人所难，是速其死也，我不愿太炎为祢衡，我岂可为变相之黄祖乎？若此则太炎必为方孝孺矣！他日帝国勃兴，必有以处置太炎者，今非其时。"

洪宪时，先生传经三大弟子皆在北京，曰黄侃、曰钱玄同、曰康宝忠。先生居龙泉寺及徐医生家，宝忠亦屡视起居。一日，语宝忠曰："近闻汝颇与人家做皇帝事，有诸？"宝忠曰："余惟视先生如皇帝也，素王改制，加乎王心，先生执《春秋》之笔，行天子之事，项城不过僭周室天子位，以洪宪元年，为元年春王周正月耳。兴周故宋，黜周王鲁，笔削之权，仍在先生。”先生曰：“周家天子姓姬，洪宪天子姓袁，汝何不称之曰袁术？我已为彼贮蜜十斛，恐江亭呼唤时，声力俱碎，一滴不能入口耳，尚欲闻蜜脾香乎？汝尚未忘师训。”丙辰元日，黎元洪派瞿瀛谒先生，代表贺年。先生问瞿曰：“汝来奉王命乎？”瞿曰：“奉副总统命也。”先生曰：“汝归语副总统，不久即继任扶正，决非长此位备储贰者，饶宓僧又可出作民政长矣。”（按：民二元洪被选副总统，答袁贺电有云：“元洪位备储贰，饶汉祥手笔也。”时汉祥为鄂民政长，出示必自称“汉祥，法人也”，鄂人为联语云：“副总统篡克定位，民政长是巴黎人。”故先生用此语诮之。先生讥黎诗“芝泉长为护储胥”亦本此故事。）

陆朗斋一日语人曰：“太炎先生，今之郑康成也，黄巾过郑公乡，尚且避之。予奉极峰命，无论先生性情如何乖谬，必敬护之，否则是黄巾之不若也。”项城与朗斋，能知先生文字，可转移天下，真苏子瞻语古之所有、今之所无也。先生喜以花生米佐酒，尤喜湖北花豆夹油炒者。居化石桥，先生每饮必去花生蒂曰：“杀了袁皇帝头矣！”大乐。后徐医生搜集油盐糖酱各种花生米以娱之，故与徐最得。

以上诸条，吴君宗慈日记中所未著录，其他记载与吴录重见者删之。（成禺记）

附：章太炎与袁世凯书

大总统执事：前上一书，未见答复，迩者宪兵虽能据副司令陆建章言，公以人才缺乏，必欲强留，炳麟不能受此甘言也。若有他故能议公者，岂惟一人？舆论纵不振于中土，若外人之烦言何？炳麟本以共和党独立来相辅助，亦倘至而相行乎！而大总统羁之不舍，既使赵秉钧以国史相饵，又欲别为置顿。炳麟以深山大泽之夫，天性不能为人门客。游于孙公者，旧交也；游于公者，初交也。既而食客千人，珠履相耀，炳麟之愚，岂能与鸡鸣狗盗从事耶！

史馆之职，盖以直笔绳人，既为群伦所不便，方今上无奸雄，下无大佞，都邑之内，攘攘者，穿窬摸金皆是也。纵作史官，亦倡优之数耳。窃闻史迁、陈寿之能谤议，而后世乐于览观者，以述汉、魏二武之事也。不幸而迩朱全忠、石敬瑭，虽以欧阳公之叹息，欲何观焉！今大总统圣神文武，咸五登三，簪笔而颂功德者，盖以千亿，亦安赖于一人乎！近有武汉人士，招往讲学，北方亦有一二人耸之，愚意北方文化已衰，朝气光融，当在江汉合流之地，不欲羁滞幽燕也。

若必蔑弃《约法》，制人迁居，知大总统恪守宪法，必不为也。饱食终日，无所用心，以与朋辈优游谑浪，炳麟亦不为也。苟图其大，得屈此身，以就晦冥之地，则私心所祈向者，独考文苑一事，经绯国常，著书传世，其职在民，而不在官，犹古九雨师儒之业。迩者方言、国音字典、文例、文学史、哲学史等，皆未编成，而教育部群吏，又盲瞽未有知识，国华日消，民不知本，实愿有以拯济之。同苑须四十人（仿法国成立），书籍解版印刷之费，数复不少，非岁得数十万元不就，若大总统不忘宗国，不欲国性与政治俱衰，炳麟虽狂简，敢不从命？若縶一人以为功，委弃文化以为武，凤翱翔于千仞，览德辉而下之，炳麟其何愧之有！设有不幸，投诸浊流，所甘心也。书此达意，于三日内答复。章炳麟启。

四　赐名

新华名字刻银瓶，御笔泥封制掖庭。
日下艳传林博士，小臣近得小宁馨。

侯官林宗孟长民，能文章，善议论，书法《瘗鹤铭》，佳士也，而思以政治家见长，卒丧其身。洪宪建号，出力最多，位不过上大夫，得意之间，殊形郁郁。洪宪纪元，宗孟生子，一日朝见项城曰："臣长民民国元年曾生一子，一月即殇，足见共和制度，不适宜于人民。今上元旦登极，圣主当阳，春和四被，长民竟诞生一子，伏呈皇上，肇锡嘉名，他日长成，永为帝国良好臣民。门楣之光，宗族之庆……云云。"项城执笔书赐"新华"二字，命侍从文官长刻于银瓶，缠以黄绶，双龙镂匣，制美香檀，某日礼官，赍往林宅。长民列案谢恩，正位龛上。满月设汤饼宴，先行礼启匣，而后会宾客。抱新华出，遍示诸友曰："此小宁馨儿，今上赐名。"前在沪谈及新华事，汤济武化龙曰："予曾恭逢其盛，亲闻'今上赐名'四字。"长民好谈欧制，人皆以林博士呼之。陈宝琛挽宗孟联曰："丧身乱世非关命，感旧儒门惜此才。"（宗孟父有《儒门医案》。）（录《后孙公园杂录》）

五　黎元洪辞封王

百官门外捧天章，东厂楼台易夕阳。
宋帖唐经消受尽，先生幸未长降王。

筹安会起，群臣语项城曰："中华议改帝国，副总统黎元洪，近驻瀛台，观感有碍，何以处之？"遂有移居东厂胡同之事，杨杏城策也。项城购东厂宅惠黎，附送宅券。宅为清中堂荣禄故第，而明太监魏忠贤之遗园。园中石木台榭多明旧物。葡萄亭一座，亭内悬缀紫绿乳颗，垂垂如贯珠，丛实炼以玻璃，藤叶镶金类蟠之，电弩一触，万灯齐发，黑夜款客，光彩艳目，云属西洋某公使赠荣仲华者。黎有密语，多到此亭。

当时元洪左右，武昌起义旧人划分二派：反对帝制者，副秘书长瞿瀛为首，秘书郭泰祺，将军邓玉麟、高尚志，议员张伯烈、张大昕、时功玖，旧秘书黎澍等附之。

赞成帝制者，秘书长饶汉祥、平政院长夏寿康为首，将军孙、石、蔡、唐等附之。黎辞参政院长、参谋总长，皆瞿主动，谋避请愿列名。汉祥奔走帝业，无暇与黎事也。策封武义亲王，梁燕孙先持策令底稿谒黎，陈述项城德意，黎召集左右，定受不受之议。饶、夏主张非受不可，否则身危。唐、蔡拔剑斫地，谓从汝起义，乃有今日，谁言不受则对待谁。黎属瞿起稿，瞿曰："我只会作辞呈，不能草谢表，祈副总统另请擅长折奏者为之。"此时受与不受，黎意尚未决绝。中华民国四年十二月十五日大总统策令云："光复华夏，肇始武昌，追溯缔造之基，实赖山林之启。所有辛亥首事立功人员，勋业伟大，及令称彰，凡夙昔酬庸之典，允宜加隆。上将黎元洪建节上游，号召东南，拱护中央，艰苦卓绝，力保大局，百折不回。癸丑赣、宁之乱，督师防剿，厥功尤伟。照法第二十七条，特沛荣施，以昭勋烈。黎元洪著册封武义亲王，带砺河山，与国休戚，嘉名茂典，王其敬承。此令！"令下，翌日国务卿统属各部官吏，齐集东厂胡同，捧龙檀方匣，内贮策令封诏，鹄立门首，礼备宣读。黎辞不见，乃递策令于黎副官唐中寅，转呈王座，敬礼退出。

时平政院长周树模辞职出京，见黎告别。树模位高望重，元洪所师，鄂人皆敬惮之。黎乃邀周小饮葡萄亭，论册封武义亲王事。周曰："愿副总统为鄂人起义稍留体面，模前清曾任封疆，尚弃官出走，副总统将来，尚有大总统之望，一受册封，则身名俱废，袁氏所为，恐丧无日。"

黎乃决辞。故黎常语人曰："周少朴前清做过翰林、御史、抚台，尚且出走，我岂能受王封乎！"即属瞿草辞王位函，有"武昌起义，全国风从。志士暴骨，兆民涂脑，尽天下命，缔造共和，元洪一人，受此王位，内无以对先烈，上无以誓明神，愿为编氓，终此余岁"等语，并册封原匣返之。

袁乃召饶、夏密谋，赐巨参十二，慰汉祥病。饶、夏曰："盍再册之，当能受也。"中华民国四年十二月十九日政事堂奉申令曰："前以武义亲王黎元洪盛怀昭章，策勋封爵，式符名实，众论翕然。乃王犹怀谦抑，恳切辞封，既见冲襟，益思往绩。王当辛亥多事之秋，坐镇鄂疆，功在全局，凡所建议，悉出真诚。谋国之忠，苦心无比。功懋懋赏，岂惟予一人之私？王其祇承前命，毋许固辞。此令。"方袁派大礼官赍诰封申令，九门提督江朝宗随行，直入黎宅大厅，朝宗长跪堂中，手捧诰令，大呼请王爷受封。黎在内大怒，骂逐出之。黎乃派人与袁方礼官又将诏令退回新华宫，此案告一段落。自本日起，新华宫所致黎函，封面皆署黎先生，不复有黎副总统或武义亲王等字样。洪宪纪元八十三日，黎杜门不出，唐经宋帖，诵写永日。笑语人曰："项城作皇帝，我倒书法成家，从此可点翰林矣。"（旌德汪彭年、巴东邓玉麟、广济郭泰祺同证事记录）

周少朴树模世丈曰："予辞平政院长，急离京，干卿（瞿瀛）来云：'黄陂决辞武义王位，但左右多劝驾，劳长者一行，用坚其志。’予行李先发，便赴黎宅辞行。黎延入葡萄亭，二人密谈，用午饭。予知黎重前清官阶科名也，乃现身说法曰：‘闻副总统决辞武义亲王，信乎？’黎曰：‘吾决不受。’予曰：‘是为鄂人顾全武昌起义一大脸面也。前清变民国，予等皆清室旧臣，民国无君，以人民为君，予等无二姓之嫌，皆可厕身作官。今袁氏称帝，予等事之，弃旧君而事叛臣，何以自解？予在前清，由翰林、御史而巡抚，尚走避之，副总统在前清，不过一混成协协统，入民国则位居二人，若遇事故，即有一人之望，愿副总统为民国计，为鄂人计，为本身计，坚决勿受此王封。’黎曰：‘得朴老言，吾计决矣。’”民国九年朴丈邀饮京寓南轩，属予笔录。（成禺记）

六　黎元洪拒绝逃离北京

食客争投上殿霓，使君难走武关西。
天中高举黄楼鹤，夜半空啼紫陌鸡。

川滇黔反帝起兵，旌德汪彭年、巴东邓玉麟、安庆何雯等，内结黎秘书蕲水瞿瀛、广济郭泰祺，外连日本东方通信社驻京社长井上一叶，以南横街汪宅为秘会地，谋移黎出京之策。值日本公使小幡将归国，彭年、泰祺、一叶先与密谈。小幡曰：“丝毫消息，不得让英人知，否则事败。予先与美使馆商之。”翌日小幡约彭年、泰祺、一叶往谈云："已商之美公使，极赞此举。照《庚子条约》，美驻京护使馆兵三百人，下星期换防归国，约备专车，随时开行。予住正金银行楼上，候一礼拜，亲陪副总统同车出京。布置已定，美使亦嘱不使英人知何等消息。"小幡又云："东厂至交民巷，由汝等办理，交民巷至天津上船，予负其责。出京以夜半为佳，少人见也。"

南横街开密会时，东厂巡逻甚疏，袁未疑黎。黎以日、美赞成，亦愿出京。事前通消息滇、桂，将代行大总统职权于南中也。与黎暗商，仅瞿、郭二人任之，余皆不往，恐露破绽。出走议定，商决进行程序。黎副官刘钟秀宅，隔黎后园一壁，僻巷也。一叶定计，出走之夕，洞穿连墙，黎易服入钟秀宅。一叶驾同仁医院病车，谓钟秀有急症，载入医院，疾驰交民巷，会合美兵、日使上车。余人同时赴日、美两使馆。策定，黎首肯。钟秀亦准备遣散家人。泰祺、彭年、一叶走报美、日两使，定星期日夜半二时执行。

星期六下午六时，泰祺仓皇来南横街，只余（成禺）一人守屋，拉余入僻室曰："坏了，坏了！不得了，不得了！快走！快走！"予曰："何事？"泰祺曰："干卿嘱我急告诸位，袁克定送两万元珍珠与黎本危，此事已泄漏。东厂胡同军警满布，闻胡朝栋向杨杏城告密矣。"予曰："此事分途办理，汝急往询黎，切实诘问曾语吾等密计否？语同谋诸人姓名否？予则分途寻诸人归候信。"郭往黎府见黎曰："副总统向二太太及胡朝栋曾说出走计划否？说了我们的姓名否？如若说过，让我们快走，否则都要狗头落地，请发天良，勿说一字假话。”黎曰：“我可对天地父母发誓，未说过出走计划，亦未提尔等一人名字，只言意愿离京耳。包你们狗头不会落地。我是副总统，叫我易服钻洞，岂不失了体统？你若害怕，变只白鹤，飞回武昌黄鹤楼可也。”郭返南横街，已漏二下。一叶、泰祺、彭年当夜实告小幡，小幡曰：“此后再不与中国人共事。”翌日各自离京。

项城死，元洪继位，予等偶谈此段公案，黎曰：“幸亏我拿定主意，安然继位，照你们办法，不知多少周折。”予等笑答曰：“大总统洪福齐天。”（旌德汪彭年、巴东邓玉麟、广济郭泰祺、武昌刘成禺、日本井上一叶同证事记录。）

当夜有食云南火腿一趣事。彭年皖人，与江朝宗、雷震春、陆建章、吴炳湘、杨士琦皆通声气，细探东厂加兵之由，因黎有自愿离北京一语，众谓今夜可安睡。何雯有云南火腿二肩送来烹食，何久不至，众诟其吝。彭年、泰祺、玉麟及予共卧一榻，尚有艳者。漏四下，捶门如雷，继以狂呼，启门则何雯家人，因雯犯新闻嫌疑，捉入执法处，来求救也。众笑曰：“真黄胖过河，自身难保，尚替他人医病，何宇塵一人独食云南火腿矣。”彭年翌日为具保缓讯。（成禺记）

七　黎本危泄计

明珠十斛报薇娘，环佩一声泣洞房。
密语夫君行不得，寄书公子毋相忘。

黎妾黎本危，与鄂交涉员胡朝栋之妻，手帕姊妹也。胡寅缘杨杏城，得接近克定。克定知胡妻恒食宿黎府，重赂之，使持二万金珍珠阴赠本危，探黎动静，觉黎意无他，遂疏其防范。出走议定，黎告本危，谓将有他适。本危苦诘何往，黎未明答，但曰“将来派人迎汝”而已。本危大哭，愿以身殉，极种种悲惨不忍离别之状，黎意软，有悔意。本危暗告朝栋，朝栋急呈杏城，当日午后，步军统领派兵五百，警察数如之，周卫东厂胡同前后一带。幸黎具天良，未言原委，否则南横街诸人，皆为善化饶智元矣。本危原汉口黑牌妓，黎大妇长斋不出，本危得操纵内外，结宠藏艳。近岁挟遗资，住青岛，与绸缎商结婚，易名黎文绣云。（旌德汪彭年记事）

八　赵秉钧暴死

定策铭盘智贮囊，饮鸠壶亦汉鸳鸯。
金縢未发出山誓，雷电先诛大道王。

项城巡抚山东时，赵智庵秉钧为院文巡捕。项城奇其才，谓有宰相风，易名赵秉钧。清末特保授民政部尚书。辛亥项城出山，与段祺瑞、赵秉钧三人在洹上密谋定策，内事交赵秉钧，外事交段祺瑞。袁为第一任大总统，段为第二任，赵为第三任。铭盘设誓，乃入北京。故项城帝制，祺瑞、秉钧二人反对最强，一罢一死，毁盟约也。项城常曰："盘中有宝有智囊，何事不成？"赵有智囊之目，实先杏城。项城组阁，议和，赦汪精卫，死良弼，刺吴禄贞，用梁启超，赂小德张环泣于隆裕，激姜桂题迫叫于宫门，派唐绍仪议和，遣袁克定渡江，段祺瑞领衔请退位，张勋勒兵让固镇，废摄政当国，罢亲贵领兵，梁士诒袖退位诏赴涛、洵所，劫参议院，承认《约法》，定南北统一，凡属奇正谋略，咸经秉钧手订。诟者谓欺人孤儿寡妇，识者则称其有功民国。

唐绍仪罢阁，秉钧摄之，先图组阁，获有政望，为后日总统张本。佯与宋教仁交善，日对烟床，纵谈国是。教仁新进识浅，大发组阁之梦，侈谈策划，正触赵忌，此车站遇刺所由来。宋案出，秉钧退处直隶都督，当时南方要人来京者，沈秉堃、林述庆皆宴后暴死，独王芝祥每公食自具杯筷，非他人先食，决不下箸得免。蕲州黄季刚（侃）时为赵秘书长，赵宴客，季刚必在座，酒贮鸳鸯壶，一鸩一酒，秉钧美为汉器。季刚曰："予每宴心震，恐鸳鸯壶之错酌误伤也。"筹安议起，秉钧劝袁不听，克定使杨度等说赵，使不绝途。秉钧最后曰："予与极峰定策建国，秘发金縢之誓，祈转告云台公子，勿贻老父忧。”洪宪诸臣恨赵刺骨，京兆尹王治馨，秉钧替身也，借五百金赃案，嗾肃政史弹劾，明令枪决，以威吓秉钧。秉钧不动，遂有四年十二月前直隶都督赵秉钧暴死出缺之耗。黄季刚曰：“智庵每夜邀予大谈国事，自云不知予命终于何日，当晚尚言项城帝制之非，漏三下，以暴疾毙，内外咸知装烟小侍得千金者之所为。重置安眠药于燕窝汤内，融化进饮，无敢言者，是亦鸳鸯壶之变相欤！”中华民国四年十二月二十三日，政事堂奉策令：“前直隶都督上卿赵秉钧，智略过人，才堪应变，京津创办警察，赖其经营，成绩昭然，模范全国。改革以后，在内务总长任内，当兴废之际，因应咸宜，深知大体，尤为时论所称。嗣任国务总理、直隶都督，躬经艰困，神智不挠，排难安邦，军民翕服。旧勋回念，实怆予怀！赵秉钧着加恩追封一等忠襄公，以彰良弼，宣示来兹。此令！”

秉钧赐葬西陵，邻梁节庵（鼎芬）生圹，经梁格庄，傍山筑石，祭堂园囿牌楼翁仲，远胜崇陵。寒云集杜诗署飨殿楹联云：“将军勇概谁与敌，丞相祠堂何处寻？”署款皇二子袁克文。（夏口李以祉注释）

叶遐庵先生曰：“有姚玉芙者，现随梅兰芳管事。年幼时，美姿仪，善应对，曾侍赵智庵供烧烟之役。智庵一日在烟床，问玉芙曰：‘汝视我对待各方面何如？’玉芙曰：‘大人与客谈话，人人不同，此不可及。’翌日即辞去玉芙，知玉芙识破本领，恐生内忧也。不意生命竟丧于侍

僮之手，真《深虑论》所谓虑于此而失于彼矣。”（以祉又注）

赵秉钧河南汝州人，一说顺天大兴人。究竟贯籍何省何县，恐其本人亦不甚了了，盖少时出身微贱，漂泊无依也。说者谓赵智庵一身备有三个第一，即赵为百家姓第一姓，籍大兴为全国第一县，所官内阁总理，又为北洋派第一任内阁也。（长沙王祖柱补注）

九　天师赐号

荐奏西清唱步虚，洞霄提举道家书。
国师终让天师算，龙虎山光指故居。

张勋屯兵徐、兖，笃好道术。每岁遣使往龙虎山，迎张天师移驾军府，建醮设坛，作驱使风雷神鬼之法。勋，赣人，尊乡谊，尤表敬于天师。阮斗瞻赍表命跑徐州，月必一至。勋大宴天师，语斗瞻曰：“现在项城筹备大典，六君子自称帝师，西藏、蒙古、呼图克图各活佛，皆号国师。皇帝奉天承运，应天顺人，有天师在此，而不迎入北京，是逆天也。逆天者不祥，我曾读过《千家诗》：‘绿章夜奏通明殿，一朵红云捧玉皇。’天师威风，何等排场！”阮拍急电勋特荐达，项城遂有宣召六十二代天师张元旭来京之命。

天师入觐，北省道纲司、阴阳司、各道观主教，郊迎者万人。天师坐绿呢八人大桥，灵官乘马前行，四法师两旁扶轿。头牌揭承袭封号，二牌示龙王免朝，诸神免参。牌黄色，轿前护法童子二人，法衣金绣，一捧令牌，一捧法水。天师冠五岳朝天冠，服黄缎清赐法衣，履高低金绣法鞋，手挽灵诀，由前门入，留京半月，在新华宫奏斋蘸三坛。天师呈递叩奏云："奉玉皇诏，天门开瑞，日月联璧，圣主当阳，人神共庆，谨奏报云云。"袁赐天师"洪天应道真君"号，从张勋请也。(夏口李以祉注释)

天师世家(罗田王夔武纂录，夏口李以祉转抄)

汉张道陵，字辅汉，沛丰邑人，留侯九世孙也。祖父名纲，父"桐柏真人"大顺。母刘氏梦神人授以薇香，感而有孕。建武十年正月十五夜，生天师于吴之天目山。七岁读老子书，即了其义。及冠，身长九尺二寸，庞眉广额，朱顶绿晴（睛），隆准方颐，目三角，美髭髯，垂手过膝，能炼形合气，辟谷少寐，于天文、地理、图书、谶纬之密，咸通贯焉。从学者千余人，天目山南三十里，西北八十里，皆有讲诵之堂。临安神山观、余杭通仙观，即其地也。与弟子王长，游淮入鄱阳，溯流至云锦山，炼九天神丹。丹成而龙虎见，因以名山。在人间一百二十三岁。天宝七年，诏后汉天师张道陵，册赠太师。唐中和四年，封三天扶教大法司，宋熙宁加号三天扶教辅元大法师，元成宗加封正一冲元神化应显祐真君。

二代衡，字灵真。诏征为黄门侍郎，不就。永寿二年，袭教居阳平山，与妻卢氏白日上升。元武宗赠正一嗣师太清演教妙道真君。

三代鲁，字公祺，衡长子也。以道术教人，从者益众。时汉祚日凌，鲁居汉中垂三十年。元成宗赠正一系师太清昭化广德真君。

四代盛，字元宗，鲁之三子也。魏世宗封奉车都尉、散骑侍郎，加都亭侯。元至正元年赠清微显教宏德真君。

五代昭成，字道融，元宗长子。元至正十三年赠清微广教宏道真君。

六代椒，字德馨。晋安帝累征不起。元至正十三年赠清微宏教元妙真君。

七代回，字仲昌。元至正十三年前赠玉清辅教宏济真君。

八代迥，字彦超。魏太祖尝召至阙问道，年九十。元至正十三年赠玉清应化冲静真君。

九代符，字德信，寿九十三。元至正十三年赠玉清赞化崇妙真君。

十代子祥，字麟伯。仕隋为洛阳尉，弃官嗣教，宣化四方，寿一百二十。元至正十三年赠上清元妙太虚真君。

十一代通元，字仲达，年九十七。元至正十三年赠上清元应冲和真君。

十二代恒，字德润。唐高宗召问治国安民之道，对曰："能无为则天下治矣。"帝嘉之。年九十八。元至正十三年赠上清元德太和真君。

十三代光，字德绍，寿一百四岁。元至正十三年赠太元德广妙真君。

十四代慈正，字子明，年百余岁。元至正十三年赠太元上德紫虚真君。

十五代高，字士龙。唐玄宗召见，命即京师，置坛传箓，册封汉天师号。年九十三。元至正十三年赠太玄崇德元化真君。

十六代应韶，字治凤。元至正十三年赠洞虚演道冲素真君。

十七代颐，字仲孚。初任贵水尉，弃官嗣教，寿八十七。元至正十三年赠洞虚阐教孚佑真君。

十八代士元，字仲良。居应天四十年，年九十二。元至正十三年赠洞虚明道赞运真君。

十九代修，字德真。年八十五岁。元至正十三年赠冲元翊化昭庆真君。

二十代谌，字子坚。唐会昌中，武宗召见赐传箓。年百余岁。元至正十三年赠冲元洞真孚德真君。

二十一代秉，字温甫。年九十二。元至正十三年赠冲元紫气昭化真君。

二十二代善，字元长，寿八十七。元至正十三年赠清虚崇应孚惠真君。

二十三代季文，字仲珪。寿八十七。元至正十三年赠清虚妙道辅国真君。

二十四代正随，字宝神。宋真宗召至阙，赐号真静先生。年八十七。元赠清虚广教妙济真君。

二十五代乾耀，字元光。年八十五。元赠荣元普济湛寂真君。

二十六代嗣宗，字荣祖。宋仁宗召赴阙，祈祷有应，赐号虚白先生。年八十一。元赠崇真普化妙悟真君。

二十七代象中，字拱辰。元赠崇真通惠紫元真君。

二十八代敦复，字延之。年五十三。赠太极无为演道真君。

二十九代景端，字仁□，敦复从子也。大观二年，赠葆真先生。年五十五。元赠太极清虚慈妙真君。

三十代继先，字嘉闻，一字道正，号翛然子，象中之曾孙，景瑞之从子也。元祐七年生于蒙谷庵。大观二年，召至阙，授太虚大夫，辞不拜。元赠虚靖元通宏悟真君。

三十一代时修，字朝英，象中之孙，敦直之子也。年六十一。赠正一宏化明悟真君。

三十二代守真，字遵一。母吴氏，娠十九月而生。宋绍兴十年嗣教。高宗召赴阙，赐号正应先生。淳熙三年卒。元赠崇虚妙光正应真君。

三十三代景渊，字德莹。元赠崇真太素冲道真君。

三十四代庆先，字绍祖。嘉定二年宴坐而化，赠崇虚真妙光化真君。

三十五代可大，字子贤，伯瑀之孙也。嘉禧三年赐号观妙先生。卒于景定四年。元赠通化应化观妙真君。

三十六代宗演，字世传，号简齐。卒于元至正辛卯。

元赠演道灵应冲和元静真君。

三十七代与棣，字国华，号希徵子。至正辛卯嗣教。授体元宏道广教真人。

三十八代与材，字国梁，号广微子，宗演次子。大德八年授正乙教主。武宗即位来觐，特授金紫光禄大夫，封留国公，赐金印。延祐三年卒。

三十九代嗣成，字次望，号太玄子。元授辅化体仁应道大真人。

四十代嗣德，号太乙，与材第二子。至正壬辰十月卒。元授太乙明教广元体道大真人。

四十一代正言，号东华，嗣德长子。授封真人。

四十二代正常，字仲纪，号冲虚子，嗣成长子。洪武元年改授正一嗣教真人，赐银印，秩视二品。年四十三卒。

四十三代宇初，字子睿，别号耆山，冲虚之子也。著有《普岘泉文集》二十卷。

四十四代宇清，字彦玑，号西壁、冲虚仲子，耆山之弟。著有《西壁文集》。永乐八年嗣教。诰授正一嗣教清虚冲素光祖演道真人。

四十五代懋丞，字文开，别号九阳，又号台然，正常之孙，宇清、宇初之从子。年五十九卒。

四十六代元吉，字孟阳，别号太和，懋丞之孙，留纲之子也。英宗复辟，赐号大真人。

四十七代元庆，字天锡，别号贞一，又号七一丈人。

四十八代彦頫，字士瞻，别号湛然。年七十有一。

四十九代永绪，字元成，别号三阳。嘉靖壬子入觐，给伯爵。

五十代□□，字国祥，号心湛。

五十一代显庸，字九功。年八十。怀宗加太子太保。

五十二代应宗，字翊臣。清授正一嗣教太真人。

五十三代洪任，字汉基。康熙六年卒，诰赠光禄大夫。

五十四代继宗，字善述。康熙十六年诰授光禄大夫。

五十五代锡麟，字仁趾，碧城长子。乾隆元年特授光禄大夫。

五十六代遇隆，字灵谷。

五十七代存义，号宜亭，灵谷长子也。以祈雨功晋秩三品。

五十八代起隆，字绍武，号锦崖，昭麟之子。乾隆五十五年，恭遇覃恩，诰授通议大夫。

五十九代钰，字佩相，号琢亭。同治二年，奉旨诰授通议大夫。

六十代培元，号养泉。诰授通议大夫。

六十一代仁晸，号清岩。是为今天师云。

王夔武按：《今凤漫谈》云："庐州关甲称张天师见苏军门元春，作掌心雷，殛蛇死。又美人李佳白在尚贤堂说宗教，张天师元旭入座演说，上海人传其神奇。"按：此当即六十二代天师。丙寅三月二十一日，吴佩孚请天师来汉口，派名恩溥，字瑞龄，年二十三岁，乙丑承袭，即六十三代天师也。戴五岳朝天冠，服蓝花缎八卦衣，舆前有“龙王免朝”“诸神免参”两揭示，随行有法官四人，护法童子一人。

一〇　聘任国史馆长

王翁八十老名宿，为渡重湖一赏春。
不遇圣明陈印绶，如何汉上会诗人。

帝制诸臣会议，以原有清史馆位置前清遗臣，以网罗京内外名宿。且元年春王正月之笔，辉煌史册，宜载宝书，于是议设国史馆。馆长必年高望重，堪为一代师表者。群推王壬老，从杨度请也。度为壬翁内戚，亦入室弟子。由度先达项城意，壬翁可之。乃遣使赍聘书一、金三千元、项城亲笔信一，饬湘鄂豫直将军巡按使沿途照料，护送入京，而壬翁行矣。由湘乘轮行，抵武汉，汉上知名之士，大宴于抱冰堂。壬翁曰：“是亦汉上题襟高会也。”即席赋七律一章。首二句云：“闲云出岫本无意，为渡重湖一赏春。”第八句云：“汉上题襟大有人。”和者甚夥。或进询曰：“壬翁，汉廷大经师桓荣也，吾辈幸叨大会诸生之列，真可言得稽古之力矣。”翁笑曰：“予此行只有轮船火车，并无车马印绶可陈也。”酒阑回馆，闲话旧事。某曰：“甲午之役，先生曾作《游仙诗》，予辈尚肄业书院，莫知所指，真有‘只恨无人作郑笺’之叹。汉上报章，昔刊《游仙诗》并注，先生以此近猪嘴关。（见《湘绮楼说诗》卷五）今事过境迁，朝市皆易，先生何妨逐句言之，免后人苦心作注，难明意旨。”于是朗诵一章，先生即说其本事。群为记诵，至第五首，说注未毕，段芝贵将军请谒，遂罢。时章太炎先生幽拘北京，予以《游仙诗》注示之，太炎提笔逐句窜点曰：“此今日王壬秋之游仙诗也。”予曰：“先生于改唐诗讽袁、黎外，又多一体裁矣。”

游仙诗原唱（见湘绮诗第三种《杜若集》，壬老注）

湘瑟秋清更懒弹，（湘抚吴大澂自请督兵。）只言骑虎胜骖鸾。（提督余虎恩从吴领中军，后授总兵，许其自将十营。）东华旧史犹簪笔，（黄太守自元为吴同年一甲进士，奏充营务处。）南岳真妃肯降坛。（魏方伯光焘将四营属吴。）叔夜倘凭金换骨，（曾重伯、陈梅生两编修俱被命赴吴军。）陈平何用玉为冠。（营官饶恭寿之流，以容止进用。）淮南自许能骄贵，（李傅相自请帮办，吴辞之。）却被人呼作从官。（始诏宋庆总统各军，改授恭王，又改授刘坤一，不及李。）

只学吹箫便得仙，（时论抑淮重湘，湘军行伍出身及功勋子弟乞食吴门者，皆得进用。）霓旌绛节拥诸天。（后湘、淮军改授刘坤一节制。）定知吴质难成梦，（吴军多科第中人，难谋军事。）不与洪崖共拍肩。（刘既总统各军，直督李不能归其节制，湘、淮时生龃龉。）金阙未先辞受箓，（遣使议和与总军之命并发。）神山欲望恐无船。（铁甲战船七亡五，朝旨令保护镇、定两舰。而庆宽、刘学询使赴日议和，抵长崎不纳，引船而返。）晨鸡夜半空回首，惊怪人间但早眠。（京官眷属先期出都，皆效死主战之臣，鸡鸣入朝，顾影自怜。）

新承凤诏发金阊，争看河西堕马郎。（朝议起湘军宿将，以陈臬司湜节制防河诸事，又有调赴关东之命，陛见出京，佯堕马折右脚，以阻其行。）幸不倚吴持玉斧，（在吴军宿将，有事仍奉直督。）可能窥宋出东墙。（宋宫保庆在摩天岭，能战，朝议倚为长城。）劳掩仙带招燕使，（张侍读因克扣军饷，力为排解，李尚书斥为阿狗。）只借天钱办聘装。（卫汝贵领饷六十万，以十万寄家，如曹克忠辈十扣四五，较为廉洁，勿怪哭菜市也。）曾受茅君兄弟诀，（余与曾忠襄姻好，而保荐由文正。）休将十赉损华阳。（北语谓丑调为损。）

郁金堂外下重帏，玉女无言但掩扉。（张香涛移督两江，一月以来，办理防务，无暇见客，惟与予畅谈两日。）尘暗素书空自读，（香涛欲解西事，虽土饭尘羹亦奉为奇书。）月明乌鹊正何依。（主战二相已出军机，某尚书犹在，即前劾恭王者。）蛇珠未必能开雾，（某相国有自愿督师之志。）鸳锦犹闻劝织机。（军火全资外洋，而制造局故为忙碌。）莫道素娥偏耐冷，为君寒透六铢衣。（余在督辕，月下独登台，及出，夜已三鼓，次日不辞而行。）

东华真诰有新封，朵殿亲题御墨浓。（未注。）眉妩不描张敞笔，（张幼樵甲申丧师，淮相妻以幼女，今眉妩者无笔可描。）额黄犹待景阳钟。（主战二相留京未出。）仙家往事如棋局，（议和以来，有前后八仙，有前主战而后主和者。）夜宴归来有醉容。（未注。）青雀定知王母意，几从瑶岛驾双龙。（李相使和，先得西太后密旨，有“万事朕一身当之”语。）

太炎先生改游仙诗

萧瑟清秋不耐弹，攀龙骑虎快骖鸾。（袁骑假虎。）东华幕客曾谋逆，（王为肃顺上客，与谋逆事。谈及清末失败曰：“肃顺若在，必不使戚贵横行，自有立国之道，清亡于杀肃顺云。”）南岳王妃肯降坛。（王久主衡阳船山书院。）捧诏却怜金换骨，著书那复羯为冠。（袁赠祭祀冠。）《湘军》一志堪千古，却被人呼作史官。（洪杨之役，《湘军志》高绝一时，来京不知所修何史。）

出岫闲云列上仙，将军拥席饯南天。（湘、鄂将军，巡使文武诸官，亲赴王翁行辕陈席。）因生杨肘行出梦，（由杨度推荐。）不对柯棋坐比肩。（柯绍忞欲为副馆长，却之。）总统国民都受箓，（王翁入京属对，有“民犹是也，国犹是也；总而言之，统而言之”之句。）江湖河海不需船。（王翁在汉言，此行入京，江湖河海皆不需船。）妇人行役周妈在，莫怪先生爱早眠。（人有以周妈病王翁者，翁曰：“古者妇人行役，礼也。”）

新承凤诏入金阊，争看潭州老丑郎。（王翁籍湘潭。）一卷《公羊》师北面，（王翁以《公羊》教井研廖平，平传南海康有为，时康徒梁启超辈在京，奉王甚谨。）两行女乐列西墙。（王翁有左列生徒、右列女乐之志。）劳拖仙带迎专使，（袁派专使赴汉迎迓。）只领天钱办内装。（馆俸皆周妈经手。）宴语玉堂诸后辈，（王翁曾钦赐翰林院检讨，入京时旧列名翰林院者公宴之。）此行不住首山阳。（王翁云："予未仕前清，登西山不用采薇。"）

居仁堂下恋黄帏，（袁首宴王翁居仁堂。）天上申猴坐玉扉。（京中呼袁为猴头。）文字当头经有证，（王翁以经语解出土签碑。）君王盗国史何依。（王翁南旋曰："予不躬逢盗国。"）封还馆职修帷簿，（王翁佯因周妈事封还馆职，自劾曰"帷簿不修"。）托起朝仪下织机。（翁南还时，以史馆事交付馆员曰："尔辈可起朝仪也。"）莫道燕京天气冷，高皇前月送貂衣。（袁曾送王翁貂衣一袭。）

第五首因王翁说注未竟，太炎先生亦未改。

长沙碧浪湖，在北门外开福寺之后，有屋数椽，极幽静之致，为陈程初军门海鹏所筑。玉池、湘绮诸老，曾结碧湖诗社，岁时佳节，置酒流连。民国四年上巳，长沙文士假碧浪湖举修禊盛会，与者曾重伯、吴雁舟、程子大、袁叔舆、易由甫、陈豪生、刘腴深、徐实宾等凡数十人，推湘绮首坐。湘绮即席成五古一首，并举旧作"长沙旧事君知否，碧浪湖边多鲫鱼"句以为笑乐。其时蕲水汤铸新芗铭督理湖南军务，宴湘绮于旧巡抚署。执礼甚茶（恭），

每进馔一簋，奏军乐一番。盖汤入泮时，长沙胡幼卿棣鄂知蕲水县事，胡又为湘绮后辈也。(长沙王祖柱补注)

附录：《湘绮楼说诗》卷七王翁自记

洪宪改元，余方辍讲东洲，不问世事。而京使复来，将以大师位上公强起之，笑谢不遑。使留三日不去，乃与书项城，有曰："闻殿墀饰事，已通知外间，传云，四出忠告，须出情理之外。想鸿谋专断，不为所惑，但有其实，不必其名，四海乐推，曾何加于毫末。前已过虑，后不宜循，改任天下之重，不必广询民意，转生异论。若必筹安，自在措施之宜，不在国体。且国亦无体，禅征同揆。唐宋篡弑，未尝不治，群言淆乱，何足问乎！"又与杨皙子书曰："谤议丛生，知贤者不惧，然不必也。无故自疑，欲改专制，而仍循民意，此何理哉？常论'弑'字字书所无，宋人避忌而改之，不知不可试也，将而诛焉，弑则败矣。既不便民国，何民意之足贵？自古未闻以民主国者，一君二民，小人之道，否象也。尚何筹安之有！总统系民主公仆，不可使仆为帝，弟可功成身退，奉母南归，庶几免乎，抑仍游羿彀耶？"余杂诗云：

有道固不让，末学徒生辨。
自从翁陈来，醇风忽如剪。
坐荒士民业，竞逐横流转。
甘为役人役，各自选其选。

踊金安能祥，蔓草不可猕（弥）。
彼人皆有求，吾今独何羡！
误落尘网中，三年被驱遣。
迷复岂无灾，得朋斯所善。
易魂如何招，杨鉴亦不远。

尝戏赠民国总统一联云：“民犹是也，国犹是也，总而言之，统而言之。”偶过新华门，误认为“新莽门”，时人目余东方曼倩一流云。

一一 请章太炎作序

休言麟定说公孙，鲁语能污帝阙尊。
蜡泪满前君莫笑，沛公如厕在鸿门。

民国八年，章太炎先生寓沪上也是庐，予《洪宪纪事诗》成，呈稿请序。先生谓有故事一则，属予撰诗，佳则序之，不佳则无有也。先生曰：予由龙泉寺转禁徐医生寓庐。徐，袁氏延医御牙者。一日，鲁人贾某来谈。贾，克定尊为风水大师，帝城营造，皆其手定。贾曰：“予观帝王旺气，荟萃前门。储公以‘定’命名，‘定’无座位，气嫌空泄，难以坐镇。前门皇运咸备，门内左右，对建高楼洋厕两楹，俾储公制定座位，河山带砺，稳如泰山，安如磐石矣。”盖鲁语“定”“臀”同音，读“臀”为“定”

也。予曰："《毛诗》：麟之定，振振公姓。定生头上，如何位置尻后。"徐曰："此堪舆家之微言，先生所不知也。明代建小关帝庙于前门，先生当会通之。"诗成，走呈先生，先生曰："毛厕诗甚佳，坐片刻，为子序之。"疾书一小时，成本诗诗序。民国二十五年春，在吴会祝先生寿，先生尚曰："毛厕诗甚好。"天人大师，楠棺一叩，正学丧坠，举国凄然。成禺敬记。

一二　罢除太监制度

故珰归命不成侯，夹领金舆警卫头。
曾说天家通北寺，新廷竟罢大长秋。

中华民国四年十二月二十三日，政事堂奉申令："历代宫禁，沿用阉人，因供内廷使令，俾千百无辜之民，自处以久废之宫刑，永绝嗣续。揆诸尊重人道主义，岂忍出此！所有从前太监等名目，着即永远革除，悬为厉禁。内廷供役，酌量改用女官。应如何规定之处，着政事堂审议以闻。此令。"清西后垂帘时，项城刻意交通太监李莲英，故戊戌政变、岑春煊革职，莲英皆与项城密谋行之。后又交通小德张。辛亥事变，小德张日环跪隆裕前，泣报革军近逼北京，求保生命。隆裕震慑，下诏让国，约袁保全清室，实赵秉钧为画此策，重赂小德张云。帝制议起，小德张侄以赞袁有功，屡上呈折，求充洪宪宫中领班太监。项城曰："以刑余之人与闻国政，清代严禁，颁示祖训，末世阉祸，仍难避免，文明各国视为笑谈。予岂能舍强欧良制而从诸弱国之虐政乎？"遂下诏罢除太监，改用女官，选头等警卫桢扈跸辇云。

陈少白先生曰：岑春煊督粤，捕巨绅黎季裴、杨西岩等二十余人，有籍其家者，粤人悬赏十万金，谋能逐岑者酬之。少白手揭红标，知春煊与项城有隙，西后西幸，宠岑在袁上也。乃由粤人蔡乃煌谋于袁，又知西后痛恨康、梁，乃赂照相师将岑春煊、康有为、梁启超、麦孟华四像合制一片，广售京、津。由蔡挚巨金谒袁，转李莲英密上西后。西后阅之大怒，遂有调岑离粤之命。乃煌得上海道。少白获巨酬，以金办港省轮船公司。珠江码头，划归陈有，其家今尚食之。出此奇计，少白得有陈平之目。春煊知为像片所绐，自挚巨金求计于莲英，莲英又以西后扮观音，自扮韦陀，同坐一龛，上像片于西后曰："老佛爷何尝命奴才同照此像？足见民间伪造，藉观朝纲，从前岑春煊、康有为等照片，想亦类此。"西后对岑意解。后闻都司令岑春煊函龙郡王济光杀蔡乃煌，或曰："所以报东门之役也。"

项城僭帝时，以袁绍明乃宽为宫内大臣，其职位等于前清之总管内务府大臣。小德张之侄谋充领班太监。项城深知阉寺之祸，遂永远罢除太监制度，改用女官。闻当时女界请愿团代表首领安静生运动领袖女官甚力云。（长沙王祖柱补注）

一三　辛斋狱中遇异人

授易囚师消息真，牛金星后有斯人。
自言郭璞终皇极，讲见天心待杀身。

老友狄楼海序《学易笔谈》曰："海宁先生之于《易》，得异人传授。"一日问辛斋，辛斋曰：吾师知为何许人，但不自言姓氏，尝为白狼军师，人皆以异人称之。洪宪谋帝，予被捕三元店，锒铛入军政执法处，异人起迎狱中，曰："传人至矣。"指壁间旧书小字数行，令予观之曰："杭辛斋某年月日被捕于三元店，入狱某年月日。袁氏死败，出狱，某年月日。己身被戮在狱中，忍死一月，传《易》于杭辛斋。"辛斋览毕，跪而师事之，礼也。就狱中画地为卦，变象证爻，溯河图、洛书之原，寓悲天悯人之愿，讲见天地之心，明述性命之旨，博采诸家，解澈大义，兴衰治乱，简易发明。曰："此内圣外王之学，作《易》者其有忧患乎？卜蓍占验，尽余事耳。"大旨见予《述旨微言》，载予笔谈，皆一月中领受于吾师者。时届一月，吾师曰："后三日予就戮于某时，汝善传此绝学，儒家尚数，数不可逃也。邵康节《皇极经世》，最明是义。昔郭璞知某日诛死，其予之身世欤！"又曰："袁氏败亡，中国黄运告终，将来红运与白运、青运，混杂离合，共入黑运，所谓圣人不作，则漫漫如长夜。元遗山诗'血肉正膺皇极数，衣冠不及广明年’，不啻为黑运写照。”吾师宋、元诸家诗多能背诵，执法处长陆建章曾质吾师问袁休咎，吾师曰：“袁氏命终何日，予命终何日，尚何帝制之可言……云云。”梅九与辛斋同出狱，书事最实，辛斋《易楔传学》极赡。（成禹记于广州照霞楼）

书杭辛斋狱中受《易》事（河东景定成撰）

袁氏仇视异己，反对帝制持非议者，均在罗织倾陷之列。袁氏小站练兵时，曾纳辛斋为幕宾。一日漫为戏言，辛斋笑曰：“慰亭，汝将来必为皇帝。”袁亦笑曰：“我若为皇帝，必先杀汝。”及洪宪僭号之初，辛斋方谋南行，未果，即被捕于三元店，械送军警执法处。刚入囚笼坐定，同囚即有数人对之发笑。辛斋嗔问笑由，一人指同囚某告云：“君未入狱前三日，此位神仙已暗记于墙角上矣。”辛斋视墙角果有小字一行云：“杭某于某月某日被捕于三元店。”初疑为某即席所为，而某则正色告曰：“此定数也。某为白狼军师，被捕入狱，数当于某日死。尚有一月期限，合传《易经》微旨于君。”辛斋乃惊服。狱中无纸笔，某乃以指画地为八卦，告以要窍，并曰：“出狱后应多购古人《易》著，加以整顿。”辛斋受命惟谨，奉之为师，称为异人。逾月，异人果于所预知日期被戕。辛斋则于袁氏死后，与余同时出狱，告余以此段奇遇，托代为搜求《易》著。民六入粤，渠已购得三百余种，内有余代购数种。同人以虞翻曾讲《易》南海，邀辛斋步虞氏后尘，于时成《学易笔谈》三集，又拟成《易藏》，期与《道藏》《佛藏》相埒，惜志未竟而卒。

附录：杭辛斋《学易笔谈》述旨序言

《易》道至大，《易》理至邃。辛斋之愚，何敢妄谈！顾念吾师忍死犴狴，克期以待，密传心法，冀绵绝学，又曷敢自弃！丙辰出狱，爰搜集古今说《易》之书，惟日孳孳，寝馈舟车，未尝或辍。丁巳以后，国会蒙尘，播越岭峤，议席多暇，两院同人合组研几学社于广州之迴龙社，谬推都讲。计日分程，商兑讲习，虽兵戈扰攘，而课约罔闲，讲义纂辑，得书若干，名曰《易楔》。而晨昏余晷，切磋问难，随时笔录者，又积稿盈尺。同人艰于传写，乃谋刊印，厘为四卷，颜曰《笔谈》，盖纪实焉。己未庚申，由粤而沪，同志之友，闻声毕集，风雨一庐，不废讨论，以续前稿，又得四卷为二集。借阅传钞，恐多遗失，适前印之书，久已告罄，同人请合两集与《易楔》《易数偶得》《读易杂记》诸稿，均以聚珍版印行。始于壬戌八月，至十月抄《笔谈》八卷工竣，爰纪颠末，并述旨如左。(述旨条例繁多未录)

附录：侯官严复序《学易笔谈》二集

辛斋老友别三十年矣。在光绪丙申、丁酉间，创《国闻报》于天津，实为华人独立新闻事业之初祖。余与夏君穗卿主旬刊，而王菀生太史与君任日报。顾余足迹未履馆门，相晤恒于菀生之寓庐。时袁项城甫练兵于小站，值来复之先一日必至津，至必诣菀生为长夜谈。斗室纵横，放言狂论，靡所羁约。时君谓项城他日必做皇帝。项城言“我做皇帝必首杀你”，相与鼓掌笑乐，不料易世而后预言之尽成实录也。次年《国闻》夭殂，政变迭兴，遂相恝阔去。今夏偶于友人案头，获睹《学易笔谈》，云为君之新著，展卷如遇故人，携之而归，未暇读也。冬寒多病，拥炉摊书，阅未终卷，惬理餍心，神为之旺。而友人又致君意，谓二集亦已脱稿，乞为序言。自维素未学《易》，而君之所言，乃与吾向所学者靡不忻合。忆当年余译斯宾塞尔《勤学编》暨《原富》诸书，皆发表于《国闻》旬刊。修辞属稿，时相商兑，得君诤论，益我良多。今我顾何益于君之书，言之奚为？然声应气求，又乌得无言。呜呼！予怀渺渺，慨朋旧之多疏；千古茫茫，欣绝学之有托。述陈迹，证夙闻，亦聊况于雪泥鸿爪云尔。庚申冬日几道严复。

一四　阻止搬运三希堂碑

灵台帝子撤云旗，国宝珍藏恨石遗。

太息三希堂畔路，断痕一角补残碑。

项城败亡，黄陂继位，先在东厂胡同办理政事。袁氏梓宫，移往彰德，乃入居总统府。接收新华宫，洒扫宫事，派副官唐中寅任之。项城殡仪前行，袁家即捆载物件，络绎运出。唐中寅执行职务，派多人梭巡三海，监视公物。会见小工一队，杠碑多块，向新华门首途。逻者视之，三希堂碑也，即阻止搬运，飞告中寅。中寅至，而皇三子克良，亦由杠请来。中寅头对克良，大启争端，责其不应私运国宝。克良呵杠者起运。中寅曰："今日之事，非皇三子威权所能用也。"克良大怒，亲掷一碑，中断为二，再踣一碑，碎分为四，扬长不顾而去。中寅等鸠集碑工，重装置于三希堂原有碑龛。予赴居仁堂，询中寅当日夺碑情形，中寅用汉水土语答曰："诺，是我拦抢回来。诺，不怕他是皇三子。王子犯法，庶民同罪。诺，个宝毕（贝字土音）我已装好。"即牵予往三希堂观之。故三希堂墨宝，如有断碎痕者，即洪宪后之拓本也，历史鉴别家，所谓断代考证。按：断碎二碑，为三希堂《石渠宝笈》法帖第三十二册。明董其昌书大字后：（一）题跋，梁诗正等跋尾，断为二块。第十九行自碑眉断起，全行上节"精既已超越唐宋加以"九字，有没，有半存。至第九"以"字斜掠第二十行第十二"应"、十三"为"两字。又斜下第二十一行，侵及第二十二行"校勘"两字，直下碑角，中断为二。（二）乾隆御题诗，碎为四块。（甲）第八全行，大半碎没，由第八行第一字横过九、十两行各第一"博""魏"两字，斜下第十一行第三"游"字，再斜下第十二行第三"元"字至第十四行第三"章"字。折向上之本行碑眉第一、二"块""文"两字，碎为一块。(乙)又从第十四行“章”字斜上过第十五、十六两行第二“津”“隆”二字并列，至十七行第二“御”字下碎为一块。(丙)由第十四行“章”字直下，转回十三行第五“大”字碑角为一块。(丁)第十四行“章”字旁，直下分跨第十三、十四行碑脚“大沆”两字为一块。对证原新两拓本，即明大略。(录《后孙公园杂录》)

谭瓶斋(泽闿)先生曰：“鉴别三希堂拓本。分三时期：(一)乾隆期，碑刻完成，尚未装墙。每片四周无龙边。(二)嘉庆朝，上墙加饰龙边。后人欲诩最初拓本者，多将龙边裁去。(三)则洪宪后之断碎拓本也。”

予问最初拓本，何以无乾隆御制诗？曰：“恐系嘉庆后加刻者。”(成禺记)

一五　陆子歆任国务卿

绿编夹竹黑蜷梅，小市移根上苑栽。
伴食从容洋宰相，下斜花角检花来。

陆子歆徵祥，前清充荷兰公使。出席海牙万国和平会，甚有声誉。民元为外交总长。民四徐世昌辞职，继任国务卿。夫人法兰西籍，饮食起居，衣物交际，全尚欧风，从容伴食，毫无主张，京师呼为洋宰相。项城锐建帝国，以徵祥久历外交，折冲强欧，承认较易，故有国务卿之命。徵祥忽习华俗，求通声气，上结大储君，次交诸皇子。一日，克定语陆，谓白梅、绿萼梅、黄梅、红梅均易搜求，黑梅向所未见。徽祥乃亲往小市下斜街寻购，一无所获。后由老花匠用染色法，拗出墨梅二盆，呈献克定。又恐获罪克文兄弟，又拗数盆，各赠其二。京师为谚云："陆子歆确是和盐梅调羹手，惜其中无点墨耳。"子歆忽于民国十四五年，在比京白鲁塞欧德圣安天主堂受洗礼为相公，修道八年，晋升司铎。去岁沪市长吴铁城曾电比致贺云。（录《后孙公园杂录》）

陆子歆生有异鼻，嗅觉灵捷。幼时入塾读书，天晴无云，彼独携雨盖，同学见之匿笑。散学归，中途大雨，诸生衣尽湿，子歆有雨盖，无恐。诸生询其故，子歆曰："予鼻能测雨晴，故先预备。"或曰："今日大雨，何时能休？"子歆出户外望远山烟树，细嗅四周雨气曰："明午雨霁日出。"果验。群以晴雨表呼之。（录《名人小记》）

一六　捕北海鱼

雁翅湖楼障帝居，平明金鼓动红蕖。
眼看故府歌钟歇，绿水蘋花唤卖鱼。

项城仿前清神虎营、火器营典制，练虎贲军，自为团长，即通称之御林军。军容全师德制，骑兵长矛银盾，红缨纷披四垂，有二矛重翘重缨之意。步兵荷银枪，枪端饰以朱缅。带长刀，刀柄镂金龙，离离下缫者，则黄丝五纵，奋鬣九葩，陈虎旅于飞廉也。军服领袖，蟠缀黄带金较，藉昭等级。军官则星弁玉徽，色上黄而品呈五色。每晨先在北海操练，项城出居仁堂，过金鳌玉蛛桥，莅北海黎明督阅。圣容罔倦，驻跸雁翅楼，称大元帅行帐。皇帝戴鹭冠，倚神剑。属车之簉，是为副官，皆中少将级。前仗清尘，金鼓竞奏，长呼万岁者三。于是千乘雷动，万骑龙趋矣。项城宾天，北海楼台，鞠为茂草。冯国璋入继总统时，北海禁人游览。其嬖人李某，异想天开，殃及池鱼，说国璋曰："三海鱼类，可值十万金，明、清以来，未施网罟，是为总统私有产。"国璋乃令某招商捕鱼，议价七万元，网得明嘉靖金牌放生鱼一尾，某使馆出重价购去。回视洪宪时代，雄风何在？诵老杜"昆明池水汉时功，武帝旌旗在眼中"之句，俯仰今昔，为之黯然。天门周沈观先生树模，曾赋《三海卖鱼歌》长句，其诗曰："金牌鱼，白质黑章尾鬣朱。子孙卵育三海水，珠泉吸引昆明湖。人间钓饵不敢到，那来鱼者施网罟。夜半藏舟负之走，天池神鲤俱成俘。金牌深刻"大明嘉靖"字，想见厥初亦王余。一朝斗水不能活，垂五百年遭毒痡。白龙宛颈困豫且，老龟就烹桑已枯。吁嗟乎！脍肝吞胆人为鲜，一网尽此犹区区。"

周沈观世丈曰："闻府中旧人语，洪宪时，豫省进黄河鲜鲤，项城择巨鲤重二十余斤者，翅贯银环，环上镌'洪宪'字，放生三海。"予诗初有"银环贯鬐亦镌洪宪号，其鱼未获难为书"之句。此次捕鱼所获，以明嘉靖为

最早，铜环未刻朝代者，亦有数尾。洪宪银环鱼，未见捕，故删去此韵云。（成禺记）

一七　礼遇清室

归领新朝玉凰姿，九阍叩表最先驰。
斜阳西苑多芳草，谁为王孙赋黍离。

清贝子溥伦，道光嫡长曾孙，皇次子奕纲之长孙也。大阿哥溥儁，为皇五子惇亲王孙。宣统溥仪，为皇七子醇亲王孙。轮次立长，清皇帝应以溥伦继位。清室有代表传统资格者，厥为溥伦。项城常谓大总统政权，为清室禅诏直授，并非取之民国。参政院成立，首任溥伦为参政，即寓权由清室移让之意。

帝制议起，清室惧优待条件随同消灭，曾一度派溥伦、世续谒项城正式谈话。故四年十二月十六日令曰："政事堂呈称，准参政院代行立法院咨称，准清室内务府咨称，本日钦奉上谕：前于辛亥年十二月，钦承孝定景皇后懿旨，委托今大总统，以全权组织共和政府，旋由国民推举今大总统临御统治，民国遂以成立。乃试行四年，不适国情，长此不改，后患愈烈。因此代行立法院据国民请愿，改革国体，议决国民代表大会法案公布。现由全国国民代表，推定君主立宪国体，并推戴今大总统为中华帝国大皇帝。为除旧更新之计，作长久治安之谋，凡我皇室，极表赞成等语。现在国体业经人民决定君主立宪，所有清室优待条件，载在《约法》，永不变更。将来制定宪法时，自应附列宪法，继续有效。此令！”

项城元旦登极，清室特派溥伦为清室全体代表钦命大使，用敌体国书贺洪宪大皇帝行即位礼。群臣朝贺礼成，首由大礼官黄开文、荫昌引伴溥伦恭入正殿，礼乐齐鸣，卫侍敬肃。项城升御座，溥伦中立，宣读清室国书。项城起立，亲手接受。文用“逊清大皇帝敬奉两宫圣谕，特派宣宗成皇帝嫡长曾孙溥伦为全权大使，代表清室全体，恭贺中华帝国大皇帝洪宪元年元旦行皇帝即位盛典”云云。礼成，大礼官趋承御座，捧项城颁示皇诏退交溥伦。溥伦行三鞠躬礼，退出。诏曰：“逊清宗室溥伦，先朝嫡裔，宣庙冢孙，神女之胤，玉凤之姿。兴灭继绝，特颁五锡之荣；受命承天，不废三恪之礼。方之辽裔楚材，宋裔孟頫，忠荩宠笃，先后媲辉。掌领皇言，群僚冠冕，识从帝运，首美丝纶，归命勋功，殊堪嘉尚云云。”或曰：“诏文出知制诰王式通手笔。”《顺天时报》载蒲圻覃寿堃诗“怀宝来陈璧，迎銮诏溥伦”，即咏此事。当时驻京各使馆，对外交部不用公文，只用函开，且书中华民国，虽外交部函请各国公使元旦入贺，无一回复，以与国大使体制入贺洪宪大皇帝登极典礼者，只逊清溥伦一人。群谓兆头不吉，洪宪运命，恐与宣统先后媲美矣。（录《后孙公园杂录》）

一八　刘喜奎

骡马街南刘二家，白头诗客戏生涯。
入门脱帽狂呼母，天女嫣然一散花。

帝制时期，自命帝党者，荟萃都下，皆捧坤伶。中和园虽有富民三友（竹友、兰友、菊友）、恋马小进（骏声）吞金之金玉娘，而刘喜奎色艺实领王冠。名士如易哭厂、罗瘿公、沈宗畸辈，日奔走喜奎之门，得一顾盼以为荣。哭厂曰："喜奎如愿我尊呼母，亦所心许。"或曰："是非汝《绿树荫》中之老妈乎？"喜奎登台，哭厂必纳首怀中，大呼曰："我的娘！我的妈！我老早来伺候你了。"每日哭厂必与诸名士过喜奎家一二次，入门脱帽，必狂呼："我的亲娘，我又来了。"喜奎略通文墨，后拜哭厂为师父，日习艺文。喜奎曰："易先生见面呼我为娘。我今见面，即呼彼为父，岂不两相作抵？"瘿公曰："现在皇帝要登极，你也可以为皇后坐殿。"喜奎曰："恐怕皇帝不成，皇后也被金兀术掳去了，岂不呜呼哀哉！"人谓喜奎识见，远胜颂圣诸公。喜奎日与哭厂、瘿公诸名士往还，诗句文字，颇能着笔。其刻入诸文人集中者，想系好事名士大加润色。喜奎色艺，名动一时，慕者愿罚十五金易一吻。后嫁参谋部科长崔承炽，未几崔殁，喜奎闭门守孀。民国十七年，报传北平安定门谢家胡同崔宅，盗劫崔

府孀妇姨太太崔刘氏金珠银钞万元，是时尚空房独守也。（录《后孙公园杂录》）

附录：东莞张次溪《珠江余沫》述刘喜奎事

歌女刘喜奎者，小字桂缘，南皮人也。少孤，从邻媪以为活。其地多习歌曲者，喜奎间杂于众小女儿中习之，颇能肖。乐师商之媪，列诸门墙。喜奎自是力学不倦，未几能歌二十余出。乐师携之津门登台献技，旋从名伶侯俊山、金月梅游，艺大进。之申浦，名乃大起。

喜奎幼慧甚，喜书翰，及其名日高，名流多喜近之。喜奎亦自喜，从之问业，学乃益进。后复从易实甫学诗古文辞，所作多可诵。尝读其《见志诗》八首云：

愁愁喜喜数经春，欢喜登场愁是真。
半幅鲛绡数行泪，须知侬是可怜人。

儿家身世已堪悲，自作春蚕自缚丝。
无那春风怕回首，眉峰不是去年时。

台空玉镜今难卜，宫守丹砂只自修。
谁解碔砆溷珠玉，银河皎皎泪空流。

谁云石上有前因，离合悲欢假作真。
领略者番滋味苦，懊侬原是过来人。

兰闺怕写相思字，写出相思恨转多。
君试去看秋夜月，白云无滓隔银河。

同心不语情能达，知己相期泪暗弹。
一样痴情关大节，休将路柳负婵娟。

人言侬有倾城貌，自愧家无负郭田。
棠桂不花椿早萎，拚将色相奉灵萱。

由来一样琵琶泪，弹出真心恨转深。
红粉青衫共惆怅，怕君听久亦伤神。

喜奎于诗外复工为词，尝见其和李易安《醉花阴》原调填《重阳词》二阕云：“不敢题糕辜永昼，吾宗梦得斯犹愧。侬也何人敢贡词，（摩诘九日诗意，侬亦同此感。）歌舞归迟，（昨夕奏曲于三庆、庆乐二园，几不知此日为重九佳节。）冷浸秋衫透。　安能献赋群公后，（子安云，登高作赋，是所望于群公。）换得诗盈袖。命薄似黄花，相对无言，花也如侬瘦。”“桓景登高曾此昼，厄难消诸兽。（桓景登高，夕还家，鸡犬牛羊皆暴死，长房曰：“汝家灾，渠代之矣。”）畴是费长房，黄菊光阴，（长房谓景曰：“汝家九日有灾，令家人臂系茱萸囊，登高饮菊酒。景从其言，果得免。）为我先参透。　谁张高宴彭城后，剩酒痕沾袖。说甚世之雄，戏马台空，人倚西风瘦。”

喜奎之色既甲天下，其艺尤冠一时，故为喜奎倾倒者，大有人焉。其时旧都名流，多谱新词以相赠，甚者组党结社以相持。某党某社之成，皆藉以博喜奎一粲耳。自是不免有竞争之举，然非喜奎之所愿也，故作书以自白。书曰：

喜奎一弱女子，上有寡母，下鲜兄弟，孤苦伶仃，无所依恃。不幸而操业伶官，藉卖艺以为奉养计，牺牲色相，沦落风尘，其遇亦可哀矣！入都以来，荷承都人士怜惜，揄扬贬责，各臻其极。虽毁誉殊途，然为怜惜喜奎，俾喜奎日进于善之心则一也。喜奎得此，曷胜感激！乃不图以此之故，竟兴笔墨之争。浃旬累月，愈演愈烈，此往彼来，疲神劳力。烟云郁以惨淡，楮墨黯然无光。争雌雄、竞胜负之概，诚恐欧洲今日之血战，亦无逾于此也，果何为哉！果何为哉！得毋与君等怜惜喜奎之初心相背乎！君等诚怜惜喜奎，而无他心，则均不应出此。悠悠毁誉，在古昔君子大人，曾不以此动其心，易其行，而况喜奎一弱女子之微且贱乎！君等休矣！

夫喜奎自喜奎，喜奎无可奈何而业伶，藉卖艺以博资，此喜奎之分也。喜奎唱戏，君等听戏，是喜奎之不幸，而君等之幸也。其他之事，固无系于喜奎，亦何与于君等？其或为美，或为恶，或为喜与不喜，皆喜奎所自有之，君等胡不惮烦为之呕心血、绞脑浆、哓哓叫嚣，一至于此哉！喜奎诚不肖也，誉之者又安足以为喜奎重？喜奎诚非不肖也，毁之者又安足以为喜奎损？无当之誉，无当之毁，其失均也，智者弗为，君子弗许，君等今日之争论，果何为哉！其或以春日方长，无事可作，聊假是以消磨岁月乎？其或以喜奎为一弱女子为可欺，视为消遣之材料乎？信如是，则君等大误而特误矣。夫吠影吠声，无礼之毁，固喜奎所不任受；即评姿评色，轻薄之誉，亦喜奎所不愿闻，君等其可以休矣！喜奎生不逢辰，不幸为女伶，君等遂得如是而誉之，如是而毁之，脱令生长名门世胄，君等试思能如是誉之、毁之乎？即君等家中妇女，亦能任人如是誉之、毁之乎！如曰能也，则君等更何誉于喜奎，更何毁于喜奎。如曰不能，则由前之说，君等为势利；由后之说，君等无恕心。喜奎亦人子也，不过遇蹇耳。本正当之人道主义，怜惜一孤苦伶仃之弱女子，天理也，良心也。若君等今日之所为，直以喜奎为君等之赌胜物，喜奎不足惜，其如君等之良心何！设犹长此不休，则君等直人道之罪人而已。

顾或谓君等类皆嵚崎磊落之士，志不得遂，才不得展，抑郁无聊，遂出此无聊之举，夺他人之酒杯，浇自己之块垒，藉一弱女子之喜奎，以泄胸臆中不平气，是则喜奎可以为君等谅！但喜奎又不禁深为君等惜，更深为君等羞也。夫志不得遂，才不得展，潦倒平生，徒呼负责，此宜为君等惜。然志不得遂，缘无可遂；才不得展，缘无可展，此宜为君等羞。嗟呼！风云日恶，国步艰危，使君等果怀爱国大志，济世高才，则值此存亡攸系、千钧一发之秋，奔命救死之不遑，宁有余暇为喜奎一弱女子呕如许心血、耗如许精神，以事此无意识之争论哉！君等非昂藏七尺之伟男子乎？急公义、赋同仇，今其时矣！大好头颅，幸勿辜负。君等纵不自惜，喜奎为君等惜之；君等纵不自羞，喜奎为君等羞之。呜呼！君等若再不猛省回头，急起直追，尽心瘁力于国事，则君等又为国家之罪人矣。

喜奎久怀漆室之忧，未继木兰之志。怅古徽之已渺，念后起其何人。满目疮痍，望河山而陨涕；一城风雨，抚身世以兴悲。是则喜奎又自惜自羞不暇，复为君等惜，复为君等羞也。宇宙茫茫，我忧孔多。胡帝胡天，至于此极，呜呼噫嘻！喜奎尚有一言为君等告，夫婚姻自由，国有明令，此神圣不可侵犯之主权，而竟有某某横施以干涉之词，破坏法律，蔑弃人道之罪，某某其能免乎？抑主持舆论者，固应如是乎？其他污蔑私德之事多端，喜奎自问无他，故亦在所弗计。然以为若是之人，而亦厕身舆论界，喜奎虽不肖，亦为我大中华国之舆论界放声一哭也！

夫喜奎嫁与不嫁，果何与于人事，若以某某类推，漫京津间无一可嫁之人，即谓举世无可嫁之人可也。喜奎谨矢言，非得上马杀贼、下马草露布、光明磊落、天真烂漫之好男儿而夫之，宁终身不嫁。苟得其人，虽为之婢妾，亦所愿也。至若权豪纨袴之子弟，以及金玉其外、败絮其中之小白脸，咬文嚼字、纯盗虚名之假名士，喜奎固早尘土视之矣！知喜奎者，其惟此乎！罪喜奎者，其惟此乎！

一九　争要路费

金尽床头有甲兵，春灯鱼鸟待承明。
昨宵错唱共和字，万岁科呼第四声。

请愿代表团第三次请愿推戴书上后，项城有颁布承认帝制之令。上书代表招待经费，均由孙毓筠料理。于是开全体代表大会，翌晨齐集于新华门，跪求皇帝，即时正位，三呼万岁散会。有佥事汪立元者，宣南俱乐部主理人也，误呼“中华帝国万岁”为“中国共和万岁”。会员提出质问，论汪立元如何受罚。立元自认明晨集新华门，群唱“中华帝国万岁”三声后，敬受科罚，一人长跪，再独唱“中华帝国万岁”一声。翌晨请愿代表鱼贯排列，跪集新华门外广场，欢呼“中华帝国万岁”三声毕，立元起立，矩步前行，直跪新华门砌下，大呼“中华帝国皇帝万岁！万岁！万万岁”一声。洪宪开国，四呼万岁，京师报纸，传为美谈。礼毕，回请愿代表总会，孙毓筠宣布各省代表诸公任务已完，每人送路费百元，远省二百元，请暂返本省，朝廷如有需要，再行召集。群祈增费，毓筠不允。众乃大哗曰："我们也不是虾子灯、螃蟹灯、凤凰灯、脚鱼灯，由你迎来迎去，大家抬你做龙灯头，我们连龙灯尾巴都彀不上。今日事不解决，都不出门。"毓筠奔入卧室，闭户不理。群众狂骂，继以毁物。毓筠以电话调警察宪兵，维持秩序。群众益怒，谓天兵来到，也要加费，区区军警，岂能威吓。毓筠曰："领款用罄，岂能骤办？"群众曰："这真是床头金尽，就认不得客人了！"当时军警麇集，莫可如何。后经朱启钤等出面调停，每代表加路费二百元，轇轕遂寝。当时有效吴宝崖《龙棚》词歌咏其事者：

灯火樊楼盛凤城，挥金斗巧彩光生。
诸公善舞龙灯手，万岁长呼第四声。
禽鱼花鸟闪金绳，万事过如走马灯。
只笑上书人太浅，龙棚有路不同登。

（录《后孙公园杂录》）

二〇　选注兵法

颁示兵谋主变权，亲评孙子十三篇。
神翰押阅多波磔，命注恭书夏寿田。

项城一日阅严复进呈《居仁日览》，所译欧洲大战，德国扁头将军米勒大胜于东战场，元帅兴登堡大捷于西战场，席卷黑海诸国，如败叶之遭疾风，喟然曰："德军战略，其通孙子九变之法乎！明计算，谋攻执，先虚后实，如转圆石于千仞之山，皆吾国孙武子之兵法。欧洲今日大战，不啻为《孙子十三篇》演用其学说，始于计而终于间，国人万不可数典忘祖也。"于是命内史夏寿田，选注《孙子十三篇》。以《孙子十三家注》为干，旁搜他家，采掇精要，选注九十一家，曰曹公、曰杜牧、曰王皙、曰梅尧臣、曰孟氏、曰张预、曰李筌、曰何氏、曰杜佑、曰陈皞、曰贾林。注以曹公为主说，楷书正体，逐条附注，每缮一篇，先呈御览。项城于篇尾，书一阅字，即成钦定本，上石付印。寿田工书，此册笔法遒劲，较清代朱珪等奉敕所书乾隆《全韵诗》各种书法，行格一致。设再恭对殿试策，仍当进十本头，备三鼎甲之选也。项城所书"阅"字状类虎形。(录《后孙公园杂录》)

项城少时跅弛不羁。尝率儿童箕踞于所居屋上遗大小便，家人苦之。虽习为举子业，而性躁不能入。固始张星炳字叙墀，光绪丙子翰林，曾充项城业师。其举贡生则受知陈州知府吴重熹，惜不知提督学政者为何人。吴字仲怿，山东海丰人，累官至河南巡抚，盖项城推毂之力也。(长沙王祖柱补注)

二一　朱瑞奉诏

彤亭鼓吹扣黄泥，点染西湖春日西。
爵帅谢恩天使语，旌旗杨柳白苏堤。

项城称帝时期，以辛亥革命资格而坐镇东南者，浙江最为忠顺。浙江将军朱瑞封侯爵，巡按使屈映光加封伯爵。同城有侯伯，浙江实异数也。项城优待朱瑞，颁赐有差。朱瑞太夫人六十寿辰，项城特派鄂人万德尊为钦命大使，颁赐“福寿”字两个，诰封一通，首押皇帝之宝，寿诏一轴。德尊莅杭，朱瑞跪接于车站。各件用黄泥扣封，肩以黄亭彤柱，八人杠之。德尊高乘紫舆，朱瑞后随，全城文武齐集拱待，礼骑清尘，军乐叠奏，旌旗飞动，直趋爵府。西湖江山，锦绣衣被，不减钱武肃王受诏时也。入爵府，升礼堂，天使捧诏诰中立，朱瑞具香案，先谢圣恩，请圣安。天使读诏，朱瑞捧听。读毕，再谢圣恩。天使入见太夫人，行祝嘏礼，宣布皇帝德意，太夫人亦谢恩。礼成，金鼓齐鸣，鸣炮二十一声。圣诏贮龙盒，悬呈正楹，文武百官，均入致贺。杭人谓自乾隆皇帝南巡后，未有如此次礼仪隆重尊树威严者。闻诏语中有“浙江瑞武将军侯爵朱瑞，忠贞荩忱，朕实嘉尚，东南半壁，倚为长城，其表异群流，皆由太夫人所教导”云。当时呼朱瑞为朱虚侯，曰侯而不实，得侯何用？或曰不能安刘，终归于

虚无缥缈之乡耳。以上情形，万德尊述。并云“天使之言”。（录《后孙公园杂录》）

二二　瀛台赋诗

早发金鳌玉蝀桥，朝臣赐宴赋琼瑶。
当年圣雪飞三海，剩有瀛台水一条。

黎元洪迁出瀛台，项城以该地为宴集群臣之所，铺陈特丽，古称琼华岛也。康熙、乾隆屡赐朝宴于此，赋诗纪盛。故清初诗家纪宴之作，载在专集，触目皆是。项城常曰：“清代文治武功，以康熙、乾隆为最，谋国者当师其政。”项城不重文事，胡为幸瀛台而觞咏雪天乎？当日大雪，项城诗思忽动，召帝制诸老辈文人，赐宴瀛台，赋诗纪瑞。项城首唱，群下推樊樊山为祭酒，恭坐项城之下。如易实甫、王书衡、郭曙楼、吴向之、夏武夷、杨哲子等以次列坐，各赋恭纪诗。诗成，随意游园，明日都下各报，争载诗章。与宴者纂《瀛台赐宴恭纪》一卷（原诗续录）。乌乎！瀛台历史，中凡三变，自清西太后幽光绪于此，夜抽吊桥，日进玻璃粉，曾广銮为护卫大臣，曾告人曰：“皇上每食，手颤视碗，对予而泣。”再由项城软禁黎元洪，严察其出入，幸因帝制外迁。今则环绕华岛，有水一条，瑞雪年年，赋诗之雄风何在？诵曹孟德“月明星稀，乌鹊南飞，绕树三匝，无枝可依”句，不禁为袁氏诸

子生今昔之感也。（录《后孙公园杂录》）

附录：瀛台赐宴游园记恭纪（隐名）

今上登极之前一月，召集奉进诸臣，赐宴瀛台。仿前清仁庙、纯庙旧典也。瀛台宴集，首由今上赋诗，群臣敬和有差，刊《瀛台赐宴恭纪诗》一卷。当时列宴诸人，纵游中、南两海。际快雪之时晴，抄宜春之帖子，赓飏圣世，荣记蓬瀛，一楼一阁，一石一树，一额一题，一山一水，罔敢遗漏。其词曰：自辽、金、元、明、清历史名胜，首推三海。三海者，北海、中海、南海是也。有清一世，凡兹皆属游幸范围，宫禁森严，门墙千仞，非参与内廷游赏者，不易至也。鼎革而后，中、南二海划为公府办事区域，居者又从而点缀润饰之，踵事增华，变本加厉。今逢景运，气象更新，其泉石山林之胜，洵超北海而上矣。

南海一名太液池，形圆，广袤可数里，水澄清为三海冠。入新华门而东北，即其东岸，先为土山，次为藏舟室，次为藏书楼，再次为日知阁，而东岸终矣。阁前有鱼乐序，驾石为梁，因山成洞，曲折纡回，以达流水音。自此而西，即为南海北岸，鱼乐序中有额曰“个中自有玉壶冰”，盖清高宗所题也。又有诗云：“通闰今年春立迟，负莺三候尚非时。不须庄惠闲争论，冰底游鱼乐自知。”亦是高宗御笔。流水音以青石缀成，中通以水，水动则音生，然年久石坏，今不闻水声矣。皇二子抱存曾修禊此地。过此以往，有韵古堂，又西过白石桥，有《人字柳碑》三面。皆刻以诗，后刻《柳赋》（长不录）。诗云："人字低临太液池，栽培谁办永宣时。居然后老同彭祖，未觉先零傲悦之。春景青曈仍望望，秋风绿发故丝丝。世间松柏翻难并，得地迟年亦可思。"又云："税枯和淖向妍韶，遗迹独堪指胜朝。太液池边人字柳，春来还发旧时条。"又云："液池一例照芙蓉，袅袅柔丝濯濯容。设曰人应登列传，《晋书》曾见有王恭。"亦皆清高宗笔迹也。又西为仁曜门，折而南，经石桥驰道以至瀛台。瀛台者，本南海中一小岛，清孝钦后幽德宗之处也。其中屋宇，各有专构，瀛台特其总名耳。拾级而登，最北为翔鸾阁，左右有瑞曜、祥辉二楼，次为涵元殿。后楹悬一联曰："鸾奏八音谐律吕，凤衔五色显丝纶。"前楹悬一联曰："昼永窗琐闲，竹边棋墅；日迟帘幙静，花外琴声。"风流潇洒，异乎台阁体裁矣。殿东西有藻韵、绮思二楼，二楼南驰又附以景星、庆云二殿，而接于香扆。香扆者，涵元南向之正殿也。过此而南为蓬莱阁，高瞻远望，雄视八荒，而碧浪清波，苍然入望，尤有近水楼台之妙。阁前立长木一方，高可半丈，广尺有咫，色棕黄，弹之铿然，声出金石，所谓木变石古迹者也。又前为迎薰亭，南临太液，北枕蓬山，独立凭栏，风烟入化，佳景也。然至此而游鞭又当北转矣。亭中有额曰："顺时育物。"诗赋亦多，今节录数首于下。《太液池观荷》云："宿雨初收太液池，红花总是出尘姿。巧逢鸣跸旋清禁，似向人言正好时。迹久泥深花最稠，西池原在帝王州。人间如复才君主，应是八元八凯流。香霞难想檀兮麝，文锦何妨绿与红。切恨春明真梦语，独教佳景让秋风。”又《瀛台泛舟观荷》云：“朝来骤雨打新荷，雨后拿舟赏若何。白闪露光飞上下，红湔霞影舞婆娑。风翻露盖深还浅，雨洗红妆正复欹。宝月楼头回看好，分明宜画又宜诗。”自亭北转分为东西二道，东道有春明楼、镜光亭、物鱼亭，西道有湛虚楼、长春书室，而皆林木参差，泉石幽邃，层楼探碧，飞阁流丹，极人工意匠之巧。瀛台于是以名胜闻，然当高宗之经营施设时，不料数传之后，一变而为若孙之幽囚地也。更不料荆棘铜驼，河山改色，鞭丝帽影，再一变而为吾人游赏之资也。物无穷而不变，感人事之沧桑，皇运重开，吾人又变凭吊而为赓颂矣。

自仁曜门西行，有丰泽园，园边有亭，额曰：“荷风薰露。”更西为静谷，悬有联云：“胜赏寄云岩，万象总输奇秀；日阴留竹荫，四时不改茏葱。”过谷至一拱门，前额曰：“苍蔚适于幽处合。”附以联云：“悟物思遥托，悦心非外缘。”门后额曰：“硿砑每与望中深。”盖与前者对照也。亦附以联云：“芳径缭而曲，云林秀以重。”数联皆高宗所书，即事成辞，甚为工切。此中景物，观此可思过半矣。入门西行而南转，首为芳华楼，自此而北为石室，室方仅盈丈，皆以石构成，中置有铁质金匮一，又北有亭额曰“薰圃珠泉”，再北经霓萦绣栌、平湖漾绿二室，以抵卍字廊，此廊形似卍字，而四周曲折加多。廊下流泉，澄清如镜，抚晨对景，欣然久之。绕廊东转，至春藕斋，此地为大总统办事处，前后皆绕以清流，宽敞幽澹，自远尘俗。由斋北上出宝善门，至居仁堂，堂为西式，即大总统起居处也，今上居之。堂左偏有小房，一壁悬张九龄《千秋金鉴》，内史臣王寿彭、郑沅等奉敕恭书者。其下层内楹有联云：“雉尾烟明，三宵扬丽旭；螭头香动，万字篆祥云。”其上层外楹有联云：“水木清华开福地，星云纠缦丽中天。”后于墙端钳以“千栾交绮”四字，据地之雄，钩心斗角，其现象或如所云耳。又堂西有楼曰高芬远映堂，东有廊曰水木清华。

由廊而东，出宝华门后，穿园林而北，则中海俨然在望矣。中海形长，随堤造景，台榭鲜明，亦称胜地，惟比之南海，不无稍逊矣。背海而西进宝光门，转北为景福门，有一联云：“瑞协珠躔，琼宫辉紫气；祥凝玉陛，璇极拱丹书。”进门即怀仁堂，大总统会客处也。内分三厅，悬有联云：“松栋焕云霞，瑞图修景；蓬灵开日月，仙境年长。”又云：“旭日光临，锦原开百福；彩云辉映，金镜烛三台。”东厅额曰“绮兰晨露”，有联云：“凤苑驻花光，春涵湛露；龙池迎柳色，晴获祥云。”西厅额曰“光绚春华”，亦有联曰：“五色云英，瑶阶滋秀草；千年露实，玉篚献蟠桃。”其中金碧辉煌，丹青黼黻，雍容华贵，气象万千，固盛世君臣之所盘桓也。出宝光门而北，以迄于紫光门，皆是中海西岸，而中海之景亦终矣。林木半间，霜风冷落，无足述者，惟岁寒松柏，苍萃参天，差足点缀此锦绣山河耳。有清一代，一二品大员及南书房入值者，交通苏拉，得畅游观。今上一视同仁，他年禁地，定有与民同乐之惠也。敬记。

二三　袁抱存和薛丽清

夜入深宫强定情，教坊南部旧知名。
筵前垂泪谈天宝，身是当年薛丽清。

袁抱存最喜彩串昆剧《千忠戮·惨睹》一曲，故号寒云，以建文自况。寒云学戏于常州赵某，在江西会馆，粉墨登场，串唱《八阳》一幕，苍凉悲壮，高唱入云，大有忧从中来不可断绝之况。其唱〔倾杯玉芙蓉〕“收拾起大地山河一担装，四大皆空相，历尽了渺渺程途，漠漠平林，垒垒高山，滚滚长江。但见那寒云惨雾和愁织，受不尽苦雨凄风带怨长。雄城壮，看江山无恙，谁识我，一瓢一笠到襄阳”，慷慨激昂，自为寒云之曲。唱至“恨少个绿衣使鼓骂渔阳”，声泪俱下，目眦为裂。坐客肃不闻声，愕顾左右，主张帝制者皆垂首有忸怩之色，甚矣诗歌之感人深也。

寒云自书联语云：“收拾起大地山河一担装，差池兮斯文风雨高楼感。”一用《千忠戮》，一用义山诗，抱存自存怀抱矣。抱存自号寒云，而名其爱姬雪丽清为温雪。薛丽清，亦名雪丽清，南部清吟小班名妓也。身非硕人，貌亦中姿，而白皙温雅，举止谈吐，苏产中诚第一流人。抱存惑之，强纳入宫，非所愿也。故寒温腻语，终成冰炭。寒云诗中，美称雪姬，其标题如《丁卯秋偕雪姬游颐和园泛舟昆明》之类。温雪醉心豪贵，决非厌倦风尘，寒云置之山水之间，同享清福，未免文人自作多情矣。卒以身恶拘束，出宫求去。

民国五年秋，曾来汉口，寓福昌旅馆，重树艳帜。《汉南春柳录》记雪丽清谈天宝遗事一则甚详，其辞曰："予之从寒云也，不过一时高兴，欲往宫中一窥其高贵。寒云酸气太重，知有笔墨而不知有金玉，知有清歌而不知有华筵。且宫中规矩甚大，一入侯门，均成陌路，终日泛舟游园，浅斟低唱，毫无生趣，几令人闷死。一日，同我泛舟，作诗两首，不知如何触大公子之怒，几遭不测。我随寒云，虽无乐趣，其父为天子，我亦可为皇子妃，与彼同祸患，将来打入冷宫，永无天日。前后三思，大可不必，遂下决心，出宫自去。且历代皇帝家中，皆兄弟相残，李世民则杀建成、元吉，雍正皇帝杀其兄弟多人。克定未做皇太子，威福尚且如此，将来岂能同葬火坑？不如三十六着，走为上着之为妙也。袁家家规太大，亦非我等惯习自由者所能忍受。一日家祭，天未明，即梳洗已毕，候驾行礼，此等早起，尚未做过。又闻其父亦有太太十余人，各守一房，静待传呼，不敢出房，形同坐监。又闻各公子少奶奶，每日清晨，先向长辈请安，我居外宫，尚轮不到。总之，宁可再做胡同先生，不愿再作皇帝家中人也。”按：以上各语，系雪丽清在汉所谈，《春柳录》管君所记，始知愿身事谈诗谢茂秦者，乃古今真奇女子也。（录《后孙公园杂录》）

二四　方士之言

包括福星高四围，小山补筑对园扉。
秋来丛桂花争发，不见青龙白虎旗。

日者绍兴郭某语克定曰：“南海位置，上应天躔，青龙白虎，朱雀玄武，四围包括，理气井然。以峦头论，青龙方面，似嫌微弱。南海丰泽园朝南，天子当阳，宜为正殿用身。园左小山，培土使高，则左有青龙，右有白虎，自然包括福星高世度矣。”于是刻日鸠工，将园左小山，加筑一丈，高于右方。青龙白虎两墙角小山上，均设瞭望台，每逢星期日，高悬青龙、白虎二旗，为园中厌胜之征。洪宪消亡后二年，遇郭某于沪上，询其丰泽园青龙培高，何故不灵。郭曰：“青龙本身既弱，虽刻意增高，终属假造，假者不可乱真，是以为虚伪无益，反徒有害。白虎当头，青龙其能久乎？予亦不过漫为计划耳。”（广济郭泰祺说事）

二五　袁克定倾心帝制

离宫重筑住汤山，密使商量日往还。
皇大储君皇二子，空留玉印在人间。

洪宪帝制，以克定为中心，杨度为祭酒。外挟德皇之劝告，浸说其父；内率臣工之学说，伪表人民。德师大捷，项城益惑，他国又从而愚弄之，所谓外交无问题也。克定初退汤山，日与杨度往还密议，络绎载途，操纵发放，种种演出，杨度言论，代表克定。京师为之谚曰："多谢当炉袁大嫂，汤山圈里喂黄羊。"袁氏诸子，克定称为皇大储君，克文称为皇二子，各镌玉印。书翰启用"皇二子"三字，克文所书联条多用之。皇大储君，则克定用押密件，常简另章，故外间流传绝鲜。（录《后孙公园杂录》）

二六　"走狗"言志

短簿斜侯莽大夫，戴盆郁郁叹新乎。
缘何置酒来今雨，谈笑喧传走狗图。

筹安会六君子，都下皆征引史传，各上隐名，适合汉、晋以来篡弑称帝献符佐命之勋。如湘潭杨度，则称为

"莽大夫"，扬雄作赋终投阁也。仪徵刘师培，则称为"国师"，刘歆所学不类父向也。寿州孙毓筠，则称为"斜侯"，其头偏斜，字曰少侯，本王氏腊也。侯官严复，为"短主簿"，善谈名理，其风度类郄超入幕之宾也。长沙胡瑛为"成济"，反噬革命，其戈及于高贵乡公矣。善化李燮和为"李龟年"，列身朝院，随唱旧曲，回忆吴淞炮台司令，大有江南落花时节之感也。一日，六君子会食中央公园之来今雨轩，胡瑛曰："外间皆呼我等为走狗，究竟是不是走狗？"杨度曰："怕人骂者是乡愿，岂能任天下事哉！我等倡助帝制，实行救国，自问之不愆，何恤乎人言？即以'走狗'二字论，我狗也不狗，走也不走的。"孙少侯曰："我不然，意志既定，生死以之，我狗也要狗，走也要走的。"严幼陵曰："我折中其说，狗也不狗，走也要走的。"胡瑛曰："然则我当狗也要狗，走也不走。"翌日"走狗"言志，传遍津、京。天津《广智报》绘《走狗图》一幅，曲传其意，四狗东西南北对列，如狗也不狗，走也不走，则人首犬身，屹立不动。如狗也要狗，走也要走，则狻犬昂首，四足奔腾。如狗也不狗，走也要走，则人首犬身，怒如骏马。如狗也要狗，走也不走，则一犬长顾，四足柱立。正中画项城宸像冕旒龙衮，垂拱宝座，题曰《走狗图》，从此词林掌故，又获一名典矣。（录《后孙公园杂录》）

二七　议定玉玺

红沫临池玉作田，旧家长璧亦恩缘。
会镌秦汉昌宜篆，洪武规摩大小年。

大典筹备处会议监造御宝，有主张用民国总统印改造者。其理由谓洪宪由民国变更，不妨缘旧邦维新之议。因改造不吉，此议作废。有主张取前清玉玺改造者，其理由谓项城受清国委托，皇帝由清廷移付，非取之民国。故段芝贵等有入故宫索玉玺之事。后因用亡清旧物，非新朝所宜，此议亦罢。于是交礼制馆议定式样，沿仿明制，决意新造。闻直隶玉田县某旧家，藏有长方良玉多品，特派人往取。不愿价购，予以官禄。某旧家献璧获赏，群臣致贺，谓玉田得玉，邦家之瑞。礼制馆议定文曰："案：明代朝廷玺共九颗，在内尚宝监女官收掌，用时尚宝司以揭帖付内监取用，其文不同，各有所用。'奉天之宝'，祀天用之；'制诰之宝'，一品至五品诰命用之；'皇帝之宝'，诏赦圣旨用之；'皇帝行宝'，立封及赐劳用之；'皇帝信宝'，诏亲王大臣调兵用之；'天子之宝'，祭祀鬼神用之；'天子行宝'，封建外夷及赐劳用之；'天子信宝'，诏外夷调兵用之；'敕命之宝'，六品至九品用之。以上九种，皆以玉制，故曰玉玺。特赐爵者用金印，二品以上用银印，三品以上用铜印，御史用铁印，此明代玺宝官印质品也。至若篆刻，汉、唐、宋多用小篆，明代玉玺王府之宝，玉箸篆叠，篆必九折，取‘乾元用九’之义。又历日印文七叠，取日月五星七政之说。御史文八叠，取唐台仪八印之说。诸衙门皆叠篆，惟总兵用柳叶篆，此明代玺宝官印篆体也。古者天子一尊，四海外国，皆其臣庶。皇帝天子之宝，可统御一切，不立国名。现今各国并立，对内宜铸皇帝之宝，对外宜铸中华帝国之玺。规摩洪武所铸九折篆式……云云。”皇帝曰：“可。”遂用长玉先制“皇帝之宝”“中华帝国之宝”。二玺备洪宪元年元旦启用。（录《后孙公园杂录》）

二八　严范孙痛言帝制之弊

指陈帝业罢前题，耆旧东来过丱兮。
自有玉壶当击碎，储公何事恨玻璃。

筹安气焰方张，一日严范孙先生修，由津东入京谒袁，坐谈竟日。范孙先生道德学问，素为项城敬礼，力陈时局国势，筹议帝制，有百害而无一利。范孙先生与张仲仁先生一鏖善，张故始终不信项城愿为皇帝者。及项城容纳帝议，百计劝说，不获善果。闻张曾语范孙，谓执事极峰仰重，言必有效，犹瞿瀛之于周树模也。

范孙于正式劝告外，痛述帝王子孙朝亡祀绝杀戮之惨，愿世世勿生帝王家。历举前代史册所载，如晋之青衣行酒、宋之青城北行，奇耻大辱，罪及先人，皆祖宗创业家天下为之厉也。况民国改造，已经四稔，共和制度，深入人心。如大总统早愿为皇帝，不能于破汉口、下武昌，传檄各省，受禅清室，失机一。又不能于癸丑之役，逐孙、黄，定长江，四方推戴，自践帝位，失机二。四年以还，清室移让民国之条件已定，政府颁布共和之制度已明，如群公所言，清室授权大总统，而非让位于民国，其能昭信于天下乎！况主张帝制诸人，矫袭经义，师承新制，上书投票，举国哗然。修闻古之建国，皆举兵以得天下，未闻用笔而定天下者，有之厥为新莽，宜其祚之不永也。且古之开国，先黄老而后儒术，此叔孙通起朝仪，在约法三章、六出奇计之后。以儒术为先者，此又新莽之故智也。且帝制诸人，日挟云台以蔽大总统。外间真舆论，大总统得知其梗概乎？修为云台危，为大总统危，为袁氏危，深愿予言之不中也。愿大总统三思而后行之，则国家、袁氏之福，馨香祝之。项城大动，有决计罢除帝制之意，或延缓以观其变。

未几，项城遂有特派政事堂左丞杨士琦莅参政院代行立法院，于开会讨论各省各团体请愿书时，发表大总统对全国宣言，其辞曰："本大总统受国民之负托，居中华民国大总统之地位，四年于兹矣。忧患纷乘，战兢自深，自维衰朽，时虞陨越，深望接替有人，遂我初服。但既在现居之地位，即有救国救民之责，始终贯澈（彻），无可诿卸，而维持共和国体，尤为本大总统当尽之职分。近见各省国民，纷纷向代行立法院请愿，改革国体，于本大总统现居之地位，似难相容。然大总统地位，本为国民所公举，自应仍听之国民。且代行立法院，为独立机关，向不受外界之牵制，本大总统固不当向国民有所主张，亦不当向立法机关有所表示。惟改革国体，于行政上有甚大之关系，本大总统为行政首领，亦何敢畏难避嫌疑，缄默不言？以本大总统所见，改革国体，经纬万端，极应审慎，如急遽轻举，恐多滞碍。大总统有保持大局之责，认为不合时宜。至国民请愿，要不外乎巩固国基，振兴国势，如征求多数国民之公意，自必有妥善之上法。且民国《宪法》，正在起草，如衡量国情，详晰讨论，亦当有适用之良规。请贵代行立法院诸君子深注意焉云云。”宣言正式提出，杨度等大悚，恐严说深入袁心，星夜专车赴汤山，与克定秘商大计，何以对待范孙，挽回袁意之法。翌晨同车入京，莅北海离宫，召集帝制要人，克定震怒，痛诟范孙。扬言曰：“今日之事，改行帝制，薄海皆知，出尔反尔，其祸更烈，如有人能担保取消帝制之议，袁氏家族永无危险，则姓袁的不作此皇帝。试问谁能担保？”持杖将窗户玻璃，全行击碎，最后以重器将大穿衣镜玻璃，捶为片片。在座要人，举当时情形言辞，尽告范孙，范孙急乘车还津。此后项城虽卑辞谦函，不复再来京矣。克定与帝制要人，入谒项城，又反复论取消之害，项城爱子情重，圣意方回，群臣大悦。如严范孙者，真苻坚之王景略，惜不听伐晋之谏耳。（录《后孙公园杂录》）

张仲仁丈一麐曰："当宣言书发表后，杨度忽夜间来访，谓吾之于总统，不若君交情之久，今日忽有不合时宜之谕，究竟总统性情如何，请见告。"余曰："然则君须以此事主动告予，乃可讨论。"杨曰："吾本欲回湘，夏午诒云，总统有大事须尔出头，实则我亦被动非主动，但吾向主君宪之说，故愿为之，今何以忽有异言？"余曰："吾告汝二事：一为前清预备立宪，一为苏杭甬铁路，皆事前坚拒，事后翻然变计。公为此事，将来诛晁错以谢天下，公之首领危矣。"杨闻之悚然。翌日朱桂莘等约杨谈话，其意又坚，盖又有人嗾之矣。（红梅阁主人说事）

帝制事亟，合肥李蜕庐经羲自津之京，谒项城谏阻。项城延见于居仁堂，李骤问外间盛传慰亭将称帝，究有此意乎？项城大笑曰："九爷（李行九）试思余行年将六十矣，功名忧患，均饱经之，何必再干此捞什子？如曰为子孙万世之业，环顾诸儿，老大（指克定）足跛，老二（指克文）日与樊山、实甫闹诗酒，都非能任大事者。老三、老四（指克良、克端）更年幼识浅。九爷，谣言尽管谣言，汝我相知有素，何必轻信耶？"李以项城所语直率而有风味，亦抚掌大笑。（长沙王祖柱补注）

附录：《鄂谐》一则

一等侯爵昌武将军督理湖北军务王占元，在鄂请愿团演说国体前提曰："凡事前提不定，计划不成。现今民主改为帝制，帝制者，国体之前提也。本将军军人出身，且言军事，譬如马失前蹄，人必跌下马来，帝制前提不早定，等跌下马时，悔之无及。所以请诸公快快入京，固定前提，免国家一蹶不振，如马失前蹄，枉费心力也。”

二九　改建正阳门

崇台高拱壮皇州，龙眼南窥旺气收。
只恨元年未巡幸，黄钟厌胜正阳楼。

项城欲居帝位，先修城垣，以内务总长朱启钤为营建大监。日者郭某，绍兴人，最邀信任。郭曰：“北京正位，关系正阳门者最剧。正阳前门一开，非国家多遭祸变，即国祚因以潜移。故前门封锁，由两偏门出入，明清两朝人士周知。虽班禅、达赖来京，只能高搭黄桥，越女墙而入。帝后上宾，梓宫乃得出正阳前门，国丧也。予至夜半，屡登正阳前门敌楼，澄目望气，南方红气贲起，高厌北京，宜先营造正阳门，厌收南面如火如荼之气。营造之法：（一）宜改造外郭两偏门，移入内城，于内正门两旁，洞开两巨门，出入车马，闭其内墙正门，此谓内眼。潜气内涵，回护宏深，使内墙正门与敌楼前正门，一律封锁，贯通一线，不接取南方旺气。（二）宜增高正阳外城前门敌楼，南面拱立，端受南方朝贺。旧制敌楼，洞设七十二炮眼，合七十二地煞之义，炮眼东西南北四出，有镇压四方之义，地煞之旨虽备，天罡之理无闻。今宜于敌楼南向正面最高处，洞开两圆眼，直射南中，此天眼也，灭火必矣。明年圣主正位，登斯楼而望，南方各省，臣服以朝，故又名龙眼。（三）民国成立色尚红，国旗红黄蓝白黑，红居首。所谓以火德王也。南方丙丁火，望之红气勃勃，由共和改帝国，色必尚黄。黄者中央戊己土也，夫灾异皆萃于正阳前门，由史册事变数之，历历不爽。如乾隆四十五年庚子，火焚正阳门城楼，乃有嘉庆、道光朝白莲教之变，用兵二十年，地亘川、鄂、陕数省。咸丰朝又有太平天国之事，捻、回之变，连兵二十年，蹂躏十余省，复有火圆明园、幸热河事件。光绪二十六年火焚正阳门，因义和团之乱，京师喋血，两宫西幸。不十年而革命军兴，隆裕退位，举今上为大总统，清祚以斩。大乱均起于南方，天象早兆于正阳门。故予仰观天数，俯察地气，默验人事，敢献改造正阳门之议也。况明年元旦，圣主登极，岁次丙辰，是为火龙，又与南方丙丁火，实生冲克。改造正阳门之举，更不容缓。周建洛邑，曰相其阴阳，观其流泉。俄大彼得定都圣彼得堡，曰开窗以望欧洲。中外帝王，京邑握胜。予之主张，闭正阳内外两正门，增大敌楼，双开龙眼，实为今上万年之基，且皆有本原之学。”启钤入告，项城曰：“可。”刻日兴工，首掘城土，获一巨蝎，首尾八尺，大如五石之栲栳，口射毒焰，小工死者数人。谚云“毒蝎上应天心”，蝎死，天下太平，莫予毒也矣，南方其无事乎。正阳楼成，郭又进曰：“民国尚红属火，帝国尚黄属土，正阳门建于黄土之上，适合中央戊己之正，楼眉宜多涂黄色，楼上宜置黄钟一座，以应黄钟大吕之音。今上元旦登极礼成，宜幸正阳前门高楼，鸣钟以示天下。天子大居正，南人不复反矣。”滇、黔起兵，典礼遂罢，闻正阳门楼上梁文，有“轶玄云于泰半，建黄运于中天”之句云。

附录：王青坨《虞初支志·乙编·书正阳门火灾事》

俞蛟《春明丛说》云：“珠市当正阳门之冲，列市开廛，金绮珠玉，食货山积，酒榭歌楼，酣呼旦暮，京师最繁华处也。乾隆四十五年庚子五月十一日午后，居民不戒于火，黑焰迷雾。烈焰飞飚，不可向迩。提督及五门员弁，无法沃救。二鼓忽延及正阳门外郭之敌楼，敌楼高五丈有奇，皆甃以巨石，无一椽之木为祝融引缘，周围炮穴凡七十有二，火自穴中横贯而出，光照数里，至次日晨刻始熄。”（《梦窗杂录》）由乾隆四十五年庚子越百二十年，为光绪二十六年庚子，正阳门城楼，又恰以拳匪妖火，由市场延及焚之，亦以五月二十日毁去。考袁昶五月二十二日请剿拳匪第一疏云：“焚烧前门外千余家，甚至焚及正阳门城楼。拳匪喝禁水会不准救火。”此两次火灾，相去甲子年都同，只日相差一旬耳。（《满珠野史》）

三〇　尊奉袁崇焕为先祖

督师世系本麻沙，龙虎宗风一代夸。
嗟尔恼人诸弟妹，投生不愿帝王家。

洪宪帝制告成，项城胞妹为清两广总督合肥张树声子妇，称张袁氏，与项城六弟世彤，同署名遍登京津各报曰："袁氏世凯，与予二人，完全消灭兄弟姊妹关系，将来帝制告成，功名富贵，概不与我弟妹二人相干；帝制失败，一切罪案，我弟妹二人亦毫不负究。特此声明云云。"项城闻之，大为懊恼，然亦莫可如何也。

因弟妹之故，袁氏世系问题，遂造奇案。粤人张沧海（伯桢）乃上书引经据典，述项城袁氏为明督师袁崇焕之嫡裔，奉祀上号，风靡全国。溧水濮伯欣先生《新华打油诗》讥之曰："华胄遥遥不可踪，督师威望溯辽东。糊涂最是张沧海，乱替人家认祖宗云云。"张沧海发此奇想，亦有本原，当时推袁者，皆美为汉代四世三公之后，而淮南袁术，唤蜜身死；河北袁绍，国破家亡，子妇不获一平视。项城谈及袁氏世系，每叹息唏嘘不置。梁燕孙（士诒）初反对帝制，绳以五路参案，翻然为帝制领袖。沧海以粤人游于燕孙之门，习闻其说，忽然想到袁崇焕身上，一可掩饰项城不忠满清之名，一可杜塞革党排满之口。袁氏世系，俨然三百年前民族主义引导者，颠覆清庭，有自来矣。帝制民主，又反清复明余事耳。沧海先伪印明板由袁安至崇焕《袁氏世系》一书，美曰据元明麻沙刻本。又编崇焕遇祸后，子孙某支，由东莞迁项城始末。精抄成书，罗瘿公写面题册，证为确据。经燕孙呈进项城，项城大悦，合孤意也。于是袁崇焕祀典题目，弥漫京师，各部会衔，奏请尊祀崇焕，宜尊为肇祖原皇帝，建立原庙，视清代肇祖。

礼制馆会议，谓崇焕为民族巨人，宜配祀关、岳。当场有提议谓宜合卢象升、熊廷弼、袁崇焕并祀关、岳者，真所谓数典忘祖，罔识帝心，小臣冒昧言事矣。项城宸断谓立原庙，上尊号，太形塞向，留待他日。配祀关、岳，最为得体。先钦派专使，往广东东莞县致祭，以世凯名自撰祭文，中有"皇祖有灵，尚其来飨"之语，末署十九世孙某。盖掌制诰典册吴向之（廷燮）、王书衡（式通）手笔也。按：东莞崇焕庙，镌有联语："孤忠贯日，一柱擎天。"项城亲题"正气长存"四字横匾，额用金黄宝印，加悬神座，因一柱擎天，又牵涉崇焕祖基风水之说。郡王广东督理军务龙济光、伯爵广东巡按使张鸣岐，合折具奏曰："据堪舆名家察看袁崇焕墓，称为一柱擎天格，满清以杀袁氏始，以立袁氏终，三百年必有王者兴。现当三百六十年元运，合理气峦头绵延形势论，正值一柱擎天，龙虎交运。三百年前，崇焕应虎运而生，白虎当头，故杀身以报汉家。三百年后，今上应龙运而生，黄龙正位，故御极以临天下。明岁甲辰，甲列支首，辰属明龙，此符运与天地相合之数也云云。”群臣据此言，称崇焕为虎，项城为龙，谓项城龙形虎步，须面似虎，具有祖风，慢步类龙，真龙虎交运之圣仪。沧海等更振振有辞矣。（录《后孙公园杂录》）

附录：篁溪钓徒一封书

近人有署“孤血”者，谈篁溪钓徒与袁崇焕事件，颇有意致。其词曰：“东莞有名士张伯桢，字沧海，老于法曹，自号法隐，晚号篁溪钓徒。擒住康有为为师，曰古式鸭脚。日夜诵桐城文，称吴挚父高弟。有潘皃公著《人海微澜》曰号弦海者，即此公也。晚绘《篁溪垂钓图》，遍征题咏，易实甫曰：‘三万六千钧，三千六百钓。’樊山题曰：‘习西学声光电化，纪北行乌鲁木齐。从此南天有诗伯，不如归去钓梅溪。’此公久住东莞会馆，忽得媚袁之术，当阙上书，恭称崇焕为王祖云。又钓徒先生，扬言为督师守墓，乃易广安门外督师墓侧为张园。更建双肇楼，墓侧遂演出大闹葡萄架故事云。”

附录：辰溪萧寿昌著《袁氏本末》三篇

辰溪萧寿昌，于民国六年刊著《袁氏本末》共七篇，篇末各附论断。萧氏为湘中老儒，与宋教仁、杨皙子诸人友善，是书成于袁氏败亡之际，故论多独到，笔亦详明，于袁氏家世，聊供采择。事多出入，或备资料，故附录之。

袁世凯志略篇上

伪皇帝洪宪姓袁，讳世凯，字慰庭。河南项城县人也。伯祖父甲三，由侍郎升云贵总督。母程，知书。凯前四代皆居官清廉，功勋卓著，建坊城南。凯以袭荫列道员。十八入泮，睥睨一乡，人咸不齿。尝将铜易父金，为母诇知。三十丧父，服阕热中，母力阻之，切诫不听。勖以数世清德，若履仕途，必先承志。凯违母训，思握大权。适吴长庆为高丽驻兵大臣，庆与凯父最善，凯即谒庆求事，委凯镇摄总兵，随抵高丽，渐娴兵法。

值高丽留学生朴咏孝、徐光弼、徐载范等回国，王召谋变政，致新旧纷争，焚阙为乱，王匿庆所，凯不谙约章，妄主援救，未经照会日本，（高丽向属中国，因日本侵压，要中国订约认为两国保护，该国有事必会商援救，不得独往。）致酿甲午一役，割地赔款。（割台湾一省，赔款金二百兆，赎还辽东。）特命李鸿章议和，与日相伊藤博文订约马关。凯赂其左右关说，得卸罪咎。旋随庆回国，驻天津，以慈禧太后内侄荣禄，权大势重，因拜禄腹心候补道张景崇门，夤缘进身。时新练津兵五万，崇荐凯隶禄部下，统带新军，袁世凯三字遂现于津镇矣。袁族某，为天津道，尝告鸿章，言凯狡黠，必误苍生，鸿章哂之。无九龄知禄山之明，愧津道多矣。戊戌变政，康有为、梁启超见用，凯附和之。而城府深密，阴泄康、梁谋诛荣禄事，倾轧图升，禄与进颐和园直奏，太后大惊，命闭五城，饬步军统领拿办康党。康、梁先遁，牵戮谭嗣同、林旭、刘光第、杨深秀、杨锐、康广仁六人。凯遂为禄所信，密白太后，补凯直隶臬司，超迁侍郎。岁庚子拳匪煽乱，凯阴主以图功，复忍诛以邀奖。迨大难削平，两宫回銮，凯率兵迎驾，太后谕以"母子性命，付于卿手"。凯内愧无言，唯唯而已。联军扰山东，巡抚李秉衡阵亡，太后命凯补接，其谢折末云："伏维皇太后圣鉴。"不言皇上，希阿荦媚杨妃之心，存崔浩贬魏主之笔，致京、津、上海、港、澳各日报，同登此折，大书逆臣云。

先是联军蹂躏京师时，文华殿大学士兼北洋大臣首相李鸿章，在粤督任内，两宫回銮，召还病故。以鸿章系破格超用，按诸故事，首相无用汉人者，乃以禄补授所遗直督一缺，禄请补凯，并加太子少保、北洋大臣衔，兼统四镇兵权。自此凯之权势，不可复遏矣。凯又请以山东巡抚一缺，使藩司周馥护理。凯为巡抚时，与馥结儿女亲，故力荐之。太后即允行，由李相遗折保凯与馥故也。凯任直督，三品以下，皆趋附。未几，凯登内艰，懿旨赏假百日，回籍治丧。时初行新政，直隶先行试办，凯奏请在外洋定造海容、海圻两大战舰，统握四镇兵权，扩张势力，皆得旨允行。禄殁后，城社失凭，遂迭被参劾。适改兵部为海军、陆军二部，凯乘此以兵权隶陆军部，不隶海军，以陆军统辖，铁良兼陆军部尚书，当权故也。凯又致书铁良，用段芝贵。贵由兵弁出身，特与凯同乡，故凯毁凤山，以总统四镇之权与贵。而又私具折本，用贵为天津巡警总局坐办。丙午岁，东三省经日、俄兵燹后，奉天将军赵尔巽奏请派员襄办交涉、招安、屯垦、善后各大政，特命徐世昌、振贝子出关。事毕返津，凯使贵设宴欢迎。凯工逢迎，固不足责，两钦使未行缴旨，而擅预私宴，不独失体，抑且罔上，宜弄出歌妓杨翠喜一事也。乙未，凯因粤东风潮，禁止直隶商人抵制美货，媚外手段，阴而且狠。天津《大公报》著论痛诋，凯衔刺骨，欲封报馆，碍难措词，乃施鬼蜮伎俩，饬邮局火车不准收寄该报，并禁人购阅。旋有洋人恨凯不合公理，代为分寄。又有一奇男子，亦因此事愤入督署刺凯不中，被擒直认。凯恚不敢杀，心服其义，亦不忍杀，遂杖而释之。

当是时财政困难，宜设法筹措，然必国与民两利，乃为善策。凯藉试办新政为名，私将长芦盐运抵借英债六百万，设局如林，差缺繁多，除正项开销外，糜费甚巨，上自道府，下及洋务局坐办书记等，约一百三十余员，总计每月开支约百余万，且多挂名领薪水者。后凯入军机，荐杨士骧继任。（按：凯入军机时，度支部尚书泽贝子奏请清查各省财政，凯对直隶无庸清查，以前在直督任内，私抵长芦盐运借英债六百万填补库款，位置党羽，恐经清查，故力阻止。荐骧继任，可代为弥缝花销。凯之狡诈胜人如此。）会清廷裁撤冗员，计省费七八万有奇。（按：段芝贵因送杨翠喜与振贝子，得吉林巡抚，耗十万金，为御史赵启霖所参，不得到任，无从偿还，凯为担任，其耗财植党实达极点。）凯弟见兄跋扈，虑有赤族之祸，两书直谏，凯不省。丁未七月二十七日，因立宪召两湖总督张之洞、直隶总督袁世凯同进枢垣，授军机大臣，凯兼外务部尚书。自荣禄卒后，凯失奥援。知庆王奕劻日在内廷，势焰熏灼。三谒不晤，以杨士琦为劻私人，求其介绍，始得谒见。劻自与凯交后，王府日用益丰，虽王之势，实凯之力也。凯每召对时，请起用周馥。（馥由两江调署两广，老耄衰颓，岑春煊复任后，参奏最详，得旨开缺，听候简用。）太后不纳，知其为姻亲，且厌其多荐举也。然内外各官，多出凯门，枢政虽自劻行，凯亦主持不少。凯每与张之洞龃龉，劻辄为之调停。（洞与凯相偕入直，凯倚劻势，跋扈甚，洞孤掌难鸣，伴食而已。）

凯虽怙劻宠，然依外人为护符，故对内最悍，迭酿交涉，不可缕述。粤东西江面，恒多萑苻，船只往来，抢劫频闻。前英商火船至梧州被劫，英医亦被枪毙，驻京英公使屡向外务部诘责，凯立下札饬兵严捕海盗，优恤英医，量为赔偿，办理始为完善。乃以粤东西江缉捕权归英人统辖，误国殃民，其心可诛。部电一到，粤人哗然，禀请张督人骏争回此权。张督代达外部，凯以不能收回为辞，激动全粤电质外部，有愿全粤亡不愿捕权许外人之誓。电争数次，卒达收回之目的。凯之外交失败者一。戊申春，日本大坂轮船会社之二辰丸火船，满载军火来粤，至海界起卸，与匪暗通贩卖图利，为宝璧兵轮英管驾缉获，下其船旗，禀知张督。越日饬解来省，并二辰丸雇定驳艇起卸之华人作证，照会日本领事讯办。照违约例，全然充公严斥。船主狡辩，电达外部，与驻京日公使请照办理，并饬证人送京对质。凯媚日使，电催张督释放证人，毋庸来京，且有"革除英管驾，如该船损坏，估价赔偿"等语。全粤公愤，电争数次不直。凯之外交失败者二。浙江甬东，为全省第二门户，与舟山崇明鼎峙。而杭州为省会重地，英人垂涎欲修甬杭铁路，浙人拒之甚力。英商复肆要挟，勒令向该银行借款。浙人复拒，自集巨款修筑。英公使以浙人力拒，要凯与奕劻施以压力，如借款事成，各酬数十万金。凯、劻贪利，电压浙人放弃自有权利。凯之外交失败者三。

凯入枢垣后，太后优宠，奖凯之长子克定供职勤慎，补农工商部参议，次子克文年幼，着出洋游学，以备回国录用。军国大政，多取决于凯。太后尝询整顿海陆二军事宜，凯乘机奏请解外部职任，总理陆军，太后默然。凯自还兵权后，须臾不忘于此可见。凯五十寿辰在京开筵，水陆杂陈，太后赐御物甚多，虽王公无以复加。凯尝有足疾，太后又赐药饵，如贵妃之宠禄山也。（拜寿前半月，制联称贺者纷纷，京津各店金笺购买一空，洛阳纸贵不足比拟。然佳联极少，惟某道之"五岳同尊星拱北，百年上寿日当中"一联，最为贴切。至寿日，太后遣内监颁赐御用珍物数十种，恩遇之隆，前此所未有也。）

嗣景皇帝于三十四年十月二十日驾崩，越日慈禧端佑康颐昭豫庄诚寿恭钦献崇熙皇太后亦晏驾，其时帝方下诏立宪，谕修现行律例，以行新政。太后方从德国女博士学语言文字，两宫并未违和，何以相继升遐？且仓猝时，醇亲王监国，其子溥仪，于十一月初九登极，纪元宣统。王复摄政，以仪嗣毅皇帝，兼祧德宗，命出遗诏，或由醇王或经廷议，均未宣布。斯时天下士大夫咸为凯危，以王前在邸时，与凯不合也。王竟派凯襄办丧务，且加太子太保，赐禁城骑马赏用紫缰。凯意王继太后恩，王实为大局计也。凯不自爱，希图爵位，向王劝进。王大怒，凯因此获罪。（凯以主幼国疑，劝王即真，以为王拒其请，心亦以己为忠。王从其言，则煽动满汉大臣、内外督抚议王之罪，取消宣统，遂其立大阿哥之志，鬼蜮之术，令人骇异。吁！毒已。）时王决意黜凯，因拟严旨与张之洞看。（按：王拟旨讫，召杨度酌改，内有连奉遗诏，命诛逆臣袁世凯之语。度奏初立不宜杀戮，王既命凯恭办大行丧事，已稔凯可信用；况凯之逆，未有实迹。王曰："凯接东抚篆时，谢折不称先帝，非逆而何？"度奏此书记漏誊、凯不留心之过。王曰："此事既不留心，其目无先帝可知。"度犹力恳，王斥度退。度已告凯运动庆王及张之洞、鹿传霖等为开脱。王虽知度为凯所保，不料其罔上护党，至于此极。度为凯之鹰犬，至此益信。）洞代凯缓颊，王不允。洞又奏凯颇谙外交，请留外务部一职，俾效力赎罪。王又不允。惟谕以酌改此旨："十二月十一日奉上谕，军机大臣兼外务部尚书袁世凯，素承先帝恩遇，屡加擢用。朕御极后，复予懋赏。方期为国效用，不料足疾加剧，步履维艰，着开缺回籍养疴，以示体恤。所遗各缺，朕即简员补授。回籍之日，毋庸陛辞。”旨出，群臣骇异，天下称快。（按：此旨未出，张先示袁，袁色灰死，即入谢恩，犹有驽马恋栈之意，真鄙陋矣。）

凯启行时，语各国公使，不日复有拳匪之祸，宜豫为备。公使大惊，求王保护，且请复袁官。凯之媚外，百喙莫解。王以凯肆谣诼，饬电天津各车站截回穷治，凯竟漏网。盖满清气数将终，故留此遗孽扰乱天下，良可叹已！

先是凯窥太后垂帘年久，一旦归政，不免长信之悲，乃逢迎其意，与荣禄媒孽其间，遂有复帘之变。康主政有为逋逃海外，君子日退，朝政不堪复问。凯又惧帝英明，恐败奸媒，乃先发制人，以变政归罪于帝，蛊惑太后，另立大阿哥。事济则效霍光废昌邑王故事，可藉此窃夺神器；不济，则置帝为庐陵王，而己为狄梁公，老奸深谋，令人发指。帝为凯离间，故遗诏云“朕十年困苦，皆凯所致”，密交隆裕皇后及瑾妃，以诛凯而安社稷。（按：诏斥袁罪极详，经联军扰宫禁后，仅百余字可辨。字字血泪，不忍卒读。陕甘总督升允奏凯“负伊、霍名，怀莽、操志，宜加诛戮，以警将来”，太后以为过激。帝泣，请退位，十年之中，频受压制，幸帝无失德，故未被废。遗诏云云，为大局计，非修私怨者可比也。）摄政王既监国，后及妃必泣述遗嘱，示以遗诏，王宜首先诛凯，以慰先帝。及放蛟鳄于河海，使其养晦蓄锐，夷国废祚，君民悉受其毒，天数使然耳，岂人力所能挽回哉！

袁世凯纪略篇下

世有非常之奸雄，然后行非常之诈术。清逆臣袁世凯，受命征革党，而反为革党之首酋，千古未有其人也。凯之拨乱反正，而反为乱世之渠魁，千古未有其事。然一用其奸谋，而双方俱堕其术，使清廷同殿称臣之卿相俯首听命，疏请清帝禅祚。东南革命诸巨子，甘受其饵，弃甲来归，其权谋诈术，诚足冠古今而造特别之历史。辛亥武汉起事，凯贿通卖国之奕劻，致死灰复燃，得握全国命脉。遣其党首攻汉阳，振其军威，使海内畏服。伍廷芳恐事失机，从中调和，一则议举凯为总统，逢迎意旨；一则推倒满清，以达共和目的。凯乃按兵不攻，一面使心腹爪牙恐吓逊位，一面使芳要挟革党，取消孙总统，公推己为临时总统。清帝与孙总统俱退让，（按：溥仪与孙文均拱手逊位，以民为重，以位为轻，其道德为世钦佩。）足知凯之才略智谋，驾乎魏武之上矣。观其排满推孙，不数月双方倾败，改孙文纪黄帝四千四百零六年为民国元年，分用阴阳历日，南北咸归统一。惟升允早识其奸谋，遁迹蒙古，组织独立，脱离关系。而无识之革党，反发生征蒙问题，以结欢心。或有藉此练军，以伐袁氏者。而老奸巨猾之凯，虑及升允倡义，率兵直捣幽燕，又恐联络清臣倒戈北向，若稍失宜，必致功业俱败，故坚忍不为所动。遂用柔软手段，对待蒙古，以牢笼团结军心，俟羽翼丰满，谅自取消。无知臣子自夸功高，咸有总统之希望，如抱火卧积薪之上，而酣醉不醒。惟宋教仁窥其意，漏其言，凯恐发其隐情，故先发而谋刺之。激东南五省独立，分遣骁党焚掠其城而攻取之，遽为袁氏所有，乃玉石不分，解散议院。（众议院陈家鼎因宋案不平，独力质问袁氏之书约千余言，不畏权势，真所谓侠胆义肠，能言人之所不敢言，为人所不能为者。袁氏因而解散议院，以塞言路。）尽撤天下民军，更换北军，加孙、黄诸君煽乱之名，放逐于海外。计卸黎、蔡兵权，调京予以嘉名，实则监督幽囚，举措不得自由。手段之辣，居心之险，概可想见。凯于是措置裕如，渐袭清制，以公仆而祭天地，俨若皇帝，难免列国贻笑。私将三权并归，用官分三等，易简用曰任命，易保荐曰荐任，考取知事，分发各省，易选补曰委任。取消初级法权，归下级行政。改内阁总理为国务卿，改御史为肃政史，予京内各官长，加有上卿、中卿、少卿、上大夫、威武将军、振武将军各色。予外省官长加有上将军、陆军上将、少将、嘉禾、文虎各徽章职衔，文武分治。改都督为将军，统握全省兵权。改军务司为军事厅；改各镇司令为镇守使；改长江水师总司令为巡阅使，改民政长为巡按使，总揽行政，监督法权；改内务司为政务厅；改司法司为高等（审判、检察）两厅；仍设道尹为中级行政，分辖所属；改盐政处为榷运局；改水师营为水警察。取消教育、实业两司归上级行政，设合署办公。所信用北洋派统握兵权，分布各省，为乱世残民之枭。将任用前清封疆为巡按使及各部总长，为恢复帝制之引线。改参、众两议院为参政院。征聘名士及清名吏。劳乃宣误会其意，上共和正解劝退之书，由国务卿贰臣徐世昌转呈，凯笑置度外。肃政史夏寿康妒忌之，以乱党弹劾，请命诛戮，凯弗听。（康因凯留中不发，加之宣素为凯钦佩，是年甲寅春，征聘宣为参政院参政，不肯就职。康窥其上书时，徐世昌等一班清臣，均已赞成，恐凯悔误遵行，故勾通段祺瑞捕杀之，冀斩草除根，以儆效尤。夏寿康为袁氏者，无以复加焉。）而段祺瑞助纣为虐，饬兵捕拿，幸先逃脱，仅获其党宋育仁。欲行枪毙，凯恐激成内变，况育仁系前清翰林，为王湘绮门下士，如加诛戮，尤恐失天下人心，姑含容之。诬以佯狂，用兵护送回籍，实行递解，交地方官严加约束。凯通机变，善改复辟之事，识新旧两党，以匹夫之勇，书生之见，无能为矣。故俯视天下，莫能与之争雄并行。（李燮和附从袁党杨度，组织帝制，燮和胞弟见共和时代不宜再易专制，有碍国体，致起五族群鼓攻之，恐祸及身家，故上书国务卿转达袁氏，与和脱离骨肉关系，直陈利害，可与凯弟世彤上荣相亲供，并垂不朽矣。）不料段、冯乘滇、黔反抗，推败袁氏，欲效司马师袭魏故事，暗勾羽党，促迫取消帝制。凯至此方悟心腹悉成仇敌，抱忿而亡。嗟乎！天不佑凯，任其权谋诈术，诡计百出，数终难逃，可为当今权奸者戒。

袁世凯生殁考篇

袁总统世凯，生于前清文宗咸丰九年己未八月二十日丁巳午时，殁于民国五年五月六日巳时。按：袁总统生于咸丰九年八月二十日，查阴阳历对照表，是年八月二十日，适为阳历九月十六日，推至民国二年阴历八月二十日，为阳历九月二十日。以咸丰九年之阴阳历，为阴历八月二十日，宜定为袁总统家庆之日；其阳历九月十六日，为中外庆贺之期。于民国五年丙辰阳历六月六日为北洋派举哀之日，即五族痛快之时。

光绪末年，梁节庵鼎芬陈臬湖北，入京陛见。召对时，面奏袁世凯有王莽、曹操之才，而无王莽、曹操之学。请两宫明令罢斥，以免滋蔓难图，贻害社稷苍生云。（长沙王祖柱补注）

袁世凯之胞弟世彤责难函件

四兄大人尊鉴：兄弟不同德，自古有之。如大舜、周公、柳下惠、司马牛是也。圣贤尚有兄弟之变，何况平人乎？读《棠棣》之诗，则必洒泪，盖有兄弟之感耳。《诗》云："兄弟阋于墙，外御其侮。每有良朋，烝也毋戎。"此常人常事常情也。若关君父之大义，虽兄弟亦难相济，盖德同则相济，德异则相背。大舜圣人也，周公亦圣人也，舜化傲象，以骨肉私嫌，不必加诛之。周公诛管、蔡，乃国家之公罪，故不妨以大义灭亲也。吾家数世清德，至兄则不然，二十年来，兄所为之事，均于母教相背，朝中劾兄者四百余折，兄试抚心自问，上何以对国家，下何以对先祖？母亲在生之日，谆谆诰（告）诫于吾兄，置若罔闻，将置严慈之训于何地？兄能忠君孝亲，乃为吾兄；不能忠君孝亲，非吾兄也。弟避兄归里，于兹十载矣，前十年或通信，后十年片纸皆绝，今关乎国家之政，先祖之祀，不能不以大义相责也！兄显达后，一人烹鼎，数年啜汁。弟独处僻壤，始终不敢问津。兄为总督，弟为匹夫，兄固不加爱，弟亦不敢邀吾兄之爱。弟挑灯织履，次晨市之，清苦犹荣于显达也。弟视大义如山岳，富贵如浮云，惟谨守父母遗训，甘学孟节老于林下。己亥春曾亲上供于护理河南巡抚景月汀中丞，祈转禀荣相。以朝中无能制兄之人，恐将来尾大不掉，莫若解其兵柄，调京供职，犹可保存功臣之后也云云。其言昭昭，如在目前，但愿苍天默相，先祖式凭，兄能痛改前非，忠贞报国，则先祖幸甚。临笺挥泪，书不尽言。专此敬请近安。六弟世彤谨启。

四兄大人尊鉴：前者邮笺远谏，首则重先人之祀，次则尽弟之义。古云友善则请劝，友过则相规。况兄与弟为骨肉之亲乎？读《鹡鸰》之诗，岂能恝然于度外耶？迩来兄之物议鼎沸，弟有掩耳不能听者。兄命张镇芳、范沛勋二人回项城建学堂一所，择城北门外垂尾处建立，内建宫殿四间，如兴学则造学堂，不兴学则为袁宫保府第。弟闻之不觉寒栗于心，齿震不成声。悲夫！先祖数世清德，吾兄今日一扫而尽也。该学堂建后，为患满城，通城人皆发疹症，死亡数千，弟几物故，三嫂亦患此症，幸得良医诊愈。今怨声载道，未知兄择地将欲何为？兄为兄之总督，弟为弟之匹夫，荣辱本无关紧要，惟关乎君父之大义，不能不以忠告相勉也。今弟有一良言，如纳则先祖有福，不纳则袁族赤矣。该学堂在重尾，非适宜之地，四边空旷，围以竹栅，学生多感瘴气，不若速拆改建城内，使项城子弟，就学亦便，勿再营宫殿样，庶可息物议也。统计工程，不过三四千金，兄试清夜自思，不为祖宗计，亦自为终身计也。弟泪尽心竭，笔难再展。专此敬候近祉。六弟世彤再启。

节录章士钊《孤桐杂记·袁氏世系》

庐江吴武壮公长庆，愚妻祖也。与项城袁氏缔交最密。项城既依武壮成名，愚外舅北山先生，暮年潦倒，亦居项城幕中，依其月钱为养。北山先生兄弟物故，沙湖山（北山楼所在）之子弟齿稚，家居未明祖德。昨述之先生以项城袁氏家集全部见贶，就中略窥一二，辄记于此。盖项城之本生父名保中，因其弟保庆无子，用抚为嗣。保庆字笃臣，仕至署江宁盐法道，家集号中议公。项城之祖名树三，与端敏公甲三兄弟也。端敏之子，一保恒，字小午，庚戌翰林，累迁刑部左侍郎，卒谥文诚。一保龄，字子久，壬戌举人，直隶候补道，家集号阁学公。武壮夙隶端敏部下，中议、文诚、阁学三人，皆以子侄相从征役，争立功名，因与武壮同军相友善。又两家各重名节，以宋儒义理之学相砥砺，故其相与之谊，至非寻常。同治十二年中议卒于宁，项城孤露，武壮方驻军江浦，既经纪其丧，复令项城依己，为任教养之责。南通张季直，武壮之客也，令为项城董理文事。当时光绪八年朝鲜内乱，武壮率庆军六营东渡援护，而阁学亦奉直督张树声檄入韩。两人合谋，韩乱以定。时项城亦随同武壮在韩，武壮初易之，后立奇策，大见信任。阁学返国，项城仍留吴营。阁学致武壮书，寒报乞掷付凯侄，及肃毅必欲凯侄留朝鲜。又上舅氏书，从侄世凯练朝鲜兵，朝之君臣极称之等语。可见项城事业，卒以在朝鲜之所建树为第一期，则武壮始终提挈之力也。述之名世传，阁学子，号七先生，候补四品京堂。自项城当国，即隐于矿。奉母命下其余财宏奖学术，天津南开大学之科学馆，号思源堂者，为其所建，世论高之。考此家集，刻于辛亥夏间，篇中所记，与民国十五年间之历史了不相涉。通德之家，允宜贵盛，不谓为项城一人发露太过，极盛难继。今袁氏子孙，为集内所载者八九俱存，乃读其书，恍若追寻史迹，不胜沧桑今古之情者。

近人谈项城世系历史，言人人殊，以上二作，较为翔实，出入尚鲜，应附录用供史料。(成禺手记)

三一　旧臣赋诗

戊午长歌调不连，隔帘制泪嘱停鞭。
曾笺盒子春明帖，评泊花名后二年。

洪宪元年，文学侍从之臣，曾进宜春帖子，仿苏子瞻《阁子词》“霭霭龙旗色，琅琅木铎音”体制，贮以龙盒，书以凤笺。帝制久长，真开国雅颂之音也。丁巳上巳，洪宪旧臣修禊万牲园、十刹海二处，所为诗歌，感慨圣世，油然有故君之思。犹未公然直书洪宪，仅有署洪宪后一年丁巳上巳日者。戊午年上巳，大会于陶然亭，洪宪旧臣，莅者大半，旧遗老名宿尤多，诗尾各署洪宪纪元后二年戊午上巳日，伤感旧事，被诸歌咏，如樊山、实父、掞东、叔海、书衡诸人，有挥泪而纵谈往事者。

乌乎！故宫禾黍，由大内而转移新华，今之哀洪宪者，皆前日哀清室之遗臣也。忧从中来，不可断绝，江亭洒泪，如何如何。风景不殊，举目有河山之异，此戊午上巳修禊，所以独拈“江亭”二字为韵，不知别有江亭唤蜜之意否？《翠娱室诗话》载戊午上巳陶然亭修禊诗事最详。其辞曰：今年戊午三月三日，上巳修禊，别具新意。乃在陶然亭，风景雅不及万牲园，虽小有丘壑，却无林泉之趣。而是日到者共八十有二人，各赋一诗，拈“江亭”二字为韵。樊山“亭”韵云：“北来已阅四上巳，惟洪宪年觞咏停。”收句云：“八十二人作嘉会，倍于永和癸丑山阴之兰亭。”蛰云“江”韵云：“新芦满眼防吟屐，野藿斋心近佛幢。”“亭”韵云：“强颜北客谈丘壑，招手西山入户庭。”确是江亭修禊，不能移置他处。瘿公七古两首。“江”韵云：“今年禊事出新意，南洼稍稍寒气降。远宾不劳置重译，鞠部更拟烦新腔。画师同时皆第一，协律京国元无双。旧人拆简一叹息，聊拂绢素开僧窗。谁知美满天所妒，遽挟风势如翻江。要令晋楚皆乱辙，终羞曹郐不成邦。吾曹强项犯风力，车骨亦复相击撞。事业兴亡天公意，盛集回忧倾酒缸。”“亭”韵云：“小车先客排松扃，苇塘尺水犹清泠。城阴障日裹寒意，柳梢涨绿回春醒。黄尘岂遽埋春色，蒌蒿锐如发新硎。西山闯然入户庭，兹堂亦拟榜聚星。佳人疑若避尹邢，风中不见来辎軿。高望觚稜一回首，金銮昔对青山青。风流好事图异日，接会抚游视此亭。”又有某句云：“往事陶然来此地，旧臣春梦到新亭。”是日大风扬尘，尤为是亭生色。（录《后孙公园杂录》）

三二　洪宪缙绅录

爵秩全书荣禄堂，缙绅孤本得收藏。
黄签帝国红绫面，开卷糊名徐世昌。

赵竹老世丈（凤昌）手示《洪宪缙绅》语予曰：“此洪宪爵秩全书，予在北京以一百金得之。”盖政事堂颁行初订红本。帝制取消，销灭证据，此书亦在焚毁之列，实孤本也。前清《缙绅》，由荣禄堂发行，此书亦由荣禄堂刊印。红面黄签，四角包绿绉，全函四册，字体行格，均仍旧制，与前清《缙绅》无异，内容则有变更。本书函面黄签，标“爵秩全函”四字，下书荣禄堂出版秋季。封面内页，眉印横排“中华民国”四字，下直排“新定官制缙绅”六字。第一页列荣禄堂序，第二行列起首老铺新修爵秩全函记，内官列政事堂、礼制馆、统率办事处、将军府、参政院、审计院、外内城、步军统领、财政部、陆军部、海军部、参谋部、司法部、大理院、审判厅、教育部、农商部、交通部、水利局、立法院、蒙藏院、平政院、国史馆、肃政厅。外官分省列将军、巡按使以下本省文武官吏。本书要点足备一代制度之研究者：（一）政事堂如前清内阁，国务卿则权高于阁丞，犹如民国内阁总理，而隶于大皇帝之下，等于前清之军机大臣。（二）当时外官将军、巡按使皆封爵。内官无之，而内官封二等公者，只刘冠雄一人，海军特遇也。（三）外省将军有特任者，礼遇隆重，巡按使有受政府特别委任者，情节较重。（四）将军外武内威，武加赐号，东三省特殊，易武为安。（五）广西将军、巡按使无爵，有反对帝制消息，恐不受也。（六）云南任龙觐光为将军巡按使，无爵，未赴任，时云南起义也。（七）贵州无将军，因起兵免刘显世职也。（八）新疆巡按使、将军衔无爵，地远不足重也。（九）巡按使有授伯爵者。其人有功，或特殊重要也。（十）海陆军办事处，仍首刊武义亲王黎元洪。又国务卿徐世昌名面则糊盖条纸，外刊段祺瑞名，此《缙绅》成于洪宪纪元前，徐世昌尚未离去国务卿，及洪宪取消，段祺瑞出任，以国务卿名义行之，糊名或在此时。及毁销帝制文书，《缙绅》板片无存，此本尚糊名刊书，亦当时可研究之案也。以上各节，皆《缙绅》中可供官制事情史料者。书藏竹老家，其政事堂、各省将军、巡按使两官制，为洪宪时所独有，特附录之，并载荣禄堂发行原序。（成禺记）

附：荣禄堂《洪宪缙绅》序文

本堂《缙绅》之刻，由来久矣。凡夫郡县之沿革，道里之远近，赋税之出入，官缺之繁简，廉俸之多寡，品秩之等差，与夫民俗易同之故，山川物产之宜，莫不粲然具备，非仅官职题名瞭如指掌也。惟是新朝帝制政体变更，是书虽即随时修改，而因革损益，或未能悉核靡遗，阅者憾焉。本堂有鉴于此，爰自洪宪元年一月一日为始，确实调查新帝国之组织，内外官制之职衔，悉心厘正，以昭我朝论官得人之盛，而基万年有道之隆。斯则本堂区区之苦心，愿与当代名公巨卿就正之也。如有升迁调补，随时示函，遵照增刊，尤为祷企。此启。洪宪元年一月一日本堂主人谨题。

附：政事堂将军巡按使职权人名爵职

政事堂

国务卿徐世昌，直隶东海人。

左丞杨士琦，安徽泗州人。

右丞钱能训，浙江嘉善人。

参议林长民，福建闽县人。曾彝进，四川华阳人。

伍朝枢，广东新会人。方枢，安徽定远人。

李国珍，江西武宁人。许士熊，江苏无锡人。

张国淦，湖北蒲圻人。徐佛苏，湖南长沙人。

法制局：（一）拟定法律命令案事项。（二）审定各部院拟定之法律命令案事项。（三）拟定及审定礼制案事项。（四）调查编译各国法律事项。（五）保存法律命令之正本事项。

局长顾鳌，四川广安人。

机要局：（一）颁布恭请钤章。（二）撰拟命令及各项文献及各项文电。（三）收发京外各署文牍电信。（四）典守印信。（五）审核各部事务。（六）关于请审来往文件。（七）关于立法院来往文件。（八）与各部来往文件。（九）与本堂各局所人员接洽事件。（十）保管图书。（十一）编辑审察事务。

局长张一麐，江苏吴县人。

铨叙局：（一）关于文官任免事项。（二）关于文官升转事项。（三）关于文官资格审查事项。（四）关于存记人员注册开单事项。（五）关于文官考试事项。（六）关于勋绩考核事项。（七）关于恩给及抚恤事项。（八）关于爵位勋章并其他荣典授与事项。（九）关于外国勋章授领及佩带事项。

局长郭则沄，福建闽县人。

主计局：（一）核议关于财政事项。（二）稽核关于预算事项。（三）关于财政文件之拟定及编辑保存事项。（四）关于统计之事项。

局长吴廷燮，江苏江宁人。

印铸局：（一）制造印刷官文书及其他用事项。（二）刊行公报、法令全书及职员录事项。（三）铸造勋章印信图书及其他物品事项。

局长袁思亮，湖南湘潭人。兼帮办参事易顺鼎，湖南汉寿人。

司务所：（一）关于人员进退。（二）关于官产物保管购置。（三）关于土木工程。（四）关于本堂经费预算决算。

所长吴笈孙，河南固始人。

将军行署：将军于军政事务承大皇帝之命令受陆军部之监察、指示，将军于军事之计划及命令承大皇帝之命，受参谋本部之监察、指示。将军因维持该管区域或城厢内外各地方之治安，依巡按使之请求，需用兵力，特得酌量情形派兵协助。但遇紧急事变得径行直处，遇有上项情事，需同时呈报大皇帝并通报陆军部及参谋本部。

京兆尹：直隶大皇帝，管辖二十县。王达，安徽人。

陆军中将、直隶巡按使督理直隶全省军务一等伯爵朱家宝，云南黎县人。

特任陆军上将昭武上将军热河都统督理北边军务兼管辖巡防警备等队，政府特别委任监督财政及司法行政、教育、实业等事一等公爵姜桂题，安徽亳县人。

一等男爵察哈尔都统督理北边军务兼管巡防警备等队，受政府特别委任监督财政、司法行政、教育、实业等务张怀芝，山东人。

特任陆军上将镇安上将军督理奉天军务兼节制吉林、黑龙江军务一等公爵段芝贵，安徽合肥人。

陆军中将镇安左将军督理吉林全省军务一等伯爵孟恩远，直隶天津人。

吉林巡按使特别委任兼督司法行政、财政、教育、实业事务一等男爵王揖唐，安徽合肥人。

陆军中将镇安右将军督理黑龙江全省军务一等子爵朱庆澜，浙江绍兴人。

陆军中将泰武将军督理山东全省军务事宜一等伯爵靳云鹏，山东济宁人。

山东巡按使管理巡防警备，受政府特别委任监督全省财政、司法行政、教育、实业事务一等男爵蔡儒楷，江西南昌人。

陆军中将德武将军督理河南全省军务一等侯爵赵倜，河南临汝人。

河南巡按使管理巡防警备监督全省财政、司法行政、教育、实业事务一等伯爵田文烈，湖北汉阳人。

陆军中将同武将军督理山西全省军务事宜一等侯爵阎锡山，山西五台人。

山西巡按使管理巡防警备等队，受政府特别委任监督全省财政、司法行政、教育、实业事宜一等男爵金永，浙江杭县人。

绥远城都统督理北边军务兼管巡防警备等队，受政府特别委任监督财政、司法行政、教育、实业事宜一等男爵潘矩楹，山东济宁人。

陆军上将宣武上将军督理江苏全省军务事宜一等公爵冯国璋，直隶河间人。

江苏巡按使管理巡防警备等队，受政府特别委任监督财政、司法行政、教育、实业事宜一等伯爵齐耀琳，吉林伊通人。

陆军中将安武将军督理安徽全省军务事宜一等公爵倪嗣冲，安徽亳县人。

安徽巡按使管理巡防警备等队，受政府特别委任监督财政、司法行政、教育、实业事宜二等男爵李兆珍，福建长乐人。

陆军中将昌武将军督理江西全省军务一等侯爵李纯，直隶天津人。

江西巡按使管理巡防警备等队，受政府特别委任监督财政、司法行政、教育、实业事宜一等男爵戚扬，浙江绍兴人。

福建护军使督理福建全省军务一等子爵李厚基，江苏铜山人。

福建巡按使管理巡防警备等队，受政府特别委任监督财政、司法行政、教育、实业事宜一等男爵许世英，安徽建德人。

陆军中将兴武将军督理浙江全省军务一等侯爵朱瑞，浙江海盐人。

浙江巡按使管理巡防警备等队，受政府特别委任监督财政、司法行政、教育、实业事宜一等伯爵屈映光，浙江临海人。

特任陆军上将彰武上将军管理湖北全省军务一等侯爵王占元，山东馆陶人。

湖北巡按使管理巡防警备等队，受政府特别委任监督财政、司法行政、教育、实业事宜一等男爵段书云，江苏萧县人。

特任海军中将靖武将军督理湖南全省军务一等侯爵汤芗铭，湖北蕲水人。

湖南巡按使管理巡防警备等队，受政府特别委任监督财政、司法行政、教育、实业事宜一等男爵沈金鉴，浙江吴兴人。

特任陆军中将咸武将军督理陕西全省军务一等伯爵陆建章，安徽人。

陕西巡按使管理全省财政、教育、实业事务一等男爵吕调元，安徽太湖人。

将军衔甘肃巡按使督理甘肃全省军务一等子爵张广建，安徽合肥人。

将军衔新疆巡按使督理新疆全省军务杨增新，云南蒙自人。（无爵）

新疆巡按使同上。

特任陆军中将成武将军督理四川全省军务一等侯爵陈宧，湖北安陆人。

四川巡按使管理巡防警备等队，受政府特别委任监督财政、司法行政、教育、实业事宜一等侯爵陈宧，湖北安陆人。

郡王衔陆军上将振武上将军督理广东全省军务龙济光，云南蒙自人。

广东巡按使管理巡防警备等队，受政府特别委任监督财政、司法行政、教育、实业事宜一等伯爵张鸣岐，山东无棣人。

特任耀武上将军督理广西全省军务陆荣廷，广西武鸣人。（无爵）

广西巡按使会办军务，受政府特别委任监督司法行政、实业事务王祖同，河南鹿邑人。（无爵）

特任陆军中将临武将军督理云南全省军务龙觐光，云南蒙自人。（未封爵）

兼署云南巡按使，受政府特别委任监督司法行政事务龙觐光，云南蒙自人。

贵州将军（无）

贵州巡按使受政府特别委任监督财政、司法行政一等男爵，龙建章。

张仲仁先生一麐来谈云："叔雍检示《洪宪缙绅》校刊本，予当时未闻有此书之刻，光景政事堂应荣禄堂呈请检定未发出者。洪宪取消，遂有徐世昌糊名和段祺瑞之签条。奉令销毁文书后，此书为人携匿，而赵竹老购得云。"（成禺记）

三三　周道如报项城

卷底投签罢直庐，侍儿犹送过江书。
南朝男子无奇气，只叹文姬不负予。

筹安议动，北洋龙、虎、狗三大将，龙为王士珍，早不受民国重职。虎为段祺瑞，表示反对帝制。狗为冯国璋，坐镇江南，曾与张勋合电项城，力为劝阻。反对帝制各党派要人，会集江南说国璋者，络绎于途。以乡人孙洪伊为祭酒，并饵国璋以将来副大总统地位。民五，举国璋为副总统，履唐、孙与国璋反对帝制之契约也。国璋秘书长开县胡嗣瑗，为复辟党，素嫉项城，其部下齐燮元、陈调元等，欲拥立国璋，可继得江南地位，内外呼吸一气。国璋对帝制遂无确定赞成之表示。

时国璋丧偶未娶，有宜兴周道如女士（砥）者，居新华宫，授项城内眷小儿书，称项城弟子，有学问才调。项城力作冰人，国璋遂礼娶为继室。实则周女士与项城约，阴移国璋趋向也。结婚翌日，国璋语嗣瑗等曰："不料周女士仍是闺女。"某曰："我辈何从得知？以大帅一言为定。"嗣瑗贺联为："交柯日暖将军树，并蒂春开君子花。"恽某曰："日暖春开，闺女无疑。"以上皆宁署幕客来孙洪伊处言者。一日，温世霖、陈调元等来告洪伊曰："近来截获周夫人报告甚多，凡国璋与各处往来电报，各派人来宁游说，有不利于项城帝制者，周夫人每日探悉原委，作详细报告，密递项城，故南京一举一动，项城皆瞭如指掌。递书由北京携来婢女，出署传递。宁署中人，以项城洞悉秘密，细察何人泄露，一日截获婢女递书，恍然皆周夫人之所为。周夫人又改易他途，探察者仍追踪而往。”项城帝制取消，周夫人仍有手书，密呈情形，直奏新华宫。项城投签起曰：“予豢养左右数十年，高官厚禄，一手提拔，事至今日，无一人不负予。不意一妇人，对我能始终报恩，北方文武旧人，当愧死矣……云云。”

常熟孙师郑雄（原名同康）《郑斋感逝诗》述周夫人事最详。其词曰：“妇学研求《德象篇》，委佗笄服俪坤乾，人间富贵皆尘土，浊世长辞作散仙。”

女士系北洋女子师范学堂第一班毕业生，是堂由项城创办，奏派傅沅叔太史增湘监督。沅叔延予讲授历史。女士于国学，素有根柢，试验辄冠其曹。甲寅岁，项城为女士执柯，适河间冯华甫为继室。在苏督任内，襄赞机宜，世称贤淑。冯公于丁巳孟秋莅京，女士相从入公府，每以干戈未平，流亡载道，蹙頞不安。未及一月，感疾殂逝，实中西药杂进之误。袁抱存公子居南海流水音时，绘有《寒庐茗话图》，女士题诗曰：“结得人间翰墨缘，琳琅一轴集群贤。拈题试咏窗前雪，品水争尝岩下泉。放眼湖山供啸傲，寄情诗酒小留连。茫茫浊世趋荣利，几辈逍遥似谪仙。”（女士殁后，抱存挽之曰：“为国捐肝胆，为家呕心血，生误于医，一夜悲风腾四海；论交兼师友，论亲逾骨肉，死不能别，九天遗恨付千秋。”又宜兴公挽云：“阃内辅元良，薄海思攀王母驭；女中有豪杰，故乡共企孝侯碑。”）葩经奥义味醰醰，三复《关雎》与《葛覃》，德媲后妃年不永，遥知魂梦落江南。”（余主北洋女子师范，为诸女士讲《周南》《召南》各诗大义，采毛传郑笺及朱子集传之说，编简明讲义二卷。予为挽联云：“兴女学为邦家之光，早有声名在河北；以妇人忧天下而死，遥知魂梦到江南。”）观师郑、抱存所言，周夫人有所以报项城矣。（录《后孙公园杂录补》）

三四　著书

三年谪放卫河渍，观止钦批右古文。
赖有容庵龙弟子，晚年师说记知闻。

项城称帝，群下揣摩意旨，不学无术，为尊者讳，于是有《钦批古文观止》之刻。何人袖送太炎。一日，先生示予曰：“此项城右文之典册也，书装黄绫面，每篇眉批多语。”序文曰：“谪居洹上，长日闲暇，钓鱼莳花之余，取旧时所读古文，日诵数篇，亲为批点云云。”签题《钦批古文观止》，白纸精印，想系左右阿进者之所为。太炎出京，不知曾携此本否。又有《容庵弟子记》，署弟子沈祖宪、吴闿生记。全书四卷，历述项城家世，宣扬祖德，幼时诵读，微时行止，使高丽，管山东，戊戌政变之功，北洋政事之绩，降及放归洹上，耕渔自适，至出山履民国总统为止。记言记行，真高皇帝实录也。所记最有意致者，谓项城善作制举，宗周犊山（镐）（《三山合稿》之一）制律，爱李西沤（惺）（七家诗之一），无怪熟读《古文观止》，兼擅杂作，皆同、光间一时秀才风尚。其述在北洋任内，一日花园观鱼，谓群鱼该死，次日鱼尾尽僵。其序放归彰德情形云：十一日诏回籍养疴，公因项城旧宅，不敷居住，前在卫辉城外，购屋数十楹，即日挈眷南行。宣统元年春夏之交，公游览苏门百泉，为邵尧夫、孙夏峰讲学之所，乾隆曾驻跸，离宫别馆皆芜，惟清晖阁尚在。公与徐世昌捐修，五月移居彰德北门外洹上村。津门何氏，先营别墅，其地前临洹水，右拥太行，遂购居焉。有小园，莳花种竹，叠石浚池。建林亭，名养寿园。公兄清泉公，以偏废自徐州道告归，迎住西院，兄弟扶杖同游，常弄舟小池。清泉公披蓑垂纶，公持竿立船尾，好事者绘图。公生平无嗜好，绝苞苴，出孝钦赐金，改缮亭馆。其次公子克文，梓《圭塘倡和集》行世。圭塘者，即公宅前横渡洹流之桥名也。祖宪、闿生，师事项城，故称弟子。容庵者，项城在彰德自署斋名也。圭塘，原许翰林有壬故居，许有《圭塘集》。（录《后孙公园杂录》）

《圭塘唱和集》，予早年曾于坊间见有刊本。载项城近体诗二首，和者除沈祖宪、吴闿生外，尚有陈夔龙、费树蔚、谢恺诸人。陈官直隶总督、北洋大臣，与袁同事附庆亲王奕劻。费字韦斋，江苏吴江人。为芸舫宫允延厘之子，取吴大澂女，与克定为僚婿。谢，河南商丘人，项城督直时，官蔚州知州，洪宪时为内史监内史，惜其他诸人不能记忆矣。（长沙王祖柱补注）

三五　洪宪历书

重颁正朔万民瞻，帝貌庄严卷首添。
里巷传呼收旧历，中华五色改题签。

帝制议勋，时蕲水汤继武（化龙）方长教育部，急将民国五年历书刊印成册，含有先发制人、自扫门雪之意。未几化龙以改国歌等事见忤当局，辞去教育部长，而张仲仁（一麐）内掌机要，始终为帝制之梗。群小说项城，谓一麐反对帝制，恐有怨望，遂出一麐为教育部长，实使离开机要，免哓哓多口也。一日，大典筹备处议颁洪宪元年帝制新历，乃收毁汤化龙在教育部内印就未颁之历书。所定格式，面用黄绫，书面正中大字一行，曰《洪宪元年历书》，中盖教育部中央观象台颁发历书之印。书内列洪宪元年各省节气太阳出入时分等表，并以皇帝御容，尊列卷首。向例颁布历书，于头年八九月行之。《洪宪历书》，则于当年一月始颁行，因废民国五年，用洪宪元年也。（录《后孙公园杂录》）

张仲老（一麐）丈晤谈云：予出长教部，久未入宫参议政事。一日，承宣监处派人来曰：“大皇帝有请，在丰泽园坐候列席。”促予即往。予屡次辞职南归，谢管机要。项城曰：“汝去，将来撰重要文章无人，专管教育，不与机要可也。”及闻传呼，初以为有何重要文字，不过议颁洪宪元年历书耳。予以教部无款对，旋由内批一万元，交出格式，并即日印行。历书向归中央观象台办理，与台长高鲁商嘱印一百本，敷衍了事。并云前日遇高鲁，始知一万元之款，为后任者所阴销，现在洪宪元年历书，每册可售三四十元，当日多印留存，则可获善价。予答：“多则不名贵。”（成禺记）

高曙青（鲁）先生语予曰：“历书由予经手，印一百本，从张仲老命也。其款一万元，为后任总长某所阴蚀。洪宪帝像，未刊卷首，亦仲老意也。”（成禺又记）

三六　张勋事败

将军跋扈慕高骈，金帛游谈佐绮筵。
忙煞当朝阮司马，移书淮上走年年。

张勋之屯兵淮泰也，为复辟党集会之重镇。当民国二年，张勋破国民党军队，驻师南京，袁实许以江苏都督。江表既定，袁以张勋难制，设法代以冯国璋，张意殊快快，复辟之志益坚。其军官幕僚，皆翎顶蹄袖，兵卒头垂长辫，表示不忘满清制度也。项城屡派阮忠枢等与勋有旧好者，观少轩对彼之向背。此张仲老《红梅阁说事》所载。张勋曾云："余平南京后，有崇文门监督何棪者说余曰：'君大功告成，盍请大总统为大皇帝。'余痛骂之而去。此袁所以去予代以冯华甫也云云。"是一例也。张勋驻兵，以徐州、泰安为大本营，谋士如胡嗣瑗、万绳栻等，皆称复辟重臣。康有为恒来往勋营中，屡建密议。项城知之，遇以优礼，故勋扬言曰："项城在位，决不复辟。服从民国，非予所知。"

观民国三年，黎元洪三次力荐江西郭同为参政院参政。项城亲颁手令，郭同着发往张勋差遣。人问项城，何以对副总统，项城曰："郭同如此坏人，非令与张少轩办事，别无处置之法。"项城重视张勋之意可知矣。其后徐州会议，驱逐黄陂，有志者事竟成，张勋亦可儿也。勋，赣人，迷信神怪，岁延张天师往泰安，建醮施法。阮斗瞻诸人往说勋者，皆尊为唐淮南节使高骈以誉之。高骈好道，勋实替人，从好之方，无微不至。斗瞻与勋最相得，项城令阮月必一至泰安，三年不改。于晦若与袁书，所谓"可怜跑死阮忠枢"是也。勋纵情声色，大有淮上旧帅刘泽清诸人之风。斗瞻征逐其间，欲移其向。一日广宴张乐，淮海名倡，环列如肉屏风。张、阮抡猜狂叫，为长夜达旦之饮。阮葆头濯酒，据地作狮子舞。群妓髡握短发，飞蓬刺天。张顾而乐之曰："斗瞻头毛，真可谓狮子盘绣球矣，仆病未能也。"斗瞻乘机持利刀一柄曰："大帅亦欲为此乎？"佯执其辫。少轩震怒，剪未下而批其两颊，斗瞻弃剪，滚地大吐。左右曰："阮内史监大醉矣。"扶入长卧。翌日谒少轩谢罪，实则斗瞻欲藉此一醉，观少轩复辟之志坚定与否，为他日游说地也。

筹安议起，项城视江南、淮上为最重，游说者不绝于途，国璋虽左倾复辟，不能不推张勋为祭酒。于是张勋致电，宣武上将军、巡按署名，其词曰："政事堂、国务卿、左右丞、各部总长钧鉴：华密，近日京中有人发起筹安会，意在变国体，一再通电各省，并要求派员入会讨论。勋等因此种非常举动，仅由三五私人立会号召，何敢率行附和，致蹈越职违法之嫌，故未复电派员，静候中央办法。顷接段香岩、梁燕孙、朱桂莘、周子廙、张心庵、唐质夫、雷朝彦、江宇澂、吴静潭、袁绍明诸君联名会电，略谓现在多数舆论，趋重君主立宪，共和不能适用，无待烦言，当于宪法未定之先，熟筹解决等语。诸君皆手造民国肩担重任之人，亦复极力主张此说，自与私人发挥己见，冀倾众听者不同。大势所趋，风云一变。勋等当辛亥事起，分任南北驰驱，深虑中国数千年之名教纲常，因放弛而驯致隳坏，力主保存君宪政体，藉可拯救危亡。无如当时潮流，横决莫御。迨至清廷逊政，全国景从，令甲颁行，罔有或贰。兹既昌言改革，且限定专议国体为范围，揆之平昔微衷，若合符契。惟事关国家根本，实系中外具瞻，着手后经纬万端，备极繁重，勋等才识短浅，待罪一隅，于大局之安危，法理之出入，窥天测海，偲见难周。若为扣槃扪籥之谈，不免摘埴索途之惧。诸公赞襄密勿，操握国柄，为百司之表率。举凡社会推移，人情向背，自已烛照数计，洞瞩无遗，此事当如何定计决疑，必早权衡至当，应请统筹立断，由国务卿定稿领衔，联合京外文武长官，列名陈请，提交参政院代行立法院公议，以昭公正而免参差，中国前途，庶几有豸。勋等往复商榷，意见相同，合电奉闻，即祈核示办理，不胜翘企之至！张勋、冯国璋、齐耀琳冬印。”

该电到京，留中不发，故未刊布。项城即派阮忠枢驰往泰安、江宁反复陈说，其结果谓张、冯二人虽不必明白赞成，亦不必正当反对。故终洪宪之世，张勋、冯国璋无若何推戴文字，悉由于此，践阮斗瞻约也。阮从项城二十余年，为内史副监。项城死后，阮翌年亦死，孙师郑《感逝诗》曰：

萧曹房杜才无忝，相乏封侯命不齐。
华屋山丘嗟一瞬，飘摇丹旐过淮西。

斗瞻，合肥人。（录《后孙公园杂录》）

附录：《琐园杂记·辫帅二美记》

辫帅张勋，清末在南京，以八千金买秦淮名妓小毛子，筑别室于松涛巷口，楼下守兵荷枪，行人不得驻足。辛亥事起，张勋败走，挟小毛子过江。后在天津，又纳女伶王克琴。克琴工媚术，尽夺小毛子之宠，小毛子愤郁自尽。克琴随张生一子，贺仪极盛。及复辟事败，张遁入荷兰使馆，克琴席卷所有逃沪。时人以二妾名字赠长联云：“往事溯从头，深入不毛，子夜凄凉常独宿；大功成复辟，我战则克，琴心挑动又私奔。”

三七　妃子争封

便殿凝烧凤蜡红，侬家万岁字当中。
新姨敢夺阿姨长，妃子争封第一宫。

洪宪元旦，夜受内贺，内贺既毕，举行宫内家贺。翌晨五鼓，始受文武朝贺。袁氏克文生母高丽人，早逝。皇四子孙宝琦婿、皇五子天津纲总徐氏婿，生母俱在。宫内行家贺典礼，项城龙袍冕旒，据正中高座，后缀“太平万岁”字样，寓“太平万岁字当中”义也。皇后手握金如意，分封六宫，行清代册封宫妃仪式。皇四子母为第一宫，皇五子母为第二宫。项城簉室十余人，次第册封如仪。皇五子即项城所谓将来似我者，其母最获宠幸，不愿居第二宫，语侵皇四子母。皇四子母曰：“此册封正当名分也。”口角讪骂，戟指挥拳，鸾环凤袖，金披玉带，缤纷撩乱，战作一团。皇帝揭龙衮，曳赤舄，一跃而奔下宝座，御手分解，撕斗乃止。两方犹余怒未歇也。翌日，都下传为开天佳话。潜园《洪宪开天词》曰：

两宫妃子竞承欢，圣德开天家法宽。

名位重于争宠幸，孤王左右做人难。

（录《后孙公园杂录》）

三八　视共和为女子

草玄夫子周宣冕，卖饼儿郎石鼓歌。

解作哲人名语未，竟传女子视共和。

严氏几道（复）游曲阜孔林，获周宣王冕旒。归进项城曰："此姬周八百年中兴圣主宣王之古冕也，在曲阜出土，敬呈大皇帝。愿朝叶延绵，威德赫奕，如东周洛邑之盛。"项城时有都洛之意，喜获符应。又以几道积学，文献足征，效其体制，制皇冠十二旒，用为郊天帝冕。君王神武似周宣，谁赋南征北伐篇。江汉之浒，王命召虎，我家江水初发源。所以特任曹锟为虎威将军，统帅上江兵，奏入川南征之绩也，南人不复反矣。

有雍涛字剑秋者，本津门商贩，夤缘来京，忽膺授内政部次长，朱启钤引荐也。项城有临太学行辟雍释奠礼之议，内政部职司洒扫，次长督其事。涛本市井不学之人，一见大学石鼓，叹赏不置。阿谀小吏，以韩愈《石鼓歌》、苏轼《凤翔八观》进。涛忽异想天开，铺张帝德，通衢大道，勒石立亭。所载皆古人格言，曰此可与《石鼓歌》媲美矣。实则涛惧人讥其不学，又欲项城嘉其诚实。每石大刻"雍涛"名字，表示开天忠孝之旨。路人曰："此雍涛加官宣传石也。”闻内政部司长为雍涛献策云：严几道深通中西之学，善谈名理，《天演论》《名学》各书，开中国哲学之先河。其论帝制与共和，贯串中西名理。自立学说，亦创论也。曰中西史册，母后临朝，国亡政乱，属阴类也。仅英国伊勒沙白女王 Elizabeth 称黄金时代，身嫁英国，不婚之处女也。只闻圣主当阳，未闻圣主当阴，故中国三代以还，树立帝政之基，建国数千年，领土四万里，包涵种族百数十类。唐虞以前，个人揖让，非共和也。共和起于周室之议政，亦不过诸大臣行政而已，非民主也。日本万世一系，一姓二千年，遂能长存此岛，争幕府大将军，而不争皇位，可谓以帝统保国。古罗马国父议政（Counsil）时代，虽属民治，不久三头政治起于国父，而成罗马帝政天下（Rome Empire），统一欧亚非，跨三洲之地，殆近千年。奉帝政于 Augustus，如仍存国父制度，恐无此囊括雄图。他如英、德、意、奥等国，以君主为干，遂能雄驾全欧，皆圣主当阳之明效大验。今申共和为阴类之说，共和属女性，吾国《汉书·外戚传》已详言之。《外戚传》曰：“昭仪之号，凡十四等。昭仪位视丞相，爵比诸侯王。倢伃视上卿，比列侯。娙娥视中二千石，比关内侯。傛华视真二千石，比大上造。美人视二千石，比少上造。八子视千石，比中更。充依视千石，比左更。七字视八百石，比右庶长。良人视八百石，比左庶长。长使视六百石，比五大夫。少使视四百石，比公乘。五官视三百石。顺常视二百石。无涓、共和、娱灵、保林、良使、夜者皆视百石。（颜师古注：“‘共’读曰‘恭’，言恭顺而和柔也。”）上家人子、中家人子视有秩斗食云。”据古语所训“共和”二字，女性最贱，故列于十四等。今尊为全国之名号，岂不大谬？更申共和国家属女性之说，法国自由神，乃一女子，金冠长裾。美国花旗，缀于绝色女子之身，或负肩臂。而征之古罗马国徽，曰战神（Nars），曰日神（Apolo），未闻尊月神（Diana）。阿灵比亚（Olympia）大会，特尊天王（Jupiter），足征帝政为男姓，始可君临天下。又以英语训“国度”属女性，代名字曰 she。盖大地属阴性，而临天下于地上者，属阳性也。

几道此论，和者甚多。而吾师辜汤生（鸿铭）大申其说。汤先生曰：“今人翻译‘罗马帝国’，实从日本之误，Roman Empire 实罗马天下之义，非国度也。古训‘天下国家’，天下在国之上，所谓莫非王土也。Empire 之下有 Prefecture，即训‘国’之义，其下乃 Province 训‘省’之义。元代设中书行省，乃意人马克波罗本古罗马制度。洪宪帝国，对内宜尊称洪宪天下，方合中西古义。罗马第一皇帝曰 Augustus，拉丁训‘皇帝’者，皆用此字，为神武刚健之阳性，非柔平和顺之女性也。严氏谓共和属女性国家，实发前人所未发，为建设国家不磨之论。即如美国，亦不能谓为纯粹民主国家，只能称 Party Goverment，以政党出入执政为标准。This Party out，other Party in，其政党首领，不过古罗马之 Augustus 而已，反不如英吉利英皇在上，人民得享完全之自由也。故美国舆论，谓总统选举，费用太巨，民间骚动，反不如英国政治沉静，人民安和。又如英诗人莎士比亚《罗马恺撒》剧曲所载，三头政治争权，各向人民演说，不鲁德（Brutus）演说，则人民大呼恺撒（Cizar）可杀，拥戴不鲁德；恺撒继向人民演说，人民又大呼不鲁德可杀，拥戴恺撒。足见人民向背，是非无定，凭争政者曲说欺骗，盗获政权，此民主制度之流弊。政党民主政治，只供野心家之权利，不顾国民之幸福。所谓一尊有至言，相争无真理，不啻为共和政治写照也。予少习希腊、拉丁、英、法、德、俄、意诸种文字，深研其学。长读周、秦、孔、孟祖国之书，终疑共和制度无奋发振拔之气。今始知涵女性过多，始有此弊。予前者用拉丁、英文著书多种，力辟共和制度，惜未大申女性之说。纂著义理，圣主当阳，天下归心，吾辈至言，亦可昭明世界矣。"如辜鸿铭先生者，可谓节外无奇更出奇，一波才动万波随。学济穿凿，言之成理，洪宪不败，其可得乎！（录《后孙公园杂录》）

伍昭扆先生（光建）语予曰："余师事几道先生，见其手不释《汉书》，前日闻共和女性之说，根据《后汉书·后妃传》，实则《后汉书》引《汉书·外戚传》为注，故知先生此说所出本《汉书》也云云。"（成禺记）

附：辜先生鸿铭遗事

先生生于新加坡，闽华侨之子，英妇所产。故貌似西人，眼睛特蓝。予十七受英文于先生。时先生居张香涛幕府，以尊王、尊孔日训生徒，见人必令背诵《论语》、五经一段，曰西洋无此道德礼义之学也。用英文译《论语》，泰西购者近百万部。清亡，长辫、绿袍、红马褂，曰：“永不着西服。”洪宪事起，先生告梁崧生曰：“予极赞成，予素主张尊王尊孔，此中国数千年之政教，不必何姓何族也。孔子德配天地，道冠古今，山川可改，万古不磨。”

赵竹老世丈《惜阴杂记》载其遗事最详。其言曰：辜汤生字鸿铭，别号汉滨读易者，福建厦门人。幼游学英、法、德、奥，以文学冠彼邦，兼自然科学，皆获最高学位。遇有所用，辄出所学以折西人。学成归里，闻塾师讲《论语》《孟子》有所入，最耽古圣贤经训。玩索之，笃信孔孟之学，谓理非西方哲人所及。四部书、骚赋诗文，无所不览。光绪十一年张文襄督两广，法、越告警，文襄命知府杨玉书赴闽侦事，回抵香港，汤生适同舟。玉书与谈，回粤与赵凤昌言，谓舟中遇一人，与德人讲论理学，中文甚佳，问姓名为辜汤生云。凤昌言于文襄，邀之来粤，任以邦交诸务。文襄练新军，用德操法，雇德教练官，德皇威廉选上材来。令用中国顶戴军服，行半跪拜礼。德军官以未习对。汤生开导，德人帖然。十七年，文襄移督两湖，俄皇储来鄂，俄储内戚希腊世子从。俄兵舰泊汉口，总督以地主礼先访。未几送客，俄随员十人，立舱口左右。汤生语俄储，令向客唱名自通，以尊张督，礼也。旋宴晴川阁，汤生以法语通译，席间俄储、希世子，改用俄语问答，谓晚有他约，宜节量。汤生言此餐甚卫生。文襄吸鼻烟，希世子问俄储，主人所吸何物，汤生达文襄，以鼻烟递世子。两储大骇，俄储临行执汤生手曰："当敬待于彼国。以皇冠表赠焉，重宿学也。"告文襄曰："各国无此异才。"庚子之乱，汤生谓教案激民变，各国当自返。著《尊王篇》。辛丑和议定，汤生领开浚黄浦局事，欲惩西工程师浮冒挖泥费十六万余两者。领事袒之，谓我辈皆不习工程，宜断由专门。汤生出曾得奥国工程师文凭，卒办此案。其他忤西人事甚多，然为各国所重。生平长于西学，而服膺古训，言理财必先爱民，言图功必先律己。严操守，尚气节，诋物质享用者为贱种，醉心西籍者为喜其费解以自欺。严幼陵译《天演论》，汤生曰："栽者培之，倾者覆之，古圣八字可了，徒费唇舌。"屡得罪权要，惟文襄爱护之。后入外部，陈奏谓用小人办外事，其祸更烈，为项城所忌，而鹿定兴极推崇。文襄告："何必尔？"汤生答言："此时非袁氏天下，且待后日。"文襄默然。所著有《读易草堂文集》《幕府纪闻》，辑《蒙养弦歌》，译《痴汉骑马歌》，英文译著《尊王篇》《论语》《中庸》《孟子》《孝经》《春秋大义》，阐发微言，光大名教，欧美几人手一篇。凤昌论交最久，相知最深，言其行叙述于后。予问俄储声势赫然，君与周旋，其气顿下何故？汤生曰："此辈贵介，未尝学问。吾以西方之学人意态对之，挟贵之气自沮。未有不学之人，而能折冲樽俎者。"予谈人力车夫吸纸烟宜节约，汤生曰："终日劳苦，见坐者吸而生羡，效以自乐，宁非人情?”鄂中万寿节，编《爱国歌》，汤生曰：“更宜有《爱民歌》。”梁节庵曰：“盍编之。”汤生曰：“前四句得之矣：天子万年，百姓花钱。万寿无疆，百姓遭殃。”座客哗然，嘉言甚夥，宜分类成书。唐少川告予曰：“世竞言国葬，功在一国，国人共崇之，若鸿铭者，岂非一国之学人乎，吾辈之责也。可知鸿铭学行，有独到之处矣……云云”成禺曰：“先总理中山先生，一日语予曰：‘吾与留学日本欧美诸君子，论《五权宪法》，皆曰西洋法制所无，不敢盲从。’答曰：‘监察、考试，吾国独有，世界所无。精萃之处，西人难望其项背。不知孟德斯鸠以前，诸公何从得习三权并立宪法?’”可谓至言，足为西学舆台欺罔国人者戒。与辜先生言同。

叶遐翁先生（恭绰）曰：元代鉴于唐藩镇跋扈，宋州郡积弱，乃师古罗马制度，设各路中书行省，统大权于中书省。明仍其旧，各省委主权于藩司，而以巡抚加其上，惧尾大也。明代设总督管兵，与巡抚同等。清设总督、巡抚于各省，而以兵部都察各衙领之，大权仍在中枢，可谓善师罗马制度者，辜说甚当云。(成禺记)

郑孝胥答严又陵诗：

湘水才人老失身，桐城学者拜车尘。
侯官一叟颓唐甚，可似遗山一辈人。
群盗如毛国若狂，佳人作贼亦寻常。

五年不答东华字，想见新诗到海藏。

曹经沅曰：“桐城指马通伯。”（成禺又记）

三九 清室遗老之态度

新丰楼馆转皇都，麦脍茶虾历下殊。
柳絮飞时遗老去，济南春色黯明湖。

清室禅政，内外遗臣，群居青岛。虽未以身殉，大有田横岛上五百人愤慨自杀之意。未几，欧洲战发，遗老退出避国之桃源，先聚集于济南。及帝制议起，居济南者，又分二派：一派誓不臣袁，转徙上海、大连；一派投奔北京，竟登彼西山前采其薇矣。项城无意中获此上品材料，奉以两朝开济之殊礼。若辈亦峥然建树勋业。洪宪云亡，誓不从袁者，仍归青岛。日本胜德，比年青岛遗老，乃有纯粹价值，为云中之鹤，不为紫陌之鸡矣。民国元二年，有清重臣居青岛者殆数十人，各地来往倍之。虽徐世昌亦居青岛年余，盖不列青岛宴会，不能树遗老标帜也。

前清诸老各有名厨，移家青岛，厨师随至。逊国之余，闲暇无事，争谈精馔，领略京华风味，如明湖春之龙井虾仁，为潘伯寅家制；鸭肝面包，银丝鱼脍，为翁叔平意造之类。诸遗老由青岛移济南，仓卒成行，家会不便，厨师乃开设明湖春，供若辈之哺啜。未几，遗老四散，大部入北京，厨师以明湖为行厨，由济南再移北京之杨梅竹斜街，当时呼为遗老菜。筹安事起，明湖春亦随入京诸大老之后，飏扬怪世，点缀新朝，开设新丰楼于前门外之天桥。楼馆三层，白垩明灯，陈设精美，构造西式，非复旧时诸遗老入座之流离委琐矣。颜曰“新丰”，有“故居犹自恋新丰”之意，为某遗老命名。欲以汉高美项城。故新丰楼亦售河南肴馔，循名实也。洪宪事败，有人为青岛遗老题名录者，搜罗未备，姑附录之。（录《后孙公园杂录》）

青岛遗老题名录

（一）不仕洪宪朝者

吴郁生　清吏部邮传部左侍郎，江苏吴县人。

周　馥　清两广总督，安徽秋浦县人。

张人骏　清两江总督，直隶丰润县人。

张英麟　清都察院左都御史，山东历城县人。

劳乃宣　清三品京堂直隶提学使，浙江桐乡县人。

于式枚　清礼部左侍郎，广西贺县人。

刘廷琛　清学部副大臣京师大学堂总监督，江西德化县人。

黄曾源　清监察御史青州府知府，福建闽县人。

刘世珩　清度支部右参议，安徽贵池县人。

（二）入仕洪宪朝者

赵尔巽　清东三省总督，汉军正蓝旗人。洪宪朝清史馆馆长、参政院参政，嵩山四友。后称山东泰安县人。

李经羲　清云贵总督，安徽合肥县人。洪宪朝政治会议议长、参政院参政，嵩山四友。

柯劭忞　清翰林院学士。山东胶县人。参政院参政、清史馆副馆长、国史馆长。

四〇　江朝宗

朝王稽首跪三呼，避席一麾掌太孤。
练得韩家铜面具，不妨长作大金吾。

江朝宗，字宇澄，安徽旌德人。本当店学徒，逃投小站，稍能文字，故拔擢异于常人。民国成立，随项城入京，膺步军统领九门提督要职。帝制事起，黎元洪退还武义亲王封号。二次颁封，朝宗捧诏前往东厂胡同，当堂三跪九叩首，长跪不起，双手捧诏大呼："请王爷受封。"盖朝宗谒项城，自告奋勇来也。元洪深居不出，朝宗亦跪地长呼不起。对抗多时，元洪大怒，由旁房疾步而出，戟手勒袖，指朝宗面大骂曰："江朝宗，你那里这样不要脸？快快滚出去！"朝宗仍挺身直跪，双手捧诏，大呼请"王爷受封"不止。元洪怒，呼左右赶快把江朝宗拖出去，否则连你们一齐打出。于是元洪左右，劝者、扶者、慰者、挤者，一拥而江朝宗出东厂胡同堂门矣。

袁英、沈祖宪事件之狱，变起新华宫。时雷震春朝彦为军警执法处处长，朝宗以九门提督步军统领翼兵，入宫捕三十余人，如袁内卫长句克明、袁乃宽子英、秘书沈祖宪等，皆新华要人。载牛车五辆，押缚鱼行，送往军警执法处。震春大怒，召集会议，面指朝宗大骂曰：“此班重要人物，送来我处，叫我如何处置？你何不解往步军统领衙门？送来害我！我做你这小子。”举掌连击朝宗两颊，朝宗避往席隅，手抚两颊，连呼“没有打上，得罪大哥，请大哥息怒”。震春曰：“你这小子，真不要脸！”人问朝宗曰：“当时何如此懦弱？”朝宗曰：“他两掌有力，我孤掌难鸣，只好忍气吞声。”

袁英等案事解，朝宗谓诸人曰：“我为你们受雷朝彦两嘴巴，脸都打肿，你们何以谢我？”

及民六，张勋逼黎元洪，而伍廷芳不署解散国会命令辞职，朝宗继任内阁总理，以署名解散国会命令为条件。予在居仁堂见之，意气甚得。予曰：“江宇澄，你看雷朝彦立在后面，好好招呼。”江一笑而入见黎元洪。（录《后孙公园杂录》）

四一　堪舆家之言

七冢昭灵十冢连，预言八二地行仙。
应从蛇水藏虹处，认取龙源出地年。

堪舆家郭姓者，绍兴人，予友蒋君梦麟友也。当洪宪时代，项城父子深信元弹子之说。郭某入京，甚为信重，欲试其术。袁氏家人陪往项城，验看祖墓，历阅墓地十处。第七冢者，则项城生母之佳城也。测看毕，问皇帝昭灵，应在何冢，郭曰："大发在第七冢。"群曰："何以证明？"郭曰："此坟外形，来脉雄长，经九叠而结穴，每叠山上加冕，应九五之象。加冕者，大山上加一小山也，左右迎送护卫，罗列诸侯，层层拱立，真帝王肇陵之形势，凤阳有此气象。如欲验予言确否，请查内形。此坟四面包围，以流泉为暗沙，汇于明堂，此龙源也。诗曰：'相彼阴阳，观其流泉。'建都尚重流泉，墓地更要，诸公不信，请试验之。据墓地周围五丈，必有龙源伏流，而后知应在当今，予言不谬也。"于是据墓外地，掘一小孔，泉源流出，众论翕然。归谒项城，项城问曰："龙兴之运，年数几何？"郭对曰："八二之数。"项城曰："八百二十年乎？八十二年乎？"郭对曰："八二之数，天机不可泄露。"项城曰："然则八年零二个月乎？"郭对曰："帝位久长，事后自知。"项城曰："即八十二年，已绵延三世，予愿足矣。"郭对曰："天子万年。"殆洪宪败亡，蒋梦麟问其究竟。郭曰："墓地形势甚佳，即令大发，亦不过昙花一现。"问何谓八二之数，郭曰："当时项城下问，骤不及答。忽忆八卦阴阳二气，遂答以八二之数，不图竟应在位八十二天也。"（绍兴蒋梦麟说事）

四二　轶闻

改得春王不计钱，群抄黑口换红边。
巍然甲子灵光在，新语中华第五年。

洪宪年号，民国四年十二月三十一日除夕前方议决颁行。因中华帝国元年、中华民国洪宪元年比较妥善，对外称谓之轇轕也。时京中各报，均已上版，忽接大典筹备处通知，已上版书黑口者，加印红边，未上版者，均印红字。所定格式，为“中华民国洪宪元年”。于是各报书元，别为四种：《亚细亚报》，薛大可主政，大书“中华帝国洪宪元年”，政府报也。其他各报，有遵令书“中华民国洪宪元年”者，有不书“中华民国”，而仅书“洪宪元年”者。独《顺天时报》为日本人资本，向讥帝制，则大书中华民国五年元月元日。洪宪朝廷莫可如何。有《醒华报》者，独出滑稽，洪宪元年之“洪”字“水”旁，略呈墨痕，视之共宪元年也。义谓“洪宪”为水洗去，仍存共和宪政也。主报者，为汪咙鸾、吴宗慈、覃寿堃云。后藉他故，将该报封闭。沪上各报，仅政府创办之《亚细亚报》、收买之《神州报》，铺张扬厉，歌颂帝国，庆祝洪宪，二报主笔政者，皆一时重要名流云。（录《后孙公园杂录》）

四三　第三镇兵变

丑德吹唇计已非，陈桥将卒泪空挥。
瞻云就日前门路，犹说血花终夜飞。

项城初举大总统，南北统一。因都南北之争，五代表入京，而有第三镇兵之哗变。密议虽暗令曹锟兵变数连，挟持南京，恐吓代表，谓北方严重，大总统不能来南京就职。内则段芝贵等犹借此机会，拥袁为帝。不意一发而不能收拾，变兵蔓延，闻风大掠，竟蹂躏津、京、保，虽侯景吹唇而上之功，亦不能奏。

张仲老《红梅阁杂记》，载事颇详，其词曰："第三镇兵变，据袁氏亲信人言，当时北方军人集议于袁公子邸中，即议黄袍加身之事。先攻东华门，时冯国璋统禁卫军，不与谋而抗御，变兵不得入，乃成抢掠之局，不知信否……云云。"冯国璋因清帝退位，忠于旧上，陈禁卫军于禁城，以备不虞。段芝贵之谋，扬言对付南京，实由藉端成事，不意冯国璋竟败其谋，不能拥袁入太和殿登极也。帝制议起，项城郊天，段芝贵等本欲于郊祀回跸，拥入太和殿，行登极礼，效陈桥故事。事为项城所闻，面阻止之。谓与礼制不合，不必着急。此当时秘闻也。

北京牌楼城门，均关兴废，都人历历言之。如左曰崇文门，明代帝位，终于崇祯。右曰宣武门，清代帝位，终于宣统。正门明曰大明门，清曰大清门，中华民国曰中华门，洪宪曰新华门，而新华门额，由中华门额反涂，故翻转较易云。又中华门路左道牌楼曰瞻云，应云南起义也。右道牌楼曰就日，应承认日本二十一条约也。而张振武捕毙于振武牌楼之下，犹为奇异云。当时京中谣诼繁兴，事关废兴，而前门天雨血一小时，红腻载道。未黎明，官方以水车洗濯，禁各报不准载登，故京外罕知者。而各牌楼所着，高不能洗，群曰瞻云就日，流血之兆。（录《后孙公园杂录》）

四四　变异之兆

飞蝗头上书王字，缺月光中恒彩华。
变体自成祥瑞志，不因灾异属袁家。

项城帝制议起，符应祥瑞之说，膺图授箓，颂声大作。当时京外飞蝗遍野，督捕官吏，谓蝗头有“王”字，实呈帝兆。筹安考据家乃援引陆佃《埤雅》“蝗”字解曰，蝗之腹背首皆有“王”字，故从王。仓颉造字，鬼夜哭，泄天地之秘也。真人御世，蝗不食禾，体献“王”字，使天地皆知有王也，此谓变体符瑞。予友景定成诗曰：

蔽野飞来害稼蝗，惊闻灾异变祯祥。
翻教《埤雅》得奇证，制字原因体有王。

呈递参政院请愿之夕，月外四环，忽现月华，其色有五，此月晕也。帝制诸臣以为上应天心九五之数，合天数五之象，多为日升日恒之词以美之。其颂文曰：“唐代日华见，李呈献《日五色赋》，圣主践祚。月呈五色，日月联璧，可媲美千年矣。”群下多往气象台访问究竟者，予友曙青旧函已详之。京中有综合当时事情，为变体祥瑞志者：“曰犬登殿，（项城就正式大总统职于太和殿。项城仪仗将临中华门，有一犬先行殿中，跸士群驱逐之。未几项城入。）曰鬼昼哭，（南下洼子芦苇中，嗥声如鬼，月余昼夜不绝。观者络绎于途，小贩为席篷以饷客。后将芦中水塘车干，出一怪鸟，高三尺，体毛全灰。）曰天雨血，（大典筹备处成立时，前门一带，黑夜天雨血，红脂滴衣，洗濯数次方去迹。）曰蝗应瑞，（见本注。）曰月有华，（见本注。）曰蝎当楼，（拆正阳门，巨蝎长八九尺，喷毒死土工数人。）曰风折旗，（武昌将军王占元升洪宪颁布新旗，风为折断。）曰蛙无声，（接待官徐邦杰曰，三海向多青蛙，洪宪败亡时，群蛙不沸。）曰蛙南迁，（永定门外铁路轨上，巨蛙数十万头，自北南行逾铁道而过，大者负小者，后者尾前者，络绎不绝，数日始尽。火车过时，辗毙无算，观客倾城。）”以上所述，可备洪宪朝《五行志》材料。（录《后孙公园杂录》）

附录：高曙青先生关于本条事件旧函

禺生先生大鉴：承问洪宪历书事，因记性不好，仅能举其大略而已。前北京中央观象台印刷历书，在办事细则内规定之。每年皆于六月间开始印刷来岁之历书，限双十节前颁发完毕。所印者计有三种：甲种精装本，书品宽大，写印精良，红绫面粉纸衬，每年只印一百本，供京内最高机关之用。乙种通行本，格式略小，为教育部颁发各省之用，每年万余册。丙种单行本，为各省单独行用者。最初数年，丙种只印七八万册，逐渐增加至三十万册，而各县所得者每年不过三四百册而已。中华民国五年历书，亦于四年双十节前发完毕。仆于此时已将来岁历书完全送出，如释重负。不料十一月间，有素不相识者来访，谓传闻帝星在见，是否属实。因正告之曰，逐日观测星象，出没如常，未见所谓新现之帝星。来者婉词况譬，且谓日月合璧，五星联珠，史实俱在，君曷根据天象，申请正位，以襄盛举。仍笑告之曰："日月合璧，非日蚀，即月蚀，乃凶兆，非吉兆也。五星联珠有定期，在事前可以算定。空中四十五度内，五星联缀之现象，偶逢喜事，虽亦有之，终以不祥者为多。"来者复谆谆嘱咐，君如有适当计划，必得意外收获，务须细思之。仆当时既不愿应此君之请，已决定个人行止。不及三日，而教育部主管司已将再印历书事相商，既坚决却之，并忠告曰："五年历书，才经颁发，为贵部计，似亦未便更张。今且欲以一月时间，印行多数历本，实在应付不及。"

其明日得张仲仁总长以电话约至部内一谈，谓教育部领到万元印刷费，不能不想一办法敷衍算了。因仲仁先生实反对帝制，并谓历书内容绝不更改，仅第一行变易数字可也。予意主张，印而不发，以观其变。嗣按教育部主管司缄托中央观象台代印甲种历书精装本一百册，迟之又久，未为颁布。因当时形势已非，洪宪帝号亦即取销，始将历书送部烧毁。不知皆为部中人员匿藏，此当日经过之事实也。专此即请著安，高鲁。

予友高曙青兄，留法精天算之学。在欧洲时已加入同盟会，归国任中央气象台台长，用所学也。袁氏谋帝，曙青欲辞职他去，群谓吾子日理科学，不闻政治，天文学院院长也，何必多此一举。恐去亦不能出京，稍待可也。因关于月华星璧一条，谨将旧函附录证事。（成禺附记）

四五　洪宪年号

武定文功未纪年，梅花洪数应先天。
安排新岁崇王制，字字共和窜大圜。

洪宪年号，丙辰元旦未宣布以前，议纪年诸臣，聚讼纷如。大半主用“武”字者最占多数，引光武、洪武开创为例。又以克定之故，主用“武定”纪年。冠“武”于“定”，别前代定武也。其主张用“文”字者，谓项城称帝，俯顺民情，非专由武力定天下，宜建号文功。两说相持，主张符应图谶之说者，得获奇胜。其说曰：《洪范》五行之义，为帝王建号之基。天数五，地数五，五百年必有王者兴。大明洪武开国以来，至于今日，适合五百年之数。此五百年中，为外族与汉裔消长之运。前有洪武驱胡元，后有洪秀全抗满清。辛亥武昌黎元洪，一举义旗，清代禅位，大功实集于项城一身。如证以德国图书馆影出之《推背图》“小小天罡拱而治”一条，判诗有‘洪水乍平洪水起，清光元向汉中看’。又如黄蘖山人（即嘉鱼熊开元）禅诗，历序汉清朝代，最后诗曰：

光芒闪闪见炎星，统绪旁延最有凭。
继统偏安三十六，洪荒古国泰阶平。

《推背图》演《周易》各卦，阐发五行，黄蘖山人以梅花数述《周易》卦理，亦本五行。得见天地之心，原本《洪范》。历察谶纬，‘洪’字累累如贯珠，故帝业纪年，‘洪’字先行决定，再拟他字。”项城曰：“善。”章太炎先生曰：“力不足者必营于禨祥小数，所任用者皆蒙蔽为奸，神怪之说始兴。以明太祖建号洪武，满清独太平军为劲敌，其主洪氏也。武昌倡义者黎元洪，欲用其名以厌塞之，是以建元洪宪云。”丙辰元旦，登极礼定，城厢内外、九门提督、内外警察厅、步兵统领，派队四出，所有门对、牌号、告白、墙壁，有“共和”等字，与帝制相牴触者，一概消除。其有通衢大道，刊刻书写，不能即行涂洗者，凡“共和”字面，加画一大黄圜，藉壮观瞻而昭民意云。当时街谣曰：

一路圈儿圈到底，到底再圈圈不起。
帝制不过画圈圈，空圈圈了圈而已。

儿童歌者甚夥，警士又沿途禁止。（录《后孙公园杂录》）

四六　附会之说

受命征文三字经，图膺推背卦成形。
四方靖难艰难日，克定终须继慰庭。

《三字经》正文曰：“清太祖，膺景命，靖四方，克大定。”群臣上寿，奉为皇太子符谶，谓继清之后，天命在袁，四方既靖，大于克定。景定成《洪宪杂咏》云：

都道云台似慰庭，论名尤合继前清。
君看一语四方靖，符谶分明《三字经》。

当时京师流传影印德国图书馆《推背图》，有文曰：“始艰难，终克定。”又有文曰：“慰万民，正朝廷。”群臣又上寿曰：“缔造艰难，始于慰庭。正位万民，终归克定。”而京师图谶真人之说，街谈巷议，几等魏之当途，晋之典午矣。（录《后孙公园杂录》）

附录：宋岳珂《桯史》记《推背图》

唐李淳风作《推背图》，五季之乱，王侯崛起，人有幸心。故其学益炽，开口张弓之谶，吴越至以编名其子，而不知非昭武基命之烈也。宋兴，受命之符，尤为著明。艺祖即位，始诏禁谶书，惧其惑民志以繁刑辟。然图传已数百年，民间多有藏本，不复可收拾，有司患之。一日，赵韩王以开封具狱奏，因言犯者至众，不可诛。上曰："不必多禁，自当混之耳。"乃取旧本自已验之外，皆紊其次而杂出之，凡为百本，使与存者并行，于是传者失其先后，莫知其孰为真伪。间有存者，亦弃弗藏矣。

附录：李淳风《推背图》第四十六课

图：六大人六小人。卦象："丙午巽下离上。"谶曰："君非君，臣非臣，始艰难，终克定。黑兔走入青龙穴，欲尽不尽不可说。惟有外边根树上，三十年来子孙结。"

四七　对待故旧态度

退老林泉与子闲，强邀白首住松间。
嵩阳芝草年年碧，四友何曾爱此山。

中华民国四年十二月二十日，政事堂奉申令云："自古创业之主，类皆眷怀故旧，略分言情。布衣昆季之欢，太史客星之奏，流传简册，异代同符。徐世昌、赵尔巽、李经羲、张謇皆以德行勋猷，久负重望。在当代为人伦之表，在貌躬为道德之交，虽高蹈大年，不复劳以朝请，而国有大政，当就咨询，既望敷陈，尤资责难，匡我不逮，即所以保我黎民。元老壮猷，关系至大，兹特颁嵩山照影各一，名曰嵩山四友，用坚白首之盟，同宝嵩华之寿，以尊国耇，至喻予怀。应如何优礼之处，并着政事堂具议以闻。此令！”徐、赵、李、张四人，志愿不同，地望各异。徐世昌之担任政事堂国务卿，弃溥仪师傅而不为也，意盖觊觎继任大总统。袁既称帝，见无希冀，又被三朝元老之名，毅然辞职，故袁死而徐必博大总统一为，用偿宿愿。袁早洞澈其隐，当时金匮石室，宣传首列徐世昌书名，皆徐亲近阿谀者，投其所好，藉广流布也。赵尔巽以东三省总督之重，为青岛元老领袖，慨然入京，就参政国史馆聘职，袁之重赵，欲招致逊清诸遗臣也。李经羲为政治会议主席，约法会议由此产生，有功造法，醉心总揆，力陈国务卿名位之美。政事堂成立，国务卿一席，竟属徐世昌，而不属李经羲。经羲得报，意殊怏怏。项城知之，特筹隆重之礼，用为酬报。张謇在吴武壮幕下，本项城之师，及任为农商部长，又为项城之臣，入不就职。故于师臣之间，酌尊以友，亦天子不得而臣之义也。徐、赵、李三人，皆前清总督，与项城比肩事主，地望崇隆。张则隆尊师位，大旨已于诏令见之。此议原创于克定，何人为克定画策，未得其名，意盖既有太子，必有四皓。嵩山则吾家故地也，当时

以东园公拟徐东海，黄公拟赵尔巽，绮里季拟李经羲，年最少也。甪里先生拟张謇，今虽呼友，前仍先生也。（录《后孙公园杂录》）

四八　忌讳

触藩爻象话无聊，谤律刑干偶语条。
更写汤圆悬瑞谚，六街灯火禁元宵。

帝制议起，参政院硕学鸿儒一日宴集，座有精《易》理者曰，某试为项城一占爻象，观厥休咎，得《易》之困卦，六爻曰："羝羊触藩，不能进，不能退，不能遂。"王壬秋笑曰："予说占验，羊者，杨晳子也，事不成，则杨晳子不能进，不能退，不能遂。事成而不成，项城只有仙人骑五羊逃西方耳。杨杏城行五，五羊其应在杏城乎？"京师一时流传，以为精论。警厅阴发谤律，里巷偶语，诋毁帝制，一体密拿。凡反对可疑之人，皆派人尾随。京师隐语，谓某人带有长随否，即有人监视也。禁条中最有趣旨者，以"元宵"二字音同"袁消"，警厅勒令卖元宵者，改呼"汤元"。店首特书"汤圆"二字，便人呼买。因洪宪元旦登极，避除不祥也。景定成《洪宪杂咏》云：

偏多忌讳触新朝，良夜金吾出禁条。
放火点灯都不管，街头莫唱卖元宵。

（录《后孙公园杂录》）

四九　陈宧

偶句潘驴未足多，名言典雅到章罗。
时文尽有筹安艺，不及轰钞长恨歌。

当时有以宋小说王婆语之潘驴邓小闲，对人名顾鳌薛大可者，称为妙绝。章太炎一见陈宧曰："第一人物，亡民国者，必此人也。黎元洪、袁世凯必收拾于此人之手。"后元洪去鄂，世凯称帝，咸宧策划之。时称太炎为水镜先生。元洪入京，太炎改唐诗讥之曰：

袁四犹疑畏简书，芝泉长为护储胥。
徒令上将挥神腿，终见降王走火车。
饶夏有才原不忝[①]，蒋张无命欲何如[②]。
至今偷过刘家庙，汽笛一声恨有余。
蓬莱宫阙对西山，车站车头京汉间。
西望瑶池见太后[③]，南来晦气满民关。
云移鹭尾开军帽，日绕猴头识圣颜。
一卧瀛台经岁暮，几回请客劝西餐。

自注：①饶汉祥、夏寿康，两鄂民政长。
②蒋翊武、张振武两将军。
③黎入京谒隆裕。

某恨太炎，持猴头句说袁。阴使鄂人郑、胡等借主持共和党名义，迎章入京，遂安置龙泉寺。

粤诗人罗惇曧书张沧海《袁氏世系》册子曰：“袁氏四世三公，振叶关中，奄有河北，南移海隅，止于三水。东莞清代北转，项城今日正位燕京，食旧德也。名德之后，必有达人云云。”世凯为崇焕之后，远祖本初，移家项城。三水张沧海著为书，顺德罗瘿公张其说，故有祀崇焕为肇祖原皇帝之议。流寓青岛遗老闻筹安议起，有为筹安会八股体制艺者，北京传钞之。（录《后孙公园杂录》）

附：八股命题《筹安会》

会有以筹安名者，以其欲改君主也。夫安未始不可筹也，乃以党会筹安焉，非欲鼓吹君主立宪乎？且夫升官发财者流，汲汲然欲将民主改君主也，非一日矣。曾于去年十一月闻有提倡立帝者，如宋育仁等之上复辟书是。经于本年八月见有变更国体者，如杨度等之开筹安会是。噫！天下事本无独而有偶，何有幸有不幸耶！

今北京新组织一会矣，而其宗旨何如？前清末季，革命党固结同盟会矣，会曰同盟，官厅曾下严拿之令。而今日之结会，何以不准法律干涉也！民国初年，青红帮大开共进会矣，会曰共进，政府亦有解散之文。而今日之开会，何以反令警察保护也？噫！吾知其故也，盖因其研究学理耳！然有幸人血未凉也。方斯会之发起也，李诲之告发，汪凤瀛之辨驳，贺振雄之上书，皆绝对不赞成也。人神之所同嫉，天地之所不容，此黎副总统之所由病也，不亦宜乎！及斯会之成立也，梁任公之论说，汤总长之辞职，肃政史之密呈，皆表示反对意也。公道自在人心，是非自有公论，此徐国务卿之不愿签名也，岂无谓乎！

鸣呼！中国之不安也久矣，有良策以筹之，谁曰不宜？强邻威逼，外患之不安也；盗匪横行，内乱之不安也，筹之诚不容缓耳。今之所谓筹安会者，其果能筹此等之安乎？拍马吹牛之下，亦惟筹办鸦片专卖，筹备烟酒专卖而已矣。大水狂风，天灾之不安也；调查侦探，人祸之不安也，筹之固不可忽耳。今之所云筹安会者，其可以筹各种之安乎？攀龙附凤之余，不过筹画田亩加税，筹算货物加税而已矣。吾初闻筹安会之名义，因不禁欣然色喜曰："运筹帷幄，可望久安长治矣。"既有筹安之名，必副筹安之实，是筹安当保太平也，夫岂尽推翻共和之议哉！吾继知筹安会之内容，又不觉喟然长叹曰："一筹莫展，从此民无安枕矣。"未享筹安之福，先遭筹安之殃，是筹安适以扰乱也，何竟有恢复帝制之举哉！筹安会诸君乎，非今之所谓民贼而何？

附：试帖诗命题《赋得筹安会》(得安字五言八韵)

斯会胡为设，无非想做官。
一筹嗟莫展，百姓恐难安。
申令文犹在，宣言墨未干。
庸人偏扰乱，肃政快纠弹。
北望新朝露，东悲海国澜。

封侯红运气，夺利黑心肝。
附凤攀龙党，吹牛拍马团。
皇恩今宠眷，奴膝跪金銮。

当时有赣人某君者，奔走甚力。赣人综其生平，书《长恨歌》一曲，都下传钞，不胫而走。其词曰：

大清革命为民国，人才多年求不得。
梅家二疙初长成，候补江南人尽识。
天生道台虽自弃，一朝选在议院侧。
当场一票独推袁，六大政党无颜色。
丫头生在噺马池，采花赶府卖胭脂。
夫人反对娇无力，此是新收姨太时。
政党徽章步步摇，西厢房里度春宵。
春宵一两龟龄集，从此门生不早朝。
睡余拜客无闲暇，两个护兵忙到夜。
公民政客三千人，三千款项在一身。
燕老有时谈到晚，徐公相见面生春。
贡王福晋出蒙古，结交光彩生门户。
遂令天下儿子心，都羡阿娘收义女。
戏台高搭入青云，寿乐风飘处处闻。
泥金寿屏十六幅，张叶领衔犹不足。
黄陂拜撰少轩书，酒阑更唱阳关曲。
后门公府灰尘生，一家大小上海行。

火车摇摇行复止，济南进城四五里。
一见志赓叹奈何，我被他们竟打死。
敝车羸马无人收，可怜陈四太冤头。
有车忽然坐不得，回看死马双泪流。
国会解散气萧索，恨看人才都组阁。
象坊桥畔少人行，五族无光旗色薄。
中海水碧西山青，总统为人太寡情。
狗烹兔死伤心话，叶落归根肠断声。
□□□□□□驭，□□□□□□去。
□□□□□□中，□□□□□□处。
□□□□□□衣，□□□□□□归。
□□□□□□旧，□□□□□□柳。
□□□□□□眉，□□□□□□垂。
□□□□□□日，□□□□□□时。（十二句中脱）
晓楼美人梦楼草，假的古董真不少。
□□□□□□□，□□□□□□老。
□□□□□□然，□□□□□□眠。
□□□□□□□，□□□□□□天。
□□□□□□重，□□□□□□共。
□□□□□□□，□□□□□□梦。
□□□□□□客，□□□□□□魄。
□□□□□□□，□□□□□□觅。（十四句中脱）
四轮马车奔如电，四等嘉禾印名遍。
东海相国钱右丞，两处忙忙皆禀见。

为清官产返家山，山在南浔铁路间。
官产累累数百起，其中五百万银子。
中有投标记不真，老太买来便宜是。
□□□□□□扃，□□□□□□成。
□□□□□□□，□□□□□□惊。（四句中脱）
浔阳江上好徘徊，牛行沙河专车开。
帽子半偏新睡觉，勋章不整下床来。
风吹祭服飘飘举，犹是花翎锦鸡舞。
一夜裁缝五十番，挤上班来汗如雨。
当年觐见事君王，远在江西□渺茫。
承光殿里恩宠绝，铁柱宫中滋味长。
大典新成筹备处，臣在鄱阳隔江雾。
束装急急奉圣明，轮船火车向北去。
皇帝传呼启宫扇，觐谒绿牌绘花钿。
果能道尹明令宣，喀什喀尔会相见。
跪拜威风召对词，天颜有喜小臣知。
此行不负上书愿，正是赓飏帝制时。
在京愿作肃政使，在外愿为盐运司。
欧战久长有时尽，此愿终身无偿期。

小说九百，本自《虞初》，名贤隽语，里巷俚词，国风所采，五行所志。上有好者下必甚焉。其《北京好》之十种曲，抑江南苦之百竹枝乎？觇国者可以知当代之风尚矣。（枝江张继煦评）

五〇　轶事

白衣王子斗歌喉，师友尚书作殿优。
转眼诙谈成剧本，儿家朱孔是传头。

自民四张勋入京，集都下名角于江西会馆，演戏三日。克文亦粉墨登场，彩串《千忠戮》昆曲一阕。名士诗人，揣摩风气，咸代梅兰芳等谱曲，被之管弦，著于歌咏。定北海为教坛，奉克文、克良为传头，袍笏演奏，殆无虚日，此金台昆曲最盛时代也。

李合肥开府北洋，通州老名宿朱铭盘曼君、张謇季直、范氏兄弟轼，当世均罗致幕下。季直参吴武壮公长庆军事，驻朝鲜，世凯亦以随员从武壮。令世凯师事季直，故世凯称季直为张老夫子，或季直师。及世凯为大总统，函电均罢除师号，改称季直先生，或张老先生。筹安议起，任季直为农商总长，又易季直先生为季直兄。大典成立，特聘季直为嵩山四友，则降师为友，见诸明令矣。严范孙一日戏谓季直云："公真君不得而臣，帝不得而师。严子陵为天子之友，钓于水；公将为天子之友，隐于山矣。"季直被任农商总长，不到任。一日入京，与项城宴谈曰："大典成立，将举大总统为皇帝，尊意如何？"项城曰："如以传统一系，又如罗马教皇制度为言，则中国皇帝应属孔子之后，衍圣公孔令贻最宜，否则孔混成旅长繁锦亦好。如以革命排满论，则中国皇帝应属大明朱家之后，内务总长朱启钤、直隶巡按使朱家宝、浙江都督朱瑞皆有作皇帝资格。”季直曰：“还有朱郎友芬、朱优素云也好。”项城大笑不止。后津沪串为新戏谱，曰《天子师友乐》，谓与故人张季直谐话，无异严子陵加足帝腹也。（录《后孙公园杂录》）

唐先生绍仪曰：“项城初来天津，最喜二黄，唱不绝口，故洪宪故事，无异傀儡登场。朱桂莘着祭天冠笏，真优孟衣冠也。”沈淇老卫世丈曰：“民国四年，予列名礼制馆，总裁徐世昌、副总裁杨士琦、钱能训、总编纂江瀚、提调郭则沄。则沄，予门下士也。郊天礼孔，祀关、岳。袁崇焕配享关岳庙，凡衣冠品级制度，均由礼制馆议。一日，议礼制馆全体人员加入大典筹备处，事前杏城、干臣两同年邀予竹戏，叔海阴召全体开会，予则未接通知书，因予好为谑语之故。适予竹本缺乏，来馆支薪，见后堂开会，叔海据高座言加入大典筹备处之必要。见予至，即言议决散会。予向晓楼云：“闻前日大典筹备礼成，项城大得意。退朝回宫，口中大唱其戏，究竟所唱何戏？其‘孤王酒醉桃花宫’乎？”晓楼曰：“此开会之所以不知会老师也。”赵竹老凤昌世丈曰：“项城在高丽驻商务局，派人招烟台戏班来韩演戏三日，点曹操戏者七次。在韩华官，皆谓项城终日想做曹操，此驻韩文案皖人程某为予言之。”又曰：“袁英告予，一日项城在新华宫外散步，予父乃宽及予等皆从，项城口中哼戏‘我薛平贵也有今日一天’一语，声最高朗，始知项城喜唱《大登殿》一曲也。”（成禺记）

跋

长夏坐榕阴石上，纵谈慰庭（即袁世凯——编者）称帝遗事。时禺生方著《洪宪纪事诗》成，乃详述《新安天会》之戏。予亦不禁嘿然自笑。回忆二十年前，予与禺生同客横滨，置酒山月寓楼，会犬养木堂、宫崎滔天、曾根俊虎诸友，论洪朝兴亡之迹，曾根出所著日文《满清近世乱记》，予亦出美人伶俐英文《太平天国》二巨册，均付禺生，纂译《太平天国战史》十六卷。予序而行之。今更著《洪宪纪事诗》几三百篇，附载本事，蔚为大集。前者民族主义，排满清；后者民主主义，抑帝制，发扬惩戒，皆有功民国之文。建国匪易，来者其勿忘乎！辛未（酉）四月跋于观音山之粤秀楼，孙文。

（编者注：孙中山先生此跋最初发表于《逸经》第五期刘成禺《洪宪纪事诗本事注》“宫内嘲谈竟阅墙”一诗之中，为影印件。其著应为辛酉年，即1921年，可知是孙文为刘成禺此著手稿写的跋。壬戌年（1922）付印时，孙中山先生据跋文修改，序于书前，这从两文的近似足可见出。为此，我们据影印件抄录原跋于文后，以便读者参考。）